BERT SCHWARZER

DU MUSST STERBEN, KASPAR HAUSER!

Eine Erzählung

CoLibri-Verlag

Bert Schwarzer

Veröffentlicht im CoLibri-Verlag

Bert Schwarzer,

Augsburg 2001.

Herstellung Books on Demand GmbH

Printed in Germany.

ISBN 3-00-006750-7

Zu diesem Buch

Am 26.5.1828 taucht in Nürnberg ein seltsamer, verwahrloster Bub auf. Sein Gang ist unbeholfen, seine Sprache gleicht der eines Kleinkinds. In der Hand hält er einen Brief, der an den Rittmeister Wessenig adressiert ist, mit der Bitte, den Jungen in der Armee aufzunehmen. Beim Polizeiverhör kritzelt er auf ein Stück Papier seinen Namen: „Kaspar Hauser".

Über Nacht wird der Bub zur Sensation. Sein Auftauchen und seine unbekannte Herkunft beschäftigen die Gelehrten in Europa. Hartnäckig hält sich das Gerücht, Kaspar sei ein verstoßener Fürstensohn. Nach und nach lernt er sich besser auszudrücken und allmählich fallen ihm auch immer mehr Einzelheiten aus seiner dunklen Vergangenheit ein. Doch damit bringt er sich zugleich in höchste Gefahr...

Auf der Grundlage geschichtlicher Tatsachen erzählt das Buch diese unglaubliche und spannende Geschichte neu.

Dr. Bert Schwarzer, geboren 1961 in Berlin, ist Gymnasiallehrer für Deutsch und Englisch in Augsburg. Neben dem vorliegenden Buch schrieb er die biographische Erzählung „Den Anfang hab' ick schon..." über das Leben seines Berliner Großvaters.

Erster Teil

Zweiter Teil

Dritter Teil

Erster Teil

Ein Bub fällt vom Himmel

„Allmächt, Franz, was ist jetzt das für ein komischer Vogel da!"

An jenem Maiabend des Jahres 1828, an dem die Geschichte beginnt, saßen die beiden Wagnerbuben, Franz der eine und Jakob der andere, müßig auf ihrem Leiterwagen. Die Sonne stand über dem Neutor, das die Häuserflucht begrenzte, und tauchte die Dächer in goldenes Licht. Es war ein Pfingstmontag, und die Straße war wie leergefegt. Viele Nürnberger hatten das prächtige Ausflugswetter genutzt, um außerhalb der Stadtmauern Musik, Bratwürste und Rauchbier zu genießen oder einfach die Schönheiten der Natur aufzusaugen. Doch Franz und Jakob hatten sich nicht aufraffen können, sich den ausgedehnten Spaziergängen, die ihre Angehörigen unternahmen, anzuschließen, und so hockten sie nun etwas missmutig und gelangweilt an der staubigen, öden Straße.

Der komische Vogel, auf den Jakob mit dem Zeigefinger wies, kam aus dem Schatten heraus auf sie zu gewackelt. Mit steifen, unsicheren Schritten stolperte die merkwürdige Gestalt voran, den Oberkörper gefährlich weit nach vorn gebeugt, die Augen unter dem unförmigen Hut zugekniffen und mit den wie zum Flug ausgebreiteten Armen abwechselnd nach Halt und Gleichgewicht suchend.

Die zwei Wagnerbuben staunten nicht schlecht über die pudelnärrische Erscheinung, die sich ihnen näherte. Was für ein Unikum! Wie er dahertaumelte, der Trottel, in seinen klobigen Halbstiefeln! Und leuchtete da nicht etwas Weißes in seiner Hand, ein Brief vielleicht? Es hielt sie nicht mehr auf ihrem Karren. Das musste doch untersucht werden, ob man nicht ein bisschen Spaß haben könnte mit dem da. Vielleicht mit einem Trick den Brief in die Finger bekommen! Oder einfach ein bisschen mit ihm reden: Na, vom Tanzfest gekommen, noch nicht ausgetorkelt? Finden wir den Weg nach Hause nicht?

Aber bevor sie ihn ansprechen konnten, da stürzte der Mensch plötzlich nach vorn und fiel dem Franz direkt in die Arme! Wie ein Baby blinzelte er ihn an, und dann wimmerte er und verzog das Gesicht angstvoll zu einer alten Grimasse. Dem Wagnerbuben wurde es flau. Kein Zweifel, der war nicht betrunken und war auch nicht von hier, den hätten sie gekannt, der

Franz und der Jakob, alle hätten ihn gekannt. Vierzehn Jahre mochte er sein, kaum älter als sie, und weit und breit keine Kutsche zu sehen, die ihn gebracht haben könnte, nicht einmal ein Pferd. Es war, als wäre er ihnen direkt vom Himmel in die Arme gefallen!

„Wer bist denn du?", fragte Franz in freundlichem Ton, wie man mit einem Kind spricht. Aber der Tölpel hatte sich noch gar nicht beruhigt. Als Antwort machte er sich ganz schwer, als wollte er sich auf den Boden werfen. „He! Hilf mir mal, Jaggl!", forderte Franz seinen Freund auf, und mit vereinten Kräften stellten sie ihn wie eine Standuhr auf die Füße.

„Wo kommst denn du her?", versuchte Franz noch einmal. Der fremde Bub schwankte leicht und fuchtelte mit der rechten Hand in der Luft herum, in der sich der Brief befand. Jakob nahm ihm das Papier aus den zitternden Fingern und las:

Wohlgebohner Rittmeister beim Schwolischen Regiment in Nirnberg.

„Willst du da hin?"

Der Bub bewegte die Lippen, wobei sich das Kinn eigentümlich vorschob: „Hoam weissa!"

„Allmächt!", entfuhr es den beiden Wagnerjungen wie aus einem Munde. Sie blickten einander fragend an. Der Schalk in ihren Zügen war aufrichtiger Besorgnis gewichen. „Das ist der

Offizier Wessenig!", murmelte Franz, den Brief schüttelnd. Der Rittmeister gehörte den sechsten Chevauxlegers an, die seit einiger Zeit in Nürnberg in Garnison lagen und im Volksmund einfach die ‚Schwolischen' genannt wurden.

Franz wandte sich noch einmal an den Blöden: „Willst du da hin?"

Aber der Bub schien ihn gar nicht zu verstehen. Er setzte sich wortlos auf das Kopfsteinpflaster, zog die Stiefel aus und rieb sich jammernd die Füße. Durch die Strümpfe sickerte eine dicke Flüssigkeit wie Sirup. Dann streckte er die Beine aus und setzte sich kerzengerade auf, als hätte er einen Stock verschluckt. „Wer hat dich dann jetzt da daherbracht?", fragte Jakob seufzend.

„Woaß nit!", kam es tonlos.

„Bist du mit einer Kutsche kommen?"

„Ross hoam."

Die beiden Buben blickten sich vielsagend an. „Die Gäule sind daheim - er ist g'loffen!", übersetzte Jakob mit Zweifel in der Stimme.

„Blödsinn!", widersprach Franz. „Er mag heim!"

Dann beugte er sich zu dem fremden Buben hinunter und rief ihm ins Ohr, als wäre er schwerhörig: „Zu wem gehörst denn du?"

Der Bub zuckte zusammen. Dann riss er die Augen auf, spannte alle Muskeln und sprach mit deutlicher Stimme:

„Ä zechtene Reuta möcht i wähn, wie mei Vottä wähn is."

„Was ist? Ein Reiter wie dein Vater! Und wo ist dann jetzt dein Vater?"

„In groß Dorf, do is dei Vottä."

Franz richtete sich enttäuscht auf. „Der ist blöd!", schloss er. „Was machen wir also jetzt?"

„Der ist bestimmt von daheim ausg'rissen!", jammerte Jakob. „Und wenn er was ausg'fressen hat? Nachher sind wir wieder schuld!"

„So ein Schmarr'n!", entgegnete Franz, aber so ganz geheuer war auch ihm nicht. Der Zorn trieb den Meister gelegentlich dazu, empfindliche Strafen zu erfinden: Zuletzt hatten sie jeder einen Viertelzentner Karotten schaben müssen. „Meinst nicht auch", fuhr er fort, „wir bringen ihn jetzt zum Rittmeister, und dann sehen wir schon!"

„Ich weiß nicht!", murrte Jakob, wenngleich auch in ihm die Neugier nagte, was es mit dem närrischen Kerl auf sich hatte.

Der Rittmeister wohnte in der Irrerstraße. Man musste nur die Lammstraße bis zu ihrem Anfang zurück und ein kurzes Stück nach links gehen. Aber schon der Aufbruch erwies sich als mühsames Unterfangen, denn als sie dem Buben die Schuhe wieder überstreifen wollten, schrie der wie ein Schlachtlamm auf.

„Halt deine Goschen!", rief Jakob wütend. „Du bist ja kein Mensch mehr! Du plärrst uns ja die ganze Nachbarschaft zusammen! Die meinen, wir tun dir was!"

So recht passten die Schuhe auch nicht: Sie wirkten viel zu groß, andererseits waren die

Füße angeschwollen. Schließlich gelang es ihnen doch, dem Buben die Stiefel irgendwie überzustülpen. Dann griffen sie ihrem Schützling rechts und links stützend unter die Arme. Aber der dankte es ihnen nicht, sondern hängte sich ein wie ein nasser Sack.

„Der bringt mich ja um! Ich brech' gleich z'samm!", ächzte Jakob.

„Grein nicht und fass an!", rief Franz, und mit aller Kraft trugen sie den Buben, der seine Beine einfach schleifen ließ, davon.

An der Ecke zur Irrerstraße rumpelten sie fast mit einem kleinen, vor sich hinträumenden Mädchen zusammen. Das Kind würgte einen kehligen Laut heraus, riss die Augen auf und huschte beim Anblick der drei Gestalten in Panik davon. Jakob rief ihm hinterher: „Das ist ein Tiermensch! Der holt dich!" Aber schon stöhnte er wieder unter der Anstrengung.

Endlich hatte sich die kleine Gruppe bis zur Wohnung des Rittmeisters geschleppt, und die beiden Wagnerbuben ließen ihre schwere Last erschöpft auf den Boden plumpsen.

„Und jetzt?", fragte Jakob und schnappte nach Luft.

Franz blickte auf das zusammengesunkene Häuflein Mensch zu seinen Füßen hinab. Was mochte der Rittmeister, der ein ungeduldiger Mann war, von dem Ganzen halten? Hinter dem

Benehmen des fremden Buben steckte zweifellos ein interessantes Geheimnis, aber vielleicht hatte er niemanden, der sich um ihn kümmerte, und am Ende wurden sie ihn gar nicht mehr los! Nein, man musste diesen Tölpel seinem Schicksal überlassen! „Schellen und nichts wie weg!", murmelte er.

„Und der Brief?", schnaufte Jakob.

Den hätte Franz fast vergessen. Er öffnete dem Buben eine Faust und klemmte ihm das Papier zwischen die Finger. Man könnte ihn aufreißen und lesen, dachte Jakob, den die Neugier plagte. Da zog sein Freund an dem Griff, der innen eine Glocke schrill ertönen ließ, und sprintete davon. „So wart doch!", rief Jakob und rannte hinterher.

Der geheimnisvolle Brief

Der Kavallerist Hugenpoet, der die Tür öffnete, staunte nicht schlecht über das Gesicht, das schmerzverzerrt unter dem breitkrempigen Hut hervorlinste. Im ersten Augenblick glaubte er einen Bettler oder einen Spitzbuben vor sich zu haben und blickte sich misstrauisch nach Komplizen um, die sich in der Nähe versteckt haben könnten, bis er in der kraftlosen Hand den Brief entdeckte und an sich nahm. Da der Bub auf alle Fragen nur ein unverständliches Jammern hervorbrachte und der Hausherr, der Offizier Wessenig, ausgegangen war, griff Hugenpoet dem Findling kurzerhand unter die Arme und schleifte ihn in den Pferdestall, der sich im Erdgeschoss des Hauses befand. Dort legte er ihn im Stroh ab. Erneut richtete sich der Bub kerzengerade auf, als hätte er einen Stock verschluckt, und tastete mit seinen Händen rechts und links wie zwanghaft nach irgendwelchen Gegenständen, begleitet von einem verzweifelten „Ross, Ross!"

Der Kavallerist nahm sich nun die Zeit, die seltsame Gestalt etwas näher zu betrachten. Er sah ein ovales, durchaus ebenmäßiges Gesicht, in dessen hohe Stirn hellbraune, vom Schweiß verklebte Haarsträhnen fielen. An den Backen und um das Kinn wagte sich ein feiner Bartflaum hervor, der zusammen mit den glanzlosen Augen und der leicht aufgeworfenen Unterlippe seinem Ausdruck eine bittende Einfalt verlieh. Der schwarze, mit roten Filzstreifen besetzte Hut und ebenso das schwarze Halstuch wirkten ungewöhnlich, fast extravagant. Der matte Körper hing schlaff in einem dunkelgrauen, mit Stoffknöpfen besetzten Janker. Darunter lugten ein grobes Hemd und eine rotgetupfte verwaschene Weste hervor, wie sie zehn bis zwölf Jahre zuvor Mode gewesen war. Lange, ebenfalls dunkelgraue Kniebundhosen kleideten die Beine, die an den Schenkeln, wie bei Reithosen üblich, verstärkt waren. Jacke und Hose wirkten einige Nummern zu klein. Die Füße steckten in kalbsledernen, mit hohen Absätzen und Hufeisen beschlagenen Halbstiefeln, die wiederum viel zu groß waren. Überhaupt passten Kleidung und Körper gar nicht recht zusammen - als hätte man eine Vogelscheuche mit teils abgetragenen, teils aus der Mode gekommenen Kleidern behangen!

Hugenpoet fand für diese seltsame Erscheinung keine Erklärung. Weil er ein gutmütiger Kerl war, holte er aus der Küche etwas Fleisch und einen Krug mit Bier. Doch da geschah erneut etwas Unerklärliches. Als der Soldat sich herabbeugte, um seine Hand mit dem Teller an die Nase des Findlings zu führen, nahm dieser wie ein Reh die Witterung der Nahrung auf - man meinte förmlich den Geruch des Fleisches aufsteigen zu sehen - und schrie im nächsten

Moment vor Schmerz hell auf. Zugleich stieß er seinen Gönner mit dem Arm beiseite, so dass Teller, Fleisch und Soldat gemeinsam ins Stroh fielen und sich der Krug mit dem Bier dem Kavalleristen unglücklicherweise über die Uniform ergoss.

„Unverschämter!", stieß er verblüfft hervor, und im ersten Affekt blitzte in ihm der Gedanke auf, den Buben zum Duell fordern zu müssen, doch als er in das vor Abscheu und Ekel verzerrte Knabengesicht blickte, besann er sich eines Besseren und trat schnaufend den Rückzug an.

In diesem ungünstigen Augenblick begegnete er im Treppenhaus dem Rittmeister Wessenig in Begleitung seines Freundes, dem Polizeiaktuar Scheurl. Sie hatten das Ausflugslokal am Dutzendteich besucht und waren eben heimgekehrt. Offenbar hatte der Rittmeister wieder viel Geld beim Spielen verloren, denn er war in übelster Laune. „Mann!", rief er aus. „Er stinkt zwei Meilen gegen den Wind nach Bier!"

Der Kavallerist verkniff sich zu bemerken, dass der Offizier selbst gehörig nach billigem Wein roch. Statt dessen sagte er: „Im Stall liegt ein Knabe, Herr, mit einem Brief, der an Sie gerichtet ist!"

„So? Was ist das für ein Kerl, he? Was ist das für ein Brief?"

Hugenpoet übergab nun dem Rittmeister das Schreiben und beeilte sich das ganz unnormale Benehmen des Buben zu schildern. Wessenig begriff aber nur sehr langsam. Schließlich murmelte er missmutig vor sich hin: „Was soll denn das, mich wegen eines betrunkenen Bettlers am Tag des Herrn zu belästigen! Na, ich muss mir den Burschen wohl oder übel einmal ansehen!"

Daraufhin betrat er in Begleitung des Polizeiaktuars den Stall, wo der Bub inzwischen kerzengerade sitzend in einen tiefen Schlaf gefallen war. Er rüttelte an ihm und brüllte ihm ins Ohr: „Wach Er auf! Habe vernommen, dass Er die Uniform eines meiner Untergebenen mit Bier besudelt hat. Rechtfertige Er sich!"

Der Bub blinzelte aber nur kurz, dann fielen ihm die Augen wieder zu. Dies weckte den Zorn des Rittmeisters. Indem er ihm mit der rechten Hand eine Salve von kleinen Schlägen auf die linke Wange versetzte, schrie er: „Aufwachen, Kerl! Wie ist Sein Name? Wo kommt Er her? Antworten, he!"

Allmählich ging der Schlaf des Buben in ein leises Weinen über, das Wessenig innehalten und hilfesuchend zu Scheurl hinüberschauen ließ. Doch der zuckte nur mit den Achseln. Da plötzlich schien der Bub etwas ins Auge gefasst zu haben: Er streckte die Hand aus und fummelte dem Rittmeister mit gedankenverlorenem Lächeln an der Uniform herum, wobei er erneut sein bekanntes „Ross, Ross!" hervorstieß. Offenbar hatten es ihm die golden glänzenden Knöpfe des Soldatenrocks angetan.

„Lass Er das!", schrie der derart Begrapschte entsetzt auf. „Das ist unfassbar! Kommen Sie, Scheurl!"

Mit forschem Schritt stürmte er aus dem Stall in den Flur und die Treppe hinauf in die Stube, so dass der Polizeiaktuar Mühe hatte, ihm zu folgen. „Was soll man davon halten!", rief der Rittmeister, dort angekommen, aus, kaum dass er das Eintreffen Scheurls abgewartet hatte.

Der Polizeiaktuar räusperte sich. „In der Tat ein..."

„Das hat mir gerade noch gefehlt!", unterbrach ihn Wessenig. „Hat man nicht schon genug Ärger am Hals! Wildfremder Bengel! Am Ende bleibt er uns noch!"

Dann zwang er sich zu strategischen Überlegungen. „Eigentlich bemerkenswert", murmelte er, während Scheurl die Ohren spitzte, „äußerst bemerkenswert: Kann nicht reden, kann nicht marschieren. Keine zivile Kleidung. Isst kein Fleisch und trinkt kein Bier. Gibt nur zwei Möglichkeiten: Entweder er ist ein Idiot, oder er ist ein Simulant. Was, Scheurl?"

„Jaja!", sagte Scheurl.

Wieder ärgerte sich der Rittmeister. „Zu dumm! Zwei Möglichkeiten - das ist eine zuviel!"

Da fühlte er den Brief in seiner Rocktasche und zog ihn hervor. Er riss ihn hastig auf und las.

„Von der Bäiernschen Gränz

1828

„Hochwohlgebohner Hr. Rittmeister!"

„Ekelhaft!", schüttelte sich der Angesprochene. „Voller Fehler das Ganze!" Doch er überwand

18

seinen Ekel und überflog die folgenden Zeilen, die in altdeutscher Schrift geschrieben waren:

„Ich schücke ihnen ein Knaben, der möchte seinen König getreu dienen. Er ist mir auf die Schwele gelegt worden am 7. Ocktober 1812. ich bin aber selber ein armer Tagelöhner, Habe 10 Kinder.

Ich habe ihm katolisch Erzogen und habe ihm keinen Schritt weit aus dem Haus gelassen, dass kein Mensch ihn nicht kennt, und er selber weiß nicht, wie mein Hauß Heißt, und das ort weiß er auch nicht, sie derfen ihm schon fragen, er kan es aber nicht sagen.

Das lesen und schreiben habe ich im schon gelernt. Wan wir ihm fragen, was er werden mecht, so sagt er, er will auch ein Schwolische werden. Was sein Vater gewesen ist, Will er auch werden.

Wenn er Eltern häte, er wär ein gelehrter Bursche worden. Sie derfen im nur was zeigen, so kan er es schon. Ich habe im nur bis Neumarkt gefürt, da hat er selber zu inen hingehen müßen.

Bester Hr. Rittmeister wen Sie im nicht nemen, so müßen sie im wegschicken oder im Rauchfang aufhängen.

Ich empfehle mich gehorsamst.

Ich mache mein Namen nicht Kuntbar den ich Konte gestraft werden"

Da war noch ein kleiner, in lateinischer Schrift verfasster Zettel beigelegt, anscheinend von der Mutter:

19

„Das Kind ist schon getauft. Es heißt Kaspar. Das Kind möchten Sie aufziehen.

Sein Vater ist ein Schwolische gewesen. Wen er 17 Jahre alt ist, so schicken sie in nach Nirnberg zum 6ten Schwolisch Regiment, da auch sein Vater gwesen. Gebohren ist er am 30. April im Jahr 1812. "

Das Briefpapier zitterte in der Hand des Rittmeisters: Ein Kuckuckssei!, dachte er. Was sollte er mit dem anfangen! Einen Idioten beim Regiment aufnehmen - das war doch zu viel verlangt!

Das Verhör

Der Inhalt des Briefes hatte den Rittmeister einigermaßen aus der Fassung gebracht: Nicht nur, dass das Ansinnen, den schwachsinnigen Knaben im Regiment aufzunehmen, seine Soldatenehre gekränkt hatte, er fragte sich auch, warum ausgerechnet er mit der Angelegenheit behelligt worden war. Als eingefleischter Junggeselle - verheiratete Männer wurden aus der Armee entlassen - gab es nichts Ungelegeneres für ihn als ein Findelkind. So bat er seinen Freund, den Polizeiaktuar, den verwahrlosten Knaben rasch auf die Wachstube zu bringen.

Knapp 30000 Menschen lebten damals noch innerhalb der Stadtmauern von Nürnberg. Vor nicht allzu langer Zeit war sie eine der stolzesten freien Städte im deutschen Reich gewesen, aber seit der Gebietsreform von 1806 - Nürnberg gehörte nun zu Bayern - waren Einfluss und Größe geschrumpft. Vom Neutor am Westrand bis in die Stadtmitte war es ein Fußweg von nicht einmal 15 Minuten, und von der Wohnung Wessenigs in der Irrerstrasse über den Weinmarkt an der Sebalduskirche vorbei zur Wachstube nur ein Katzensprung, den der Polizeiaktuar und ein Bedienter trotz der müden Füße des Findlings bald zurückgelegt hatten.

Mittlerweile war es dunkel geworden. Die Wachstube flackerte im Kerzenlicht. Scheurl drang persönlich auf den Knaben ein, drei weitere Beamte standen oder saßen um ihn herum. Scheurl fragte routinemäßig nach Geburtsort, Wohnort, Alter und Beruf, doch der merkwürdige Bub schien unbeteiligt. Mal weinte er jämmerlich, mal starrte er gedankenverloren vor sich hin. Ein Glas Wasser, das ihm gereicht wurde, trank er gierig aus.

„Du heißt Kaspar, hm? Und wie noch? Hast du einen Reisepass?", fragte der Polizeiaktuar. Aber der Bub hörte gar nicht zu: Eine Münze nahm seine Aufmerksamkeit in Anspruch. Er griff nach ihr und rief sein „Ross! Ross!"

Der Rottmeister Wüst, der dazu bestimmt worden war, Protokoll zu führen, strich verlegen seine Feder glatt, weil er nicht wusste, was er schreiben sollte.

Scheurl schnaufte: „Durchsucht ihn!"

Man stülpte seine Taschen um: Ein Taschentuch mit etwas Goldsand, ein Rosenkranz und ein ganzer Vorrat an Predigt- und Gebetsbüchern kamen zum Vorschein.

„Entweder er spielt uns eine satte Komödie vor, oder jemand hat ihm dieses Zeug in die Jacke gestopft!", schloss Scheurl.

„Er ist eingeschüchtert!", vermutete einer der Wachtmeister, der Polizeisoldat Röder.

„Iwo! Der ist blödsinnig!", rief jemand aus dem Halbdunkel.

Röder klopfte sich eine Prise Schnupftabak auf den Handrücken und hielt sie Kaspar vor die

Nase. Der wurde augenblicklich gelb im Gesicht. Plötzlicher Schweiß trat ihm auf die Stirne, und die Halsschlagadern schwollen deutlich an.

„Ist Er toll!", schrie Scheurl seinen Gehilfen an und schlug ihm die Hand weg, dass die braunen Tabakkrümel in die Luft flogen. „Schau, was du angerichtet hast! So kommen wir nicht weiter!"

Der verdutzte Wachtmeister zog sich in eine Ecke zurück, während Kaspar sich mühsam erholte. Mittlerweile hatte es neun Uhr geschlagen. Die Stimmung in der Wachstube war gedrückt. Der Polizeiaktuar nahm zum wiederholten Male den Brief auf, der auf dem Tisch lag, und las ihn durch. „‚Ich habe ihm katolisch Erzogen'", zitierte er und betrachtete den Buben prüfend. Kaspar setzte eine lieblich lächelnde Miene auf, die Scheurl tief ins Herz stach. „Wieso zum Teufel kannst du nicht sprechen, hm?", murmelte er. „Wieso weißt du nicht, wo du herkommst?"

Kaspar schob das Kinn ein wenig vor und sagte: „Ä zechtene möcht i wähn, wie mei Vottä wähn is."

Der Protokollführer kratzte sich hinterm Ohr und überlegte, ob er das notieren musste.

„‚Von der Bäiernschen Gränz' - seid ihr von der bayerischen Grenz' nach Nürnberg gewandert? Wer hat dich begleitet? Seid ihr durch Neumarkt gekommen?"

„Woaß nit!"

Kaspar schaute ins Leere. Zum wiederholten Male deutete er auf seine Füße und wimmerte.

„Wo bist denn nach Nürnberg hereingekommen?"

„Berg hereingekommen!", echote Kaspar.

„Kannst du schreiben?"

Scheurl nahm dem Protokollanten die Feder aus der Hand, legte sie in Kaspars Finger, stellte dazu ein Tintenfass und hielt ihm ein Blatt Papier unter die Nase. „Schreib einmal was!"

Das Gesicht des Knaben hellte sich auf. Sein linker Mundwinkel zuckte vor Aufregung. Mit einigem Geschick und zum Erstaunen der Anwesenden kritzelte er gut leserlich auf das Papier:

Kaspar Hauser

„Das ist unglaublich!", murmelte der Schriftführer, der dies gerne im Protokoll festgehalten hätte, aber keine Feder mehr besaß.

„Und jetzt schreibst du auf, von wem du kommst!", triumphierte Scheurl.

Aber es half nichts mehr. Weder diese noch alle anderen Aufforderungen schien Kaspar zu verstehen. Vielmehr fiel er zunehmend in den alten dämmrigen Zustand zurück und verschanzte sich hinter seinen eingeübten Redewendungen wie „Woaß nit", „Hoam weissa" und „Reuta wähn".

Endlich gaben die Beamten auf. „Es ist immerhin möglich", meinte der Polizeiaktuar nach einer Pause des Nachdenkens zu den Polizisten, „dass wir einem Schwindel aufsitzen. Wir sollten den Buben vorläufig einsperren und weiter beobachten. Blaimer, Sie geleiten den Burschen zum Turm!"

Besuche im Turmstübchen

Irgendwie gelang es dem Polizeisoldaten Blaimer, den gehunfähigen Buben durch die dunklen Gassen der Stadt hinüber zum Vestner Tor zu bringen. Dort sollte der Findling, der fortan unter dem Namen Kaspar Hauser bekannt war, seinen ersten Tag in der Stadt Nürnberg beschließen. Denn der Turm, vom Volksmund Luginsland genannt, beherbergte ein Arreststübchen, das für Volltrunkene, Landstreicher und dergleichen Gesindel bestimmt war. Hiltel, der Gefängniswärter, war noch auf. Er hatte schon einen Gefangenen zu versorgen, einen schwäbischen Metzgerknecht, der den Feiertag zu einer kleinen Rauferei genutzt hatte und hier in Ruhe seinen Rausch ausschlafen wollte. Als Kaspar zu ihm in die Zelle gesperrt wurde, nahm Blaimer den Schwaben beim Arm und flüsterte ihm zu: „Pass auf, Kerl! Hier ist einer, von dem wir nicht wissen, wie er heißt und wo er herkommt. Horch ihn ein bisschen aus - es soll nicht zu deinem Schaden sein!"

Der Raufbold grinste in Erwartung einer fetten Belohnung und antwortete, er wolle sehen, was sich machen lasse.

Doch die Nacht nahm keinen günstigen Verlauf für die Geschäfte des Metzgerknechtes. Vor allem war sie schneller vorbei, als er geglaubt hatte, denn schon früh am nächsten Morgen blickten die ersten neugierigen Augenpaare, ein halbes Dutzend Personen mochten es sein, durch die Sichtluke und baten den Gefangenenwärter inständig, doch die Zellentüre zu öffnen. Wie sich die Nachricht von der närrischen Gestalt im Turm in der schlafenden Stadt so schnell hatte verbreiten können, bleibt ein Rätsel; der gutmütige Hiltel jedenfalls ließ sich schließlich erweichen, und der Metzgerknecht verließ mit zerknautschtem Gesicht die Zelle. Missmutig bahnte er sich einen Weg durch das Spalier der Neugierigen, die mit Fragen über ihn herfielen: „Und? Was gibt's? Was sagt er?"

„Ein Ochs isser!"

Mit dieser knappen Antwort und ohne den mindesten Versuch, eine Belohnung einzufordern, flüchtete der Raufbold die Stiegen hinunter. Die merkwürdigen Worte machten die Besucher nur noch neugieriger, und sie schoben einander in das Sünderstübchen, um selbst zu prüfen, was es mit dem Buben auf sich hatte.

Die Leute unterhielten sich prächtig, denn offenbar war Kaspar ein einfältiger Tropf, mit dem man seine Späße treiben konnte. Alle Eintretenden nannte er „Bue", ganz gleich, ob Mann, Frau oder Kind, alle Tiere und Gegenstände, die ihn fröhlich machten, hießen „Ross", und zwischendurch sprudelte er einige auswendig gelernte Redewendungen wie „Ä zechtene Reuta möcht i wähn, wie mei Vottä wähn is" heraus, die überhaupt keinen Sinn machten. Das fanden seine Besucher lustig. Sie äfften ihn nach und stellten ihm Fangfragen wie „Hast schon einmal dei Braut küsst?" oder „Kannst du schon allein zum Pieseln gehn?", und wenn dann Kaspar sein „Woaß nit!" hervorbrachte, bogen sie sich vor Lachen.

Die ersten Gäste blieben nur kurz. Sie verschafften sich rasch einen Eindruck und beeilten sich, was sie gesehen und gehört hatten, in der Stadt zu verbreiten. Viel zu bestaunen gab es zu jener Zeit in der Provinzstadt Nürnberg nicht gerade - man lebte recht abgeschieden innerhalb der Ummauerung, der Verkehr floss spärlich, Besucher aus der Umgegend zeigten sich nur an Markttagen, und lediglich die Postkutsche brachte regelmäßig Neuigkeiten und hin und wieder einen Reisenden, der von weit her kam und bald allen Bürgern, die etwas auf sich hielten, die Hand geschüttelt hatte. Eine afrikanische Hyäne, die in einem Käfig im Burggarten ihr Dasein fristete, gehörte zu den herausragenden Erscheinungen, mit denen die Nürnberger ihren Sensationshunger zu stillen versuchten. Nun aber gab es im Luginsland ein anderes Wundertier zu begaffen: einen schwachsinnigen Wilden, der die lustigsten Antworten von sich gab! Wie ein Lauffeuer verbreitete sich die Nachricht auf den Gassen, an den Ziehbrunnen, in den Stiegenhäusern, über die Gartenzäune hinweg und in den Wirtsstuben, und wer laufen konnte, machte sich auf den

Weg, um sich selbst ein Bild von dem angeblichen Tiermenschen zu machen. Und so erlebte der Vestner Turm in den Tagen, da er Kaspar Hauser beherbergte, einen nie gekannten Besucherstrom.

Die Nürnberger kamen und wurden nicht enttäuscht, denn es gab in der Tat seltsame Verhaltensweisen an dem Buben zu beobachten: Jeden seiner Besucher, die in die dunkle, enge Zelle drängten, empfing er ohne Scheu, trat dann ganz nahe an ihn heran und begann, so wie man ein Buch liest oder die Einzelheiten eines Gemäldes betrachtet, sich Nase, Mund, Augen, Ohren und so weiter, bis hin zu Kleidung und Schuhen, genau einzuprägen. Dabei stand er ganz starr in sich versunken, mit krampfhaft zusammengefalteten Händen, und wenn in diesem Moment neben seinem Ohr ein Schuss gefallen wäre, hätte er ihn nicht gehört, so sehr konzentrierte er sich. Erst als er aus diesem Zustand mit einer ruckartigen Bewegung erwachte, war er wieder ansprechbar.

Auf rasche Bewegungen reagierte Kaspar gar nicht, sondern stierte ein Loch in die Luft, denn er nahm nur ruhende oder sich langsam bewegende Gegenstände wahr, und der Augenblick des freudigen Erkennens stand ihm derart ins Gesicht geschrieben, dass die Nürnberger dies mit einem spöttelnden „Jetzt hat er's!" oder einem „Brav, Kaspar!" kommentierten, so wie man einen Hund mit guten Worten belohnt.

Manchmal wurde dem dummen Buben auch ein Stückchen Zucker gereicht, als wäre er ein Pferd, und schon wurde es wieder spaßig, denn auch die Hände gebrauchte er ungeschickt: Wenn er nach dem Zucker griff, dann nahm er das Stück, anstatt mit den Fingern, mit der ganzen Hand und musste, um es sicher festzuhalten, die andere Hand zu Hilfe nehmen. Hatte er dann vorsichtig mit Zunge und Lippen davon gekostet, dann verzog er qualvoll das Gesicht, schrie vor Ekel auf und wurde blass wie ein Leintuch.

Noch lustiger wurde es, wenn einer rief: „Kaspar, komm mal her da!" Kaspar bemühte sich eilfertig darum gefällig zu sein und tat, was man ihm auftrug, allein seine Bewegungen waren gleich seiner Sprache in ihren Möglichkeiten beschränkt: Die Beine gehorchten ihm noch nicht völlig, sondern mussten Schritt für Schritt behutsam gesetzt werden. Dabei trat er nicht rund, mit der Ferse zuerst, sondern wie ein Elefant mit der ganzen Sohle zugleich auf. Dieser Ablauf brachte ihn stets ein wenig aus dem Gleichgewicht, was er mit großer Anstrengung und ausgebreiteten Armen ausbalancieren musste. Geriet ihm die Schrittfolge zu schnell, dann verlor er leicht die Kontrolle über seinen Körper, schwankte hin und her und setzte sich in letzter Not einfach auf den Hosenboden. Dröhnendes Gelächter begleitete diese Vorstellung.

All diese kleinen Demütigungen schien Kaspar nicht zu bemerken, vielmehr ließ er die Spielchen, solange sie ihm nicht Schmerzen bereiteten, leutselig über sich ergehen. Dabei benahm er sich so fröhlich und gutmütig gegenüber seinen Peinigern, dass er die Feinfühligen unter ihnen bisweilen beschämte. Sie spürten, dass diesem zurückgebliebenen Jungen, der, wenn das in dem Brief genannte Geburtsdatum stimmte, sein sechzehntes Lebensjahr vollendet hatte, großes Unrecht zugefügt worden war. Wenn sie Leckereien brachten, dann, weil sie nicht wussten oder glauben mochten, dass Kaspar nur Brot und Wasser zu sich nahm. Auch hatten sie andere kleine Geschenke für ihn, die er sorgfältig aufbewahrte. Bald war der ganze Raum mit kleinen Zinnsoldaten, Hündchen und Pferdchen geschmückt. Mitgebrachte Bilder leimte er mit seinem unglaublich klebrigen Speichel an die Wände, und trotz der hohen Zahl erkannte er jeden Besucher, der schon einmal dagewesen war, mühelos wieder und schien sich an jede Einzelheit zu erinnern.

Auch die Ordnungshüter kamen. Ärzte stellten ihn auf den Kopf, und Polizeibeamte nahmen ihn ins Verhör, konnten aber nichts Entscheidendes mehr über die Vergangenheit des Buben herausbringen. Strittig blieb, ob seine beschränkten Ausdrucksmöglichkeiten oder einfach fehlende Erinnerung daran schuld waren.

Ein Schuhmacher, der dreiundfünfzigjährige Georg Weickmann, brachte etwas Licht in die

Angelegenheit. Er sagte aus, dass er den Buben auf dem Unschlittplatz aufgelesen habe. Da er aus ihm nicht schlau werden konnte, brachte er ihn, da er ohnehin in diese Richtung wollte, zur Wache am Neutor. Doch wie man herausfand, wusste die Wache dort auch nichts mit dem seltsamen Fremden anzufangen und wies ihm die Richtung, in der der Rittmeister wohnte. Dort stand Kaspar auch tatsächlich zwei Stunden später an der Tür. Was aber in diesen zwei Stunden mit dem Findling geschah, blieb im Dunkeln.

Zwei Wachtmeister führten Kaspar daraufhin um die Stadt, um wenigstens herauszufinden, aus welcher Richtung dieser sich Nürnberg genähert hatte, doch der Bub fand nicht einmal das Tor wieder, durch das er hereingekommen war - er schien gar nicht zu verstehen, worum es ging. Noch immer war man besorgt, Kaspar könnte ein Schwindler sein, der allen eine Komödie vorspielte, um auf Magistratskosten freie Kost und Logis zu erhalten.

Nur der Gefangenenwärter Hiltel, selbst achtfacher Familienvater, erkannte mit einem Blick, dass er in dem Findling nicht einen gewöhnlichen Spitzbuben vor sich hatte, sondern ein verwahrlostes, aller menschlichen Gesellschaft entfremdetes Kind. Seinem Auftrag, ihn zu einem zuverlässigen Gefangenen zu machen, ging er daher gewissenhaft nach. Er war es, der Kaspar schon am ersten Morgen ein hölzernes

Pferdchen in die Zelle brachte, und der Bub freute sich, als hätte er einen lang vermissten Freund endlich wiedergefunden. Er streichelte und küsste es und sprach mit ihm, und von da an ließ er es nicht mehr von seiner Seite. Noch im Laufe desselben Tages holte Hiltel seinen Gefangenen aus dem hohen Turmzimmer und brachte ihn in einem tieferen Stockwerk, wo er selbst wohnte, unter, um ihn besser beobachten zu können. Manchmal nahm er ihn auch mit zu sich hinüber und ließ ihn am Familienleben teilhaben. Besonders Hiltels ältester Sohn, der elfjährige Julius, beschäftigte sich lange Stunden mit dem um so viel älteren, aber zurückgebliebenen Spielkameraden.

Weiterhin pilgerten die Besucherscharen zum Turm. Am zehnten Tag befand sich unter den Gästen ein Herr, der aus der Masse der Schaulustigen durch seine Bildung herausragte: der pensionierte Gymnasialprofessor Georg Friedrich Daumer. Der achtundzwanzigjährige Pädagoge, der wegen einer Augenkrankheit den Lehrerberuf allzu früh aufgeben musste, erforschte in seiner reichlich bemessenen Freizeit die geheimen Mechanismen der Erziehung. Er erkannte, dass dieser verwahrloste Knabe, der kaum laufen und sprechen konnte und die einfachsten Regeln menschlichen Zusammenlebens nicht beherrschte, andererseits ganz aussergewöhnliche Fähigkeiten besaß. Die dumpfen Naturen sahen nur, dass Kaspar schnelle Bewegungen nicht wahrzunehmen schien und bei direktem Sonnenschein nahezu blind war; Daumer aber bemerkte, dass Kaspar selbst bei nahezu völliger Dunkelheit in der Ferne ein fast übermenschlich scharfes Auge hatte!

Noch verblüffender war die extreme Empfindlichkeit seiner Geruchs- und Geschmacksnerven: Das Brot, das der Lehrer mitgebracht hatte und das eine winzige Menge Kerbel enthielt, wurde von Kaspar entschieden zurückgewiesen, und als er, in fast drei Metern Entfernung von dem Buben stehend, eine kleine Flasche mit Kirschwasser öffnete, verlor Kaspar augenblicklich seine Gesichtsfarbe, hielt sich die Nase zu, begann zu schwitzen und machte dem Lehrer in höchster Not Zeichen, die Flasche zu entfernen. Kannte er den Anblick von Schnaps? Nein, zweifellos war ihm aus dieser großen Entfernung im Bruchteil einer Sekunde der scharfe Geruch des Alkohols in die Nase gestiegen!

Diese Entdeckungen erregten Daumer sehr. Er beschloss, bei nächster Gelegenheit wiederzukommen, um den Fall genauer zu untersuchen.

Einige Tage später besuchten die Wagnerbuben Franz und Jakob das Turmstübchen. Seit sie Kaspar persönlich auf der Straße aufgelesen hatten, nahmen sie Anteil an seinem Schicksal und hatten ihn auch schon einige Male aufgesucht, um in den neuesten Entwicklungen auf dem Laufenden zu bleiben. Auch hatten sie sich ein paar Kunststückchen ausgedacht, die nun reif zur Vorführung waren. Als Publikum hatten sie drei ihrer Kameraden mitgebracht. Da sie sich nicht trauten, irgendjemandem von ihrer Begegnung zu berichten, versuchten sie sich wenigstens auf diese Weise interessant zu machen.

Kaspar, der einsam sitzend an der Wand lehnte, zeigte sich höchst beglückt über den Besuch. Er rappelte sich auf, so schnell es ging, und vollführte einen ungelenken Tanz um die Eintretenden. Jakob begann ohne Umschweife mit der Vorstellung.

„Kaspar! Magst ein Bier?"

Kaspar ließ einen schauerlichen Laut hören und verzog das Gesicht.

„Mag er nicht!", erklärte Jakob dem Publikum. „Magst ein Wasser?"

„Wasser!", bestätigte Kaspar.

„Das mag er nämlich!", triumphierte Jakob und füllte einen Becher voll aus einem Krug, der auf dem Tisch stand.

„Was sagst jetzt du da dazu, Kaspar?", machte Franz weiter, indem er mit einem Messer gefährlich vor seinem Gesicht herumfuchtelte.

Kaspar zuckte nicht.

„Kennt keine Angst, der Bub!", schloss Franz schlau.

Die Kameraden nickten bewundernd. Dann zog er einen Spiegel hervor und hielt ihn Kaspar vor die Nase. Der zeigte sich verwirrt und versuchte mit beiden Händen den Kerl, der sich dahinter verbarg, zu erhaschen. Das war sehr spaßig, aber schon fuhr Jakob fort: „Kaspar, hast deinen Schiller g'lernt?"

Er zog nun ein Büchlein hervor, auf dem in goldener Schrift der Namenszug Friedrich Schillers erkennbar war. Dann las er vor: „Freude, schöner Götterfun-Ke..."

Und Kaspar öffnete die Lippen und begann andächtig, mit fränkischem Einschlag, vorzutragen:

„Freude, schöner Götterfunken,
Tochter aus Elysium,
Wir betreten feuertrunken,
Himmlische, dein Heiligtum.
Deine Zauber binden wieder,
Was die Mode streng geteilt;
Alle Menschen werden Brüder,
Wo dein sanfter Flügel weilt."

„Bravo, Kaspar, bravo!", riefen die verblüfften Zuhörer und klatschten heftig Beifall.

„Still!", herrschte Jakob sie an, denn Kaspar fuhr mit seinem Gedicht fort. Er trug eine Strophe nach der anderen vor: alle sechzehn Strophen der Hymne, ohne jegliches Zeichen der Anstrengung, mit eintöniger Stimme, kein einziges Mal stockend, bis er geendet hatte.

Im Raum war es totenstill. Niemand klatschte. Die Buben standen fassungslos mit offenen Mündern da. Nur Franz kraulte sich überlegen das Kinn und Jakob lächelte stolz.

„Das ist unglaublich!", entfuhr es einem der Kameraden. „Das ist sowas von unglaublich! Ein Blödsinniger!"

„Das ist ein Wunder!", sagte der zweite.

„So eine Gaunerei!", rief der dritte aus, was als höchstes Lob zu verstehen war.

„Das ist ganz einfach", erläuterte Jakob: „Das Kerle plappert alles nach, was man ihm vorsagt! Und dann merkt er sich's! Wenn du ihm die Bibel einmal vorliest, kann er sie auswendig!"

„Das gibt's nicht!"

„Doch! So isses!"

Der Beweis musste vertagt werden. Aber Franz und Jakob führten weitere Späße mit Kaspar vor, die auch recht lustig waren. Schließlich kam Franz auf die Idee eine Kerze aufzustellen und anzuzünden. Der helle Schein in dem mittlerweile recht dunklen Zimmer erfreute Kaspar sichtlich. Er lachte herzlich, und plötzlich streckte er die Hand aus, als wollte er die Flamme schnappen und vom Docht lösen. Das alles ging so schnell, dass Franz nicht mehr eingreifen konnte. Mit einem gellenden Schrei zog Kaspar seine Hand zurück. Er jammerte und wimmerte und schüttelte seine Finger.

Da ertönte dröhnend eine Stimme: „Lumpenpack! Gesindel! Nichtsnutze!"

Im flackernden Kerzenschein stand überlebensgroß der tobende Gymnasialprofessor Daumer. Wutentbrannt schleuderte er den Bubengesichtern seine Verachtung entgegen. „Schert euch zum Teufel! Schämt ihr euch nicht, die arme Kreatur zu quälen! Der Bub hat mehr Gefühl als ihr alle zusammen!"

Die fünf Kameraden krümmten sich unter den Blicken der aufgebrachten Autorität und traten dann vorsichtig den Rückzug an, bevor es dem Lehrer einfiel, einen von ihnen am Kragen zu packen.

„Macht, dass ihr hinauskommt!", brüllte Daumer überflüssigerweise, denn sie waren längst die Treppe hinuntergepoltert.

Der Pädagoge, der sich nur schwer beruhigte, ergriff den verdatterten Kaspar am Arm, murmelte ein „Das wird ein Ende haben!" und zerrte ihn hinaus.

Eine Kindheit im Kerker

Kaspar Hauser erregte weiter Aufsehen, bis sich sogar der Bürgermeister Binder für den Fall interessierte. Bald schickte er täglich nach dem Buben, und Nürnbergs erster Bürger beschäftigte sich freundlich und eindringlich mit ihm, bis ihm sein Verdacht zur Gewissheit wurde: Hinter dem Schicksal dieses Menschen verbarg sich ein einzigartiges und unmenschliches Verbrechen, die gewaltsame Einkerkerung eines Kindes über Jahre hinweg. Er setzte einen langen Fahndungsbrief zur Ergreifung der Täter in die Zeitungen. „Die Gemeinde, die ihn in ihrem Schoß aufgenommen hat", so schloss er mit Leidenschaft, „liebt ihn und betrachtet ihn als ein ihr von der Vorsehung zugeführtes Pfand der Liebe."

Von dem Aufruf, den der Bürgermeister hatte verbreiten lassen, erhoffte man sich Aufklärung über das Schicksal des Buben vor seinem Erscheinen in Nürnberg, doch leider vergebens. Ein eigentümliches Dunkel lag über Kaspars Herkunft.

Was war nun zu tun? Als erste Maßnahme musste man den Findling aus seinem schändlichen Aufenthaltsort entfernen und eine geeignete Unterkunft für ihn finden. Was lag näher, als den Buben in die Obhut Daumers zu geben, der sich nach dem Vorfall mit der Kerze für ihn eingesetzt hatte! Und so geschah es auch.

Immerhin hatte die Fahndungsmeldung bewirkt, dass der Fall weitere Kreise zog. In Ansbach, der Hauptstadt des Rezatkreises, zu dem auch Nürnberg gehörte, studierte der Gerichtspräsident Anselm Feuerbach die Hauser-Akten. Aufmerksam las er die Polizeiprotokolle, den Begleitbrief mit dem beigefügten Zettelchen der Mutter und die Bekanntmachung des Bürgermeisters, schließlich auch das Gutachten des geschätzten Mediziners Dr. Preu, das mit dem Urteil schloss: „Dieser Mensch ist weder verrückt noch blödsinnig, aber offenbar auf die heilloseste Weise von aller menschlichen und gesellschaftlichen Bildung gewaltsam entfernt."

Feuerbach war ein impulsiver Mensch. Ohne Aufschub nahm er die nächste Postkutsche nach Nürnberg und suchte Daumer auf, um sich an Ort und Stelle ein Bild von dem mysteriösen Fall zu machen. Der Pädagoge war überrascht und geehrt über den hohen Besuch aus Ansbach und redete unaufhörlich auf ihn ein.

„Es ist alles äußerst seltsam!", rief er atemlos. „Niemand weiß etwas und niemand hat etwas gesehen! Bei aller Geheimhaltung - man kann doch einen Buben nicht so ohne weiteres fast achtzehn Jahre lang in irgendeinem Kellerloch verstecken, ohne dass dies auffällt! Was ist mit Dienstpersonal, Boten, Händlern! Und dann die Reise nach Nürnberg: Die müssen doch Menschen begegnet sein!"

Während er zuhörte, wühlte Feuerbach mit dem Schürhaken in dem erkalteten Kamin der Stube. Er musste immer etwas in den Fingern haben, wenn sein Hirn arbeitete. Dann fragte er: „Woran kann sich der Bub selbst noch erinnern?"

Daumer seufzte. „Da herrscht Leere in seinem Kopf. So wenig er unsere Sprache gebrauchen konnte, so schlecht war sein Gedächtnis. Er hatte ganz einfach keine Begriffe für das, was er sah, und deshalb konnte er sich die Ereignisse auch nicht merken - so erklären es die Ärzte jedenfalls. Aber Sie können ihn ja gleich selbst befragen!"

Unbehaglich beobachtete Daumer, wie der Gerichtspräsident Anstalten machte, die Stabilität des Schürhakens am Gitterrost zu überprüfen.

„Und wie geht es dem Buben jetzt?", fragte Feuerbach kurz.

Daumers rundes Gesicht unter den jugendlichen blonden Locken färbte sich rosig. „Ach, es geht ihm schon viel besser!", rief er mit Stolz in der Stimme aus. „Gleich als ich ihn zu mir nahm..."

„Wann war das genau?"

„Das ist jetzt einen knappen Monat her, denke ich, ja, so ungefähr. Nachdem ich eine Horde von Straßenbengeln dabei erwischt habe, wie sie das arme Geschöpf mit einer Kerze quälten, habe ich die notwendigen Dinge in die Wege geleitet. Ja, und gleich darauf, wie gesagt, ist er mir völlig zusammengebrochen. Er schlief tagelang durch und war, wenn er aufwachte, nervlich äußerst gereizt. Helles Licht und lautes Sprechen verursachten ihm Schmerzen. Die

Augen waren ständig entzündet. Sein Gesicht zuckte unaufhörlich, und seine Hände zitterten ihm so sehr, dass er kaum etwas halten konnte. Bei alldem blieb der Appetit aus, und Arzneimittel bereiteten ihm schon Magenkrämpfe, wenn er daran roch. Seine Sinne waren einfach wegen der vielen neuen Eindrücke völlig überreizt. Ich habe dann als erste Maßnahme alle weiteren Besuche unterbunden. Jaja, das war eine schlimme Zeit! - Sollten wir den Kamin einheizen, Herr Präsident?"

Feuerbach legte hastig den Schürhaken beiseite. „Nein, nein, die Kühle ist angenehm bei dem warmen Wetter draußen! Aber weiter!"

„Nun, inzwischen ist er wieder einigermaßen auf dem Damm. Ich habe ihn so oft wie möglich an die frische Luft bringen und ab und zu ein laues Bad nehmen lassen. Er hat übrigens trotz allem auch große geistige Fortschritte gemacht! Ich verwende täglich einige Stunden damit, ihm Sprechen, Lesen, Schreiben und Rechnen beizubringen. Sogar ein einfaches Musikstückchen auf dem Klavier kann er schon! Er zeigt großen Eifer und lernt schnell. Er dürstet nach Unterricht wie ein ausgetrockneter Schwamm."

Der Präsident hatte sich eine Zigarette angezündet, die er nun, ohne einmal daran gezogen zu haben, auf dem Kaminsims ausdrückte. „Könnte ich den Knaben nun sehen?"

„Bitte sehr. Wenn Sie mich auf seine Kammer begleiten würden!"

Daumer erhob sich, und Feuerbach folgte ihm. Sie werden bemerken, dass Kaspar ein ungewöhnlicher Mensch ist. Sein Wesen ist völlig unverdorben! Er kann wie ein Kind in einem Atemzug lachen und weinen. Er ist ein Rohdiamant, der behutsam geschliffen sein will, damit sein Wesen unverfälscht hervortritt."

Sie waren an der Kammertür angekommen, die offen stand. Kaspar saß, die Füße ausgestreckt und den Rücken kerzengerade an die Wand gelehnt, auf dem Fußboden und streichelte mit der linken Hand eine Katze, die auf seinem Schoß kuschelte. Die rechte schob ein kleines Holzpferd hin und her. An der Wand hing eine Fülle von Landschaftsbildern, auf dem Boden lagen verschiedene kleine Gegenstände verstreut. Außer einem Bett, einem Tisch und zwei Stühlen befand sich sonst nichts im Zimmer.

„Kaspar, dies ist der Präsident des Appellationsgerichts, Herr von Feuerbach! Möchtest du ihn begrüßen?"

Kaspar setzte die Katze ab und erhob sich. Dann trat er nahe an Feuerbach heran, prägte sich seine Gesichtszüge intensiv ein und reichte ihm mit einem „Grüß Gott, Herr Präsident des Appellationsgerichts, Herr von Feuerbach!" die Hand.

„Der Herr Präsident möchte dir helfen!", rief Daumer. „Er möchte herausbekommen, warum der Mann, bei dem du gewesen bist, dich so schlecht behandelt hat!"

„Nit schlecht behandelt!", widersprach Kaspar. „Mann war guat!"

„Hat der Mann für dich gesorgt?", fragte Feuerbach und überprüfte mit den Fingernägeln die Befestigung eines der Landschaftsbilder.

„Mann hat Essen und Trinken bracht für Ross und Kaspar! Nit g'litten!"

„Wie sah der Mann denn aus?"

„Woaß nit. Warum Mann so lang ausbleibt? Herr Präsident, wann zurück derf in Käfig?"

Kaspar machte ein kummervolles Gesicht, und seine Augen füllten sich mit Tränen.

„Kaspar sehnt sich immer noch manchmal zurück nach seinem Kerker", erläuterte Daumer. „Der Mann hat die Zelle nur nachts betreten, wenn Kaspar schlief, wahrscheinlich durch eine verschlossene niedrige Türe. Er hat dann den Bottich gelehrt, der für die Notdurft bestimmt war, frisches Brot bereitgelegt und den Wasserkrug aufgefüllt."

„Immer g'nug Brot", warf Kaspar ein. „Aber Wasser war zu wenig. Viel Durst! Manchmal war böser Geschmack im Wasser."

„Wir nehmen an, dass der Unhold seinem Gefangenen ab und zu etwas Opium ins Wasser tat, um ihn zu waschen, sein Hemd zu wechseln und ihm die Nägel zu schneiden."

„Kannst du den Raum beschreiben, in dem du dich befunden hast?", fragte Feuerbach.

„Woaß nit. Dunkles Loch. Himmel nit g'sehn. War nie Hellung."

„Er meint das Sonnenlicht", übersetzte Daumer. „Es muss ziemlich schummrig in der Zelle gewesen sein, auch am Tage. Wahrscheinlich konnte der arme Kerl nicht einmal stehen, so niedrig war die Decke. Nachts hat er im Sitzen geschlafen, auf einem Strohsack, den er sein ‚Bett' nennt. Zwei solche Rösser" - er wies auf das Spielzeugpferd am Fußboden - „hat er zum Zeitvertreib gehabt."

„Immer g'redt und Bändel umg'hängt", meinte Kaspar zustimmend.

Feuerbach wandte sich wieder an den Professor. „Woher wissen Sie denn das alles?"

„Das habe ich mir aus vielen Gesprächen zusammengereimt. Kaspar erzählt mal dies, mal jenes, den Zusammenhang muss man selbst herstellen."

„Hat der Mann dich nach Nürnberg gebracht?", fragte der Gerichtspräsident den Findling weiter.

„Mann hat g'sagt, in groß Dorf, da is dei Vottä. Hat schöne Ross'. Mecht ein Roita wähn wie mei Vottä wähn is. Dahi weis, wo Brief hi g'hört. Hat Kaspar Sachen anzog'n und nach Nürnberg trag'n! Nachher hat Kaspar 's Laufen g'lernt."

„Kannst du dich an den Weg erinnern?"

Kaspar schwieg verlegen.

„Darüber wissen wir leider sehr wenig", räumte Daumer ein. „Der Mann hat Kaspar die Hände zusammengebunden, sich seine Arme um den Hals gelegt und auf dem Rücken hinausgetragen. Nach und nach hat ihm sein Begleiter dann das Laufen beigebracht, das muss sehr schmerzhaft gewesen sein. Außer einigen Sprachbrocken, die Kaspar nebenbei aufgeschnappt hat, hat sein Aufpasser immer vermieden, mit ihm zu sprechen. Das letzte, woran Kaspar sich erinnern kann, ist, dass ihm der Mann den Brief in die Hand gedrückt hat."

Feuerbach hob eines der Pferdchen auf und fuhr mit dem Finger die geschnitzten Bögen nach. Dann fragte er: „Kaspar, kannst du dich erinnern, wie du hierher gekommen bist?"

Der Bub nickte verständig. „In Nürnberg is' Kaspar in'd Welt kommen."

„Gefällt es dir denn hier?"

„Oh, es fühlt mich schön mit dem Herrn Professor, aber daheim fühlt mich's mehr schön!"

„Sieh einmal aus dem Fenster, Kaspar!", befahl Feuerbach. Draußen schien die Sonne, und die Natur stand in voller Blüte. „Sieh nur, die herrlichen Gärten! Ist das nicht schön?"

Kaspar blickte voller Abscheu zu Boden und murmelte: „Garstig, garstig!" Dann deutete er auf eine weiße, leere Wand und rief freudig aus: „Da nicht garstig!"

Feuerbach schüttelte ungläubig den Kopf.

„Man muss wissen", sprang Daumer ein, „dass Kaspar all die vielen Farben der Landschaft als einen einzigen Fleckenteppich sieht. Er kann die Felder und Wälder nicht räumlich sehen, und die vielen kleinen, bunten Flächen bereiten ihm noch Schwierigkeiten. Außerdem mag er die Farbe Grün nicht."

„So!"

Gedankenverloren stellte der Gerichtspräsident das Pferdchen auf den Tisch. „Kaspar!", begann er jetzt und schaute dem Buben lange in die Augen. „Dir ist großes Unrecht zugefügt worden! Kein Vater und keine Mutter haben sich um dich gekümmert! Man hat dich gehalten wie eine niedere Kreatur, hat dich eingesperrt und hat dich geschlagen. Niemand hat mit dir geredet, und so hast du nie sprechen lernen können. Auf diese Weise hat man dich allem beraubt, was das Leben schön und menschlich macht!"

Kaspar starrte betrübt zu Boden. „Das alles mit Kapsar g'macht? Aber warum?"

„Das weiß ich nicht, Kaspar. Aber ich werde es herausfinden."

„Kaspar hoamweissa?"

„Ich werde dieses Verbrechen aufklären. Ich werde nicht eher ruhen, bis ich die Täter ihrer gerechten Strafe zugeführt habe."

„Mann nit bös!"

„Eines Tages, vielleicht schon bald, wirst du entdecken, wieviel du entbehren musstest. Bisher hast du das Leben verschlafen, ohne jemals das Sonnenlicht zu erblicken. Nun öffnet sich dir eine ganz neue Welt. Natürlich ist dieser Schritt ein Schock für dich. Aber du wirst ihn mit Hilfe deiner neuen Freunde überwinden!"

Kaspar begann wieder zu weinen. Das Gespräch hatte ihn traurig gemacht.

„Ich werde bald wiederkommen, Kaspar!", sagte Feuerbach und zog sich verlegen zurück.

Schlussfolgerungen

Auch die beiden Männer waren bedrückt, während sie die Treppe hinabstiegen. Erst als sie an der untersten Stufe angekommen waren, fasste sich Daumer: „Es grenzt an ein Wunder, dass der Bub all die Jahre überhaupt verhältnismäßig gesund überstanden hat!"

„Wahrscheinlich war es für ihn ein Glück im Unglück, dass er die ganze Zeit in einer Art Dämmerzustand vor sich hin vegetierte", bemerkte Feuerbach.

Der Professor war erstaunt. „Wie meinen Sie das?"

Der Gerichtspräsident blickte auf das Muster des Steinfußbodens, als suche er dort die richtigen Worte zusammen, doch bevor er zu sprechen begann, schlug Daumer vor: „Gehen wir doch ein bisschen in den Garten! Die frische Luft wird uns gut tun!"

Feuerbach war einverstanden, also schlenderten die beiden Männer hinaus. Die Sonne schien freundlich herab, und der Kiesweg knirschte unter ihren Füßen.

„Warum es ein Glück war, dass ihm alles genommen wurde?", nahm Feuerbach den Gesprächsfaden wieder auf. „Stellen Sie sich eine Pflanze vor, die heranwachsen will! Die Gärtner wissen, dass sie im Wesentlichen drei Dinge

49

dazu braucht: Wasser, Licht und Wärme. Entzieht man ihnen eines davon, so verkrüppeln sie. Beraubt man sie aber aller drei Elemente, etwa indem man sie in einen kühlen, dunklen, trockenen Keller stellt, dann treten sie in einen Zustand der Erstarrung und können so den Winter, wo es ihnen an Wärme und Licht mangeln würde, überdauern, um im Frühjahr ein neues, blühendes Leben zu beginnen."

„Sie meinen, Kaspar hätte mehr Schaden genommen, wenn seine Situation etwas besser gewesen wäre, wenn er menschlichen Kontakt gehabt und alles bewusster durchlebt hätte?"

„Genau! Nur so ist er dem Wahnsinn entgangen!"

Sie waren an einem kleinen Teich angekommen. Der Professor entdeckte mit seinen fachkundigen Augen am Grund eine Libellenlarve, die auf Opfer wartete. „Das ist eine plausible Theorie..."

„... die uns leider in der Sache nicht weiterhilft", fuhr Feuerbach dazwischen und nahm eine Handvoll Kieselsteine auf. „Ich glaube übrigens nicht, dass der Junge das ganze Leben in seinem Loch verbracht hat, sonst hätte er zweifellos schwerwiegendere körperliche Verwachsungen. Auch hat er kleine, alte Narben an den Knien, die er gewiss nicht vom Sitzen bekommen hat. Die ersten Jahre wenigstens dürfte er eine ganz normale Erziehung genossen haben. - Woher konnte Kaspar eigentlich seinen Namen schreiben?"

„Ich denke, er hat kurz vor der Reise nach Nürnberg ein wenig systematischen Schreibunterricht bekommen, natürlich ohne dass er wusste, wozu das diente."

„Eigentlich unnötig - vielleicht eine menschliche Regung des Täters!"

Plopp! Einer der Kieselsteine war im Teich verschwunden, kam aber nicht in die Nähe der Libellenlarve.

„Stimmt", bestätigte Daumer. „Der Unbekannte scheint ein letztes Fünkchen Moral besessen zu haben, sonst hätte er ja Kaspar einfach töten können! Vielleicht hat er im Auftrag von Hintermännern gehandelt! - Was halten Sie überhaupt von dem Brief?"

„Der Brief ist stümperhaft gefälscht, wie übrigens auch der beigelegte Zettel", antwortete der Rechtsgelehrte trocken und warf ein weiteres Steinchen ins Wasser, das der Libellenlarve bedenklich nahe kam, ohne dass diese sich rührte. „Sein Verfasser hat eine geübte Handschrift und beherrscht die deutsche Sprache wesentlich besser als er vorgibt, wie der saubere, korrekte Briefkopf und die förmlichen Anreden belegen."

„Dann sind die vielen Fehler absichtlich hineingewirkt worden?", fragte Daumer.

„Mit Sicherheit! Haben Sie bemerkt, dass der erste Absatz noch voller Fehler steckt, während von Zeile zu Zeile immer korrekter geschrieben wird? Als hätte der Absender in seinem Bemühen, falsch zu schreiben, allmählich nachgelassen!"

Der Pädagoge zog die Augenbrauen nach oben: „Jetzt, wo Sie es sagen, muss ich Ihnen Recht geben!"

„Es gibt aber noch deutlichere Hinweise!", fuhr Feuerbach fort. „Der Verfasser will uns glauben machen, dass er den Brief an der bayerischen Grenze geschrieben hätte. Dann berichtet er plötzlich, er hätte den Knaben bis Neumarkt begleitet. Das liegt in der Oberpfalz und somit diesseits der Grenze auf dem Weg nach Nürnberg! Zumindest eine der beiden Behauptungen ist falsch!"

Daumer frohlockte: „Das möchte ich meinen! Zuerst bis nach Neumarkt, dann allein zurück an die Grenze, um die Mitteilung zu schreiben - wie kann Kaspar den Brief dann nach Nürnberg befördert haben!"

„Noch etwas: Ich habe das Briefpapier untersuchen lassen. Es stammt aus Mühlhof im Bezirk Schwabach, also nicht einmal 20 Kilometer von hier."

In kurzem Abstand flogen zwei weitere Kieselsteine, platschten ins Wasser und bildeten dort Ringe. Als sich die Oberfläche wieder beruhigt hatte, war die Libellenlarve verschwunden.

„Sie meinen, der Mann kommt aus dieser Gegend?", fragte Daumer naiv.

„Nicht unbedingt! Aber die beigelegte Nachricht ist auf demselben Papier geschrieben worden!

Und - es wurde dieselbe Tinte verwendet! Sie ist höchstens ein halbes Jahr alt!" Der Präsident holte aus: „Im übrigen lagen die Chevaux-legers im Jahre 1812 noch nicht bei Nürnberg in Garnison, wie der Brief vorgibt!"

Mit einem Rauschen versenkte Feuerbach eine ganze Handvoll Kies im Teich.

„Und wir sollen glauben, dass der Zettel zu-sammen mit dem Buben vor 16 Jahren gefunden wurde!", rief Daumer aus. „Ha, diese Einfalt! Das soll er anderen erzählen, der Spitzbube!"

„Man kann demnach einige Aussagen über den Kerkermeister treffen", führte Feuerbach aus. „Erstens ist er natürlich nicht ein einfacher Bauer, sondern hat eine gewisse Bildung. Trotzdem dürfen wir ihm kein allzu großes Raffinement zu-trauen: Insgesamt ist er doch ein kleines Licht."

Feuerbach kickte mit dem Stiefel in flachem Bogen einen Stein über den Teich hinweg, der in das dahinter aufragende Gebüsch zischte.

„Zweitens hält unser Unbekannter auf irgendeine Weise Kontakt zu den Chevauxlegers. Drittens wohnt er auf einem Landgut: Die Kleidung, die er Kaspar angezogen hat, stammt aus den Restbeständen dieses Hauses. Viertens scheint er um sein Leben zu fürchten für den Fall, dass er entdeckt wird, eine Angst, die eigent-lich völlig übertrieben ist - es sei denn, er fürchtet nicht den Arm des Gesetzes, sondern seines eigenen Auftraggebers!"

„Wieder ein Hinweis auf Drahtzieher im Hintergrund!", assistierte Daumer. „Aber gehen wir doch noch ein Stück, bevor Sie mir meinen Teich trockenlegen!", schlug er vor und zog seinen Gast einen kleinen Weg an Gemüsebeeten und einem jungen Kastanienbaum vorbei.

Feuerbach überhörte die letzte Bemerkung und kombinierte weiter. „Sie haben recht! Und zwar führen die Spuren nach oben!"

Er grabschte sich von einem überhängenden Zweig ein Büschel Kastanienblätter und begann diese nacheinander zu zerrupfen.

„Einiges spricht dafür, dass Kaspar adeliger Herkunft ist."

Daumer stieß einen Pfiff aus. „Das wäre allerdings sensationell!"

„Überlegen Sie: Wer hätte einen Grund, einen Nachkommen zu verstecken? Jeder Bauer ist doch froh, wenn er eine Arbeitskraft mehr auf dem Hof hat! Die ganz Armen, die kein eigenes Land besitzen und einen Buben nicht ernähren können, haben weder eine Möglichkeit, ihn zu verstecken, noch ein Interesse, ihn bei Wasser und Brot dumm zu halten und körperlich zu schwächen. Wenn aber Erbrechte bei der Angelegenheit im Spiel sind, dann ergibt ganze einen Sinn! Eine hochgestellte Person, der daran gelegen ist, den Buben verschwinden zu lassen, beauftragt einen ihrer Gutsverwalter - unseren Unbekannten -, das Kind in einem

Kerker zu isolieren. Diese Person will die Ich-Entwicklung des Buben zerstören, sein Gedächtnis leeren, bis er sich nicht mehr an seine Herkunft erinnern kann. Haben Sie den medizinischen Bericht von Dr. Preu studiert?"

„Nun, ja!"

„Dann wird auch Ihnen aufgefallen sein, dass Kaspar eine Impfnarbe gegen die Pockenkrankheit aufweist. Diese Impfung ist aber nur in gehobenen Kreisen üblich!"

Er kramte in seiner Rocktasche und holte einen zerknitterten Brief hervor. „Ein anonymer Schreiber hat mir diese Nachricht hier zukommen lassen. Darin behauptet er, Kaspar sei der Erbprinz des Hauses Baden."

„Aber auch unser Bürgermeister hat einen solchen Brief erhalten!", rief Daumer aufgeregt aus. „Er hielt die Sache für abwegig. Wenn jedoch auch Sie..."

„Zwei Empfänger machen die Anschuldigung nicht wahrer! Sie könnte immerhin von demselben Verfasser stammen und entbehrt leider jeder Begründung", räumte der Rechtsgelehrte ein, „so dass sie im Grunde nicht viel wert ist. Aber ich werde dem Hinweis nachgehen."

„Kaspar ein Adeliger, ein Erbprinz womöglich sogar - das würde der Angelegenheit auch noch eine politische Note verleihen! Pff!" - Dem Professor lief es heiß und kalt den Rücken hinunter: Er witterte Skandal und Intrige!

„Immer langsam", bremste Feuerbach. „Das ist eine äußerst heikle Angelegenheit, die vorerst nur auf Spekulationen basiert, wenngleich einiges zusammenpasst! Wir brauchen noch mehr Fakten! Am günstigsten wäre es, wenn wir die Lage des Kerkers ausfindig machen könnten! Kaspars Aussagen sind hier leider wenig wert: Bei den Verhören hat man ihm vieles in den Mund gelegt, und er widerspricht sich allzu oft!"

„Aber hier besitzen wir doch gute Hinweise durch die Andachtsbücher, die der Mann Kaspar mitgegeben hat", versetzte Daumer. „Sie stammen allesamt aus Niederbayern und dem österreichischen Donauraum! Auch Kaspars Dialekt würde dazu passen!"

„Trotzdem: Unterschätzen dürfen wir den Burschen auch nicht! Er würde uns ja mit seinen Gebetsbüchern geradezu zu seinem Versteck hinführen! Ich halte das für eine Finte. Unser Mann ist ohne Zweifel katholischen Glaubens und spricht altbairischen Dialekt, aber gerade weil er im protestantischen Frankenland zu finden ist, darf er sich so sicher fühlen!"

„Woraus schließen Sie das, wenn ich fragen darf?"

„Sie dürfen! Kaspar ist an einem Pfingstmontag in Nürnberg aufgetaucht. Dieser Tag ist wie geschaffen für jemanden, der täglich seiner Arbeit nachgeht und wegen seiner Abwesenheit nicht auffallen möchte. Denn so kann er seine Reise am Sonntag beginnen und hat für den

Rückweg noch einen knappen Tag zur Verfügung, damit er am Dienstag wieder, als sei nichts gewesen, seiner Beschäftigung nachgehen kann. Dann überlegen Sie, auf welche Weise er Kaspar in die Stadt gebracht haben könnte: In der Postkutsche wären die beiden aufgefallen, ebenso zu Fuß auf der Landstraße. Ich denke, sie sind mit dem Pferd oder dem Pferdewagen gekommen. Sie werden es auch vermieden haben, in einer Herberge auf der Landstraße zu übernachten. Vieles spricht daher dafür, dass sie an einem einzigen Tag hergeritten sind. Die Tagesleistung eines Pferdes beträgt etwa 60 Kilometer. In diesem Umkreis ist Kaspars bisheriger Aufenthaltsort zu finden! Und zwar müssen wir nach einem einsamen, leerstehenden Anwesen suchen!"

Daumer schnaufte. „Na, selbst wenn Sie recht hätten: Das ist kein leichtes Unterfangen!"

Inzwischen waren sie einen kleinen Bogen gelaufen und wieder an ihrem Ausgangspunkt angekommen.

„Etwas anderes begreife ich nicht", meinte der Pädagoge nachdenklich: „Warum hat Kaspar überlebt? Warum hat man ihn nicht einfach nach seiner Geburt umgebracht?"

„Die wenigsten Verbrechen gehorchen einer klaren Logik! Und Mord ist noch einmal eine andere Sache: Auch die Kaltblütigsten scheuen davor zurück!" schloss der Präsident.

Betrug!

Der Gerichtspräsident blieb zum Abendessen. Aus Anlass des hohen Besuchs hatte Daumer rasch eine kleine Gesellschaft laden lassen: Kaspars Arzt, Dr. Preu, mit Gattin, den Polizeiaktuar Scheurl und seine Frau, den Gerichtsrat Schütz und natürlich seinen guten Freund, den Freiherrn von Tucher, allesamt Mitglieder angesehener Nürnberger Häuser. Angelockt wurden sie auch durch die Ankündigung, dass Daumers Pflegesohn, dessen Fortschritte sie aufmerksam verfolgten, einige Kunststückchen zum besten geben würde.

In der Tat erlag der Gastgeber der Versuchung, mit Hilfe seines Schützlings seine umstrittene Erziehungstheorie zu untermauern und zu verbreiten. Er war nämlich der Meinung, dass in jedem Kind ein Genie schlummerte, das erst durch Erziehung bis zur Unkenntlichkeit entstellt wurde. Es gab keine Verbrechernaturen und keine Heiligen, keine Begabten und Unbegabten, sondern nur Seelen, die zum Zeitpunkt der Geburt völlig frei und unbelastet dahinschwebten, im Laufe ihres Lebens jedoch an gesellschaftliche Ketten gelegt wurden.

Die bürgerliche Kultur spielte dabei eine äußerst verderbliche Rolle. Mit Feuereifer klagte Daumer die verfeinerte Lebensweise der Gesellschaft an, denn sie war schuld, wenn der Mensch, anstatt nach dem Ebenbild Gottes, unglücklich, egoistisch und gemeingefährlich geriet. Kinder wurden gezwungen, sich wie Erwachsene zu benehmen, mussten sich ihrem Tagesablauf anpassen, lernten, mit Messer und Gabel zu essen und vorschriftsmäßig zu beten, steckten in unbequemen Kleidern und büffelten moralische Lehrsätze, deren Inhalt sie nicht verstanden. Die angestrengten Bemühungen, sie durch moralische Unterweisung zu guten Menschen zu erziehen, führten aber geradewegs zu gehemmten, sich selbst entfremdeten Geschöpfen, Sklaven unnatürlicher Sittenregeln.

Der glücklichste Mensch dagegen war ein kindlicher Robinson Crusoe, der auf einer Insel in der Wildnis lebte und sich völlig frei entfaltete. Die einzige Aufgabe des Erziehers musste daher lauten, alle Hemmungen für die kindliche Entwicklung zu beseitigen und dem Zögling, mehr durch Nicht-Eingreifen als durch tatkräftige Unterstützung, beste Bedingungen zu bieten. Überall entdeckte er Verstöße gegen diese so einfache Regel! Wenn Kinder einmal ihren gesunden Menschenverstand gebrauchten, erregten sie das Missfallen ihrer Eltern, denn die hatten immer einen Grundsatz parat, der das Gegenteil vorschrieb. Und Daumer litt, raufte sich die Haare, stöhnte über die Auswüchse der Unbelehrbarkeit. Der Pädagoge ergriff jede Gelegenheit, seine Überzeugungen kundzutun. Er stritt und focht, nahm Partei und griff an, vertrat, legte dar, verdeutlichte, gab zu bedenken, wo immer es ihm möglich war, und dabei begeisterte er sich, teilte aus, schluckte, stand durch und trug sein Kreuz.

Man kann sich leicht vorstellen, wie Daumer zumute gewesen war, als ihm das Schicksal den in einem Kellerloch aufgewachsenen Kaspar Hauser in die Hände spielte. Hier hatte er ein achtzehnjähriges Jünglingskind vor sich, das von allen Einflüssen verderblicher Zivilisation gewaltsam ferngehalten worden war. Wenn seine Theorie stimmte, so würden die göttlichen Fähigkeiten des Buben schon bald für alle sichtbar werden, ja sie machten sich bereits bemerkbar, und dies zu zeigen war der Zweck seiner kleinen Vorführung.

Noch bevor von Mutter Daumer das gebrauchte Geschirr abgeräumt worden war, hielt er einleitend über die Essensreste hinweg einen Vortrag über die Vorzüge gesunder Ernährung, um zu einer donnernden Predigt gegen fleischliche Kost und jegliche Art von Alkoholgenuss überzuleiten. Eigenhändig öffnete er eine Flasche Cognac und ließ Kaspar rufen. Dem armen Buben wurde schon an der Türschwelle übel.

„Sie sehen, welche Folgen selbst kleinste Mengen Alkohol bei ihm haben!", rief Daumer, während er zur Enttäuschung seiner Gäste den Cognac sorgfältig verkorkte.

„Ihnen allen ist Kaspars Schicksal bekannt!", fuhr er fort. „Sie werden nun vielleicht erstaunt sein,

wenn ich behaupte, dass das traurige Dahin-
vegetieren in seinem Kerker auch eine gute
Seite gehabt hat."

Diese Wendung hatte er von Feuerbach über-
nommen: Sie passte ihm wunderbar ins Kon-
zept!

„Seine einzige Verpflegung bestand aus den
Grundnahrungsmitteln Wasser und Brot. Er
hatte niemanden, der ihn mit den vermeintlichen
Köstlichkeiten einer verfeinerten Esskultur be-
kanntgemacht hätte, und so kam er unverdorben
zu uns nach Nürnberg. Augenblicklich gewöhnen
wir ihn an Milchreis, Gries, Hirse und Kartoffeln
ohne Salz und Butter. Später sollen auch alle
Sorten von Obst und Gemüse sowie Käse und
Eier auf dem Speiseplan stehen, aber fleischliche
Kost und Alkohol wird es bei uns nicht geben.
Jeder Mensch ist von Natur aus Vegetarier und
wird nur zu Fleisch greifen, wenn die Gesellschaft es ihm vorlebt!"

„Dass Kaspar nur von Wasser und Brot gelebt
hat", meldete sich Dr. Preu zu Wort, „das belegt
der medizinische Befund, aber der fällt nicht
sehr günstig aus. Worin sollen denn die Vorteile
dieser Entbehrungen bestehen?"

Auf diese Frage hatte Daumer gewartet. „Die
Vorteile werde ich Ihnen nun demonstrieren!
Würden Sie bitte alle Lichter löschen!"

Stühlerücken folgte, die Kerzen wurden aus-
geblasen, und man sah nur noch Schatten im

Raum. Gespannt warteten die Damen und Herren auf erhellende Ausführungen ihres Gastgebers.

„Kaspar", erscholl die Stimme des Pädagogen im Raum, „welche Farbe hat dieser Karton hier?"

Der Umriss eines schwarzen Rechtecks zeichnete sich ab.

„Es ist ein roter Karton, Herr Professor!", sagte Kaspar.

„Und dieser?"

Ein zweiter Schatten wurde sichtbar.

„Ein blauer Karton!"

„Und der hier?"

„Ein grüner Karton!"

Daumer zündete die Kerzen wieder an. „Bitte sehr: Ein roter, ein blauer und ein grüner Karton!"

Ein Murmeln ging durch die Tischgesellschaft, Frau Scheurl jauchzte auf.

„Haben Sie den Versuch schon einmal mit ihm durchgeführt?", fragte Feuerbach.

„Nicht in dieser Form. Aber Kaspar hat in zahllosen Situationen gezeigt, dass seine Augen im Dunkeln wie im Hellen nahezu gleich gut sehen."

„Was ist Ihre Meinung dazu, Doktor?", wurde Dr. Preu vom Freiherrn von Tucher gefragt.

Der Arzt räusperte sich. „Sein Sehvermögen ist in der Tat außergewöhnlich. Die Frage ist jedoch, ob dies auf seine Ernährung zurückzuführen ist. Wahrscheinlicher scheint mir, dass er über die Jahre gelernt hat, sich in einer dunklen Zelle zu orientieren."

„Das leuchtet ein!", rief der Polizeiaktuar Scheurl, glücklich über sein Wortspiel.

Daumer winkte ab. „Dann will ich diesen Einwand mit einem anderen Versuch widerlegen! Übrigens ist es nicht nur die Ernährung - er kam auch mit allen anderen schädigenden Einwirkungen unserer Kultur nicht in Berührung."

Der Pädagoge holte ein Geldstück aus der Tasche, ohne seine Ausführungen zu unterbrechen. „Er wurde gleichsam in seinem Naturzustand bewahrt: Seine Sinne wurden, anders als bei uns, nicht durch negative Einflüsse geschwächt. Kaspar wird jetzt unter den Tisch kriechen. Katharina, würdest du bitte dieses Geldstück irgendwo auf dem Tisch plazieren? Kaspar wird uns, ohne etwas zu sehen oder zu hören, von unten sagen, in welchem Bereich des Tisches es sich befindet."

Die Schwester des Pädagogen tat, wie ihr geheißen. Da der Tisch inzwischen abgeräumt war, lag nun auf der weißen Tischdecke nur das Geldstück.

„Da zieht's!", kam prompt die Stimme von unten, und tatsächlich hatte der Bub die Stelle richtig gedeutet.

„Der Knabe wird von Metallen angezogen wie ein Magnet", erläuterte Daumer. „Das ist eine dem Menschen angeborene Eigenschaft, die den meisten von uns nach und nach verloren geht!"

„Wirklich ein außergewöhnliches Phänomen!", kommentierte Feuerbach interessiert. „Darf ich es selbst versuchen?"

„Bitte sehr!"

Der Gerichtspräsident traf einige Vorkehrungen. Kaspar musste den Raum verlassen. Dann legte er nicht nur eines, sondern zwei Geldstücke zwischen Tischplatte und Stoffdecke. Schließlich wurde Kaspar wieder hereingerufen und nahm unter dem Tisch Platz.

„Da zieht's!", war seine Stimme zu hören, und, nach einer langen Pause, etwas zögerlich: „Aber da auch!"

Alle waren erstaunt. „Bravo, Kaspar!", riefen Männer- und Frauenstimmen gleichzeitig. Kaspar genoss den verdienten Beifall und zog sich schüchtern auf sein Zimmer zurück, während Daumer Gläser besorgte und endlich seinen Cognac anbot. Man stieß auf Kaspar an, und selbst Daumer nippte genüsslich an der bernsteinfarbenen Flüssigkeit.

„Der betörende Geschmack des Cognacs bezaubert mich freilich mehr als Ihre Vorführung, mein lieber Daumer!", meinte in die eintretende Stille hinein der Gerichtsrat Schütz, ein dünner Herr, der sich bisher im Hintergrund gehalten hatte.

„Was meinen Sie damit?", fragte Scheurl.

„Die Phänomene des Magnetismus sind doch längst widerlegt! Ich bin der Ansicht, dass es sich hier um eine Täuschung handelt."

„Sie glauben: eine optische Täuschung?"

„Eine vorsätzliche Täuschung! Man sagt auch Betrug dazu", sagte Schütz herausfordernd. „Da ich kaum glauben kann, dass unser werter Gastgeber ein Betrüger ist, bleibt nur eine Möglichkeit: Das angebliche Opfer unmenschlicher Behandlung ist selbst der Täter! Ich werde das Gefühl nicht los, dass er uns eine Komödie vorspielt."

„Warum sollte er so etwas tun?", rief Tucher verwundert aus.

„Da gibt es viele mögliche Gründe. Was wissen wir von ihm? Nichts! Möglicherweise ist der, der hier unseren Schutz genießt, anderswo ein gesuchter Schwerverbrecher!"

„Das ist doch Unsinn!", widersprach der Medizinalrat. „Seinen Fall diskutiert inzwischen das ganze Land - ‚das Kind von Europa' wird er genannt! Das wäre ja eine wunderbare Methode, um unerkannt zu bleiben!"

„Vielleicht hat er mit dem Aufsehen, das er erregt hat, einfach nicht gerechnet!", gab Schütz zu bedenken und machte dabei ein angriffslustiges Gesicht.

Jetzt meldete sich der Amtsgerichtspräsident zu Wort. Er wirkte äußerlich ruhig, nur Daumer sah an den blutleeren Fingern, die sich verkrampft um die Tischkante pressten, dass sein

Ehrengast Mühe hatte, sein Temperament zu zügeln.

„Es ist durchaus notwendig, eine solche Möglichkeit zu überprüfen", begann er. „Überall draußen im Lande werden ähnliche Stimmen laut. Unerträglich wird es aber", und nun plötzlich erhob sich Feuerbach und drohte mit dem Zeigefinger, „wenn berechtigte Skepsis vorschnell zu falschen Anschuldigungen führt, ohne dass die Ankläger sich mit den Fakten vertraut gemacht haben. Ich gehe davon aus, Herr Gerichtsrat, dass Sie einseitig informiert worden sind, denn gerade Sie sollten den Schaden, den voreilige Urteile anrichten können, von Berufs wegen einschätzen können!"

Schütz biss die Zähne zusammen. Kein Laut war nun zu hören, außer Daumers nervösem Scharren mit den Füßen.

„Überprüfen wir einmal sachlich die ausgesprochene Vermutung: Nehmen wir an, Hauser sei ein Betrüger." Feuerbach wog das Gewicht des Arguments mit der linken Hand. „Er verfolgt von Anfang an einen Plan. Er tut so, als könne er nicht sprechen und nicht gehen. Welch ein begnadeter Betrüger, der jeden, der ihm begegnet ist, einschließlich aller Mediziner und Psychologen, zu täuschen vermochte: Er ist der größte Schauspieler, den die Menschheit kennt, nur die Stadt Nürnberg hat von ihm noch nicht gehört!"

Einige der Anwesenden wiegten den Kopf. Feuerbach wartete kurz und fuhr dann fort.

„Sein Plan ist genial: Er spielt einen Zurückgebliebenen, der bisher nur von Wasser und Brot gelebt hat. Alles kommt, wie es vorauszusehen war: Er wird von der Polizei eindringlich verhört und bei Wasser und Brot in eine dunkle Zelle gesperrt. Nun hat der schauspielerische Genius erreicht, was er wollte! - Es war zweifellos die bequemste Möglichkeit für ihn, sich Unterkunft und Verpflegung zu sichern."

„Sehr gut, sehr gut!", entfuhr es Tucher zustimmend, und Feuerbach fügte hinzu: „Die Wunde an seinem Arm hat er sich übrigens selbst zugefügt!"

„Selbst zugefügt, haha!", echote Scheurl, und alle lehnten sich entkrampft zurück. Nur dem Gerichtsrat war nicht zum Lachen zumute. Das kecke Selbstbewusstsein war aus seinem Gesicht verschwunden.

Da ist allerdings noch eine Kleinigkeit", fuhr der Amtsgerichtspräsident fort: "Die Blutblasen an den Füßen! Hat er sich die auch mutwillig zugelegt? Hat er sich die Hornhaut von Händen und Füßen gescheuert? Herr Dr. Preu kann bestätigen, dass sich durch die Sitzstellung im Kerker Kaspars Körper untypisch entwickelt hat: Er hat einen außergewöhnlich geraden Rücken, die Krümmung der Wirbelsäule ist kaum ausgeprägt. Außerdem liegen bei normal gewachsenen Menschen die Beine im Sitzen nicht völlig platt und gleichmäßig auf: Unter das Knie lässt sich mühelos eine Hand schieben. Wenn Kaspar dagegen auf dem Boden sitzt, dann ist es, als würde ein schweres Gewicht seine Knie auf den Boden pressen. Habe ich das richtig beschrieben, Herr Dr. Preu?"

Dr. Preu nickte.

„Das, Herr Gerichtsrat", und Feuerbach durchbohrte den Angesprochenen mit seinem Blick, „erfordert allerdings ein ganz spezielles Körpertraining!"

Hier lachte die Gesellschaft hell auf. Feuerbachs Ton wurde nun leidenschaftlich.

„Wenn Sie daher glauben, Kaspar sei nicht der, den er darstellt, dann muss er wenigstens jemand sein, der genau dasselbe erfahren und erlitten hat wie Kaspar. Er hat jahrelang das Schicksal Kaspar Hausers auf sich genommen, um sich auf den Auftritt in Nürnberg vorzubereiten!"

Selbst Schütz spürte die Lächerlichkeit dieses Gedankens. Er nickte vorsichtig zustimmend, aber gleichzeitig versteinerte sich seine Miene zusehends, während er Feuerbach scheinbar unbeteiligt lauschte.

„Sie merken, verehrte Damen und Herren, dass ich mich aufrege. Was mich so in Rage versetzt, ist die Tatsache, dass derartige unbedachte Äußerungen das Unrecht fortsetzen, das diesem Buben bislang widerfahren ist. Die Wahrheit seiner Erzählung ist uns verbürgt durch die Person des Erzählenden, an dessen

Leib, Geist und Gemüt die Tat deutlich ihre Spuren hinterlassen hat. Er ist selbst der Betrogene: ein im Finsteren gezogenes Gewächs, das erst kürzlich ans Sonnenlicht gebracht wurde, wahrscheinlich zu spät, um noch prächtige Blüten zu tragen. Hier wurde ein furchtbarer Seelenmord begangen, und ich lege meine schützende Hand über dieses Geschöpf, um wenigstens das kommende Unglück von ihm fernzuhalten!"

Feuerbachs gebeugte Haltung, als er geendet hatte, zeugte von seiner Erschöpfung. Alles starrte nun auf Schütz, der einen Augenblick brauchte, um sich zu fassen.

„Sie dürfen wieder Platz nehmen, Herr Amtsgerichtsrat", rief er lächelnd aus. „Was gibt es auf Ihre bewundernswerten Redekünste noch zu erwidern! Die Zukunft wird zeigen, dass Sie Recht haben!"

„Jaja, mein lieber, Schütz", klopfte ihm Scheurl auf die Schulter, „das müssen Sie schon zugeben, dass Ihr großer Ansbacher Kollege Ihnen über ist, gell?"

Alle lachten laut und schienen erleichtert, dass Schütz die scharfe Rede Feuerbachs nicht persönlich genommen hatte. Dennoch blieb ein allgemeines Unbehagen: Die Stimmung war dahin, und wer genau hinsah, konnte im Gesicht des Angegriffenen eine tiefe unterdrückte Verärgerung erkennen. So löste sich die Runde auch bald auf: Wichtige Geschäfte am frühen

Morgen zwangen zum Aufbruch, sagte der eine, man wolle dem Gastgeber dann auch nicht weiter zur Last fallen, meinten andere, und schon hatte sich die ganze Tischgesellschaft erhoben und verabschiedet.

Nur der Gerichtspräsident verabschiedete sich noch nicht. Er ging noch einmal allein hinauf in Kaspars Stube und traf diesen trotz der späten Stunde wach an. Der Bub saß ohne Licht auf der Erde und blickte starr an die Wand. Erst als Feuerbach ihn am Arm berührte, fuhr er wie aus einem tiefen Schlaf auf.

„Herr Präsident", sagte der Bub unvermittelt, „was ist das, Bruder und Schwester?"

Feuerbach beugte sich nieder und suchte nach einer passenden Antwort. „Bruder und Schwester sind die, die eine gemeinsame Mutter haben, wie Katharina und der Herr Daumer zum Beispiel!"

Wieder starrte der Bub zu Boden. Dann fragte er: „Hat Kaspar auch eine Schwester?"

„Das weiß ich nicht, Kaspar! Es ist gut möglich!"

Kaspars Gesichtsausdruck wurde immer trauriger, und schließlich kullerten ihm die Tränen auf die Wangen. Mit leiser Stimme sagte er: „Nein, Kaspar hat keine Schwester! Kaspar hat doch keine Mutter!"

„Aber du hast auch eine Mutter!", versicherte Feuerbach. „Jeder Mensch hat eine Mutter!"

„Ich nit Mensch! Ich Kaspar!", entgegnete er trotzig. Wieder entstand eine Pause. Plötzlich fragte er mit Entschlossenheit: „Herr Präsident! Wer bin ich?"

Ein Mensch ohne Vergangenheit, fuhr es Feuerbach durch den Kopf. Wenn du es selbst nicht weißt, wer kann es dir dann sagen, du armer Kerl?

„Es ist zu früh, diese Frage zu beantworten!", antwortete der Präsident aus Verlegenheit. „Fürs Erste fängt dein Leben hier neu an. Du musst dich an vieles erst gewöhnen!"

Kaspar schien noch nicht befriedigt, denn er starrte ihn flehend an. Ich muss ihn auf andere Gedanken bringen, dachte Feuerbach. Er richtete ihn auf, führte ihn zum Fenster und wies mit dem Finger zum Himmel. „Siehst du die Sterne dort? Ist das nicht herrlich?"

Es war eine klare Sommernacht. Der Blick des Buben schweifte lustlos nach oben. Immer noch schien er zu grübeln. Doch plötzlich fasste er die blinkenden Himmelskörper ins Auge. Staunend riss er die Augen auf. „Aah!", rief er aus, und noch einmal: „Ooh!" Aus seinem Gesicht sprach das höchste Entzücken. „Wer hat des g'macht?"

Feuerbach gab keine Antwort.

„Des is aber doch des Schönste, was ich auf der Welt g'sehen hab'! Wieviele sind des? Wer

71

hat all die Lichter da hinaufg'stellt? Wer hat sie anzündet? Wer bläst's aus?"

„Die Sterne sind immer dort oben, aber wenn die Sonne scheint, dann sehen wir sie nicht!"

„Aber wer hat sie dort oben 'naufg'setzt, dass sie immerfort brennen?"

Endlich wandte er den Blick ab. „So was Schönes!", murmelte er immer wieder. „So was Schönes! So was Schönes!" Sekundenlang stand er einfach nur da und staunte. Schließlich sagte er mit jammernder Stimme:

„Warum hat Mann Kaspar eing'sperrt und ihm all die schönen Sachen nit zeigt! Kaspar war doch nit bös'! - Herr Präsident, tun Sie den Mann ein wenig einsperren, dass er sieht, wie des is?"

Feuerbach versprach es, doch er fühlte sich unbehaglich dabei.

Das Wappen im Traum

Der Sommer verging und Kaspars körperlicher Zustand stabilisierte sich. Ende August stellte Daumer mit Stolz fest, dass der Knabe in vierzehn Tagen mehrere Zentimeter gewachsen war. Auch aß er mit großem Appetit und überwand rasch seine Kränklichkeit. Man konnte zusehen, wie sein anfangs schwammiger Körper täglich kräftiger wurde. Mutter Daumer hatte ihn behutsam an vollwertige Nahrung gewöhnt und seit Oktober mengte sie, ohne Wissen ihres Sohnes, löffelweise Fleischbrühe in Kaspars Wassersuppe. Schon wurden ihm seine Kleider zu eng. „Die Suppe schmeckt mir von Tag zu Tag besser", rief der Bub aus, ohne den kleinen Unterschied zu ahnen.

Als der Pädagoge endlich hinter die fleischliche Zutat kam, war er aufgebracht: „Was tust du! Du machst meine Forschungen zunichte! Du verdirbst ihn!" So ging es eine Weile: Er rannte durchs Haus und schimpfte, aber schließlich beruhigte er sich und fand sich mit der Unabänderlichkeit der Dinge ab, denn er kannte seine Mutter: Nicht mit Güte und nicht mit Drohungen würde sie sich von ihren mütterlichen Überzeugungen abbringen lassen.

Auch geistig machte Kaspar weiterhin große Fortschritte. Er fieberte den Unterrichtsstunden entgegen und lernte so eifrig, dass sein Lehrer vor

Freude nachts lange wach lag. Lesen und Schreiben gingen schon flüssig, nur beim Sprechen hatte der Bub oft noch eine eigentümliche Ausdrucksweise, die teils auf Unbeholfenheit, teils darauf zurückzuführen war, dass er vieles, was unsere Sprache bezeichnet, noch nicht kannte.

Gegen Ende November wurde er noch einmal ernstlich krank. Während eines Spaziergangs atmete er plötzlich so schwer und kurz, dass er sich niedersetzen musste. Die Brust schmerzte ihm und der Kopf war wie betäubt. Feuerbach, der sich in seiner Begleitung befand, hatte Mühe, ihn nach Hause zurückzubringen. Kaspar stand am Rande der Bewusstlosigkeit und musste ins Bett getragen werden, wo er fast 24 Stunden durchschlief. Danach konnte er sich an die näheren Umstände seines Schwächeanfalls gar nicht mehr erinnern.

„Eine Erkältung, die deinen Körper ungewöhnlich heftig angefallen hat!", diagnostizierte Dr. Preu. „Die Ursache ist leicht erklärt: Du hast das gut geheizte Zimmer verlassen und bist ohne Mantel in die kalte Novemberluft hinausgetreten. Dein Kerker war wohl immer recht warm, so dass du die derzeitigen Temperaturen nicht gewöhnt bist. Da müssen wir gut aufpassen, denn der Winter steht vor der Tür!"

„Der Herr Winter?"

„Nein! Der Winter ist keine Person", erläuterte der Arzt. „Er bringt Schnee und Eis und schaurige Kälte!"

„Warum?"

„Das ist eben der Wandel der Jahreszeiten: Auf den Herbst folgt der Winter und dann kommt der Frühling!"

„Dass es den Winter da nicht selber friert!"

Preu lachte. „Wer weiß! Jedenfalls hat der Winter ein Gutes: Er macht Dächer, Bäume und Straßen alle so weiß wie die Wände in deinem Zimmer! Das wäre doch schön, nicht wahr?"

„Herr Doktor", antwortete Kaspar mit feierlichem Ernst, „das wäre freilich gar zu schön, aber ich will es nicht glauben! Ich muss mich erst selbst darauf hineindenken, dann stimmt es gewiss!"

Er dachte eine Weile nach, und dann sagte er: „Also: Wenn der Winter wirklich vor der Tür steht, dann soll man ihn drei Tage lang hineinlassen und anschließend wieder fortschicken!"

„So machen wir's!", rief Preu gutgelaunt. „Aber jetzt werde erst einmal wieder gesund!"

Kaspar wurde gesund, und endlich, eines Morgens, sah er aus dem Fenster und riss die Arme hoch. „Allmächt!", rief er aus. „Wie jetzt die Dächer, Bäume und Wege so fein angestrichen sind! Jetzt", verkündete er leutselig und zupfte dem herbeigeeilten Daumer dabei am Ärmel, „jetzt stimmt es!"

Und schon war er zur Türe hinausgesprungen.

„Da bleibst!", rief ihm Daumer nach. „Erst die Morgentoilette!"

Doch Kaspar war nicht aufzuhalten. Der Professor hörte, wie sein Schützling die Treppe hinunterpolterte und die schwere Tür zum Garten öffnete. Unter dem Fenster knirschten eilige Schritte im frischen Schnee. Dann Stille. Daumer hielt den Atem an: Kein Laut war zu vernehmen.

Plötzlich zerriss ein gellender Schrei die Luft. Keuchend stürzte der Professor auf den Hof, von der Mutter und Käthe, dem Dienstmädchen, gefolgt - Kaspar stak in der Schneefläche, reckte seine rechte Hand wie eine brennende Fackel in die Höhe und jammerte: „Die weiße Farbe hat mich gebissen!"

Feuerbach ließ es sich trotz des Wintereinbruchs nicht nehmen, Kaspar, so oft es ihm seine Zeit erlaubte, zum Spaziergang abzuholen. „Und kommen Sie voran?", fragte er den Pädagogen in der Stube, während Kaspar sich in seiner Kammer warm anzog.

„Er macht glänzende Fortschritte!", antwortete Daumer. „Und Sie selbst, mein lieber Feuerbach?"

„Fragen Sie nicht!", antwortete Feuerbach bärbeißig. „Alle Welt mauschelt, dass er der badische Thronfolger sei, aber alles nur Geschwätz, keine Fakten! Man sollte in dieser heiklen Angelegenheit vor dem Anheizen der Gerüchteküche besser kühlen Kopf bewahren!"

„Das haben Sie, nehme ich an", bemerkte Daumer geduldig.

„Nun ja: Die Leute sagen, im Hause Baden gehe es nicht mit rechten Dingen zu: Innerhalb kürzester Zeit ist der gesamte Mannesstamm - immerhin fünf männliche Nachkommen - auf mysteriöse Weise im Kindbett gestorben, während die Mädchen, die nicht erbfolgeberechtigt sind, sich prächtiger Gesundheit erfreuen."

„Das sind in der Tat merkwürdige Zufälle. Haben Sie Zweifel an der Sachlage?"

„Nicht an der Sachlage. Nur dass die Geschichte mit unserem Kaspar wohl nichts zu tun hat! Bedenken Sie: Man hat die Leichen der Kinder, man hat Zeugen und Totenscheine. Es ist nicht ausgeschlossen, dass man bei ihrem Tod nachgeholfen hat, aber unser Kaspar ist am Leben! Was wir suchen, ist ein vermisstes Kind, nicht ein totes!"

Daumer überlegte eine Weile. „Sie haben wie immer recht!", sagte er schließlich leicht enttäuscht. „Die Verbindung zu Kaspar ist demnach völlig aus der Luft gegriffen!"

„Nahezu!", schränkte Feuerbach ein. „Die Nachricht von einer geheimnisvollen Flaschenpost macht die Runde, die vor zwölf Jahren angeblich im Rhein gefunden worden ist. Der Verfasser dieser Botschaft behauptet, er sei um seinen Thron gebracht worden und befinde sich in der Nähe von Laufenburg am Rhein in Gefangenschaft. Hier hätten Sie endlich Ihren verschwundenen Thronfolger! Und aus undurchsichtigen Gründen wird auch diese Affäre mit dem Hause Baden in Verbindung gebracht."

„Natürlich! Wer einmal in Verdacht geraten ist, über den wird aller Unrat ausgeschüttet, der sich in der Gerüchteküche ansammelt!"

Womit wir wieder an unserem Ausgangspunkt angekommen wären!", seufzte der Gerichtspräsident.

„Auch der Rittmeister Wessenig hat übrigens seinen Teil abbekommen," schmunzelte Daumer. „Meine Haushälterin Käthe vermutet, der Bub sei sein unehelicher Sohn!"

„Dann wüsste er es wohl selbst nicht!", bemerkte Feuerbach lachend.

In diesem Augenblick wurde das Gespräch der beiden Herren unterbrochen, denn Kaspar rumpelte die Treppe herunter und die beiden Spaziergänger brachen auf.

Ihr Weg führte sie über Spitalbrücke, Obstmarkt und Burgstraße zur Burg. Der festgetretene Schnee unter ihnen knirschte. Noch immer hatte Kaspar seine eigene Art daherzustapfen, nämlich mit der ganzen Fußsohle zugleich aufzutreten, was ihm das Gehen sehr erschwerte. Dennoch legte er vergnügt den Kopf zurück, schürzte den Mund und stieß den in der frostigen Luft sichtbaren Atem wie ein Schornstein nach oben aus. „Ich war lange dumm - erst vor ein paar Tagen bin ich schlau geworden!", rief er. „Ich glaubte, das wäre Tabaksqualm, den ich eingeatmet hätte! Pfui Teufel!"

Er schüttelte sich.

Feuerbach beschleunigte seinen Schritt - ein sicheres Zeichen dafür, dass er in Gedanken vertieft war. „Wenn ich doch auch so schnell gehen könnte, wie Sie, Herr Präsident!", jammerte Kaspar, womit er höflich zum Ausdruck bringen wollte, dass er nicht hinterherkam. Als sie am Fuße des Burgbergs angekommen waren, fragte Feuerbach: „Sollen wir hinaufsteigen? Von dort oben hat man eine herrliche Sicht!"

So weit hatten sie sich noch nie vorgewagt und Kaspar stimmte begeistert zu. Der Weg war sehr steil, und mehrfach keuchte der Bub: „Das ist aber ein müder Weg!" Aber er gab nicht auf, und schließlich erreichten sie eine Beobachtungsplattform. Von hier aus konnte man weit über die Stadtgrenzen hinaus ins offene Gelände sehen. Felder, Wiesen und Wälder waren nicht mehr deutlich unterscheidbar: Der Schnee hatte alles zu einem weißen Meer von sanften Hügeln verschmolzen, und der Himmel zog sich, wie Kaspar sagte, bis zur Erde hinab. Nur der Fluss zog ein schwarzes Band durch die Landschaft, und hier und da trat eine einzelne dunkle Häuserwand hervor. Kaspar betrachtete die Aussicht mit offenem Mund. Er bewunderte die herrliche „Weißheit" und schlug vor, es doch immer so zu lassen.

Sie gingen ein Stück weiter bis zum Schloss-zwinger und genossen auch von hier die Aus-sicht. Noch immer waren Kaspars unverbrauchte Augen scharf wie die eines Raubvogels. Mühelos zählte er in der Ferne die Fenster des Schlosses Marloffstein, das Feuerbach nur mit großer An-strengung und lediglich in Umrissen erkennen konnte. Dabei beklagte sich sein junger Freund, dass seine Augen immer noch nicht wieder die Schärfe besaßen, die sie vor seiner Krankheit gehabt hatten.

Lange standen sie da, bis Feuerbach die Kälte empfindlich unter den Mantel kroch und er zur Rückkehr mahnte. Sie stiegen eine breite Trep-pe hinab und gelangten durch ein schweres, schmiedeeisernes Tor zur Fassade eines hoch aufragenden Burggebäudes. Dort befand sich eine Gruppe steinerner Figuren, die die schla-fenden Jünger Christi darstellten. Besonders an Johannes, der ein Buch in der Hand hielt, fand Kaspar Interesse, weil dieser lernen wolle und dabei schlafe. „Er wird über dem Lesen einge-schlafen sein!", schlug Feuerbach vor. Das schien Kaspar zu überzeugen: Er stieß die Figur mit seinem Gehstock an und rief: „Bitte aufwachen! Sie wollen doch lesen!"

Feuerbach lachte: „Glaubst du denn etwa, der Stein ist lebendig?"

„Das natürlich nicht!", antwortete Kaspar, „Aber doch wohl der Mann, den der Stein darstellt!"

„Aber das Bild und der Mann sind doch ganz verschiedene Dinge!"

„Das weiß ich! Aber der Mann soll trotzdem endlich aufwachen!"

Erneut klopfte er der Figur mit seinem Stock auf den Rücken: Wenn er sich etwas in den Kopf gesetzt hatte, war es schwer ihn davon abzubringen. „Glaube mir, der Mann ist schon seit über tausend Jahren tot!", versuchte es der Präsident und überlegte schon angestrengt, wie er dem Buben den Tod begreiflich machen sollte, aber der hatte sich schon enttäuscht von dem tief schlafenden Johannes abgewandt. Nun nahm das Burggebäude seine ganze Aufmerksamkeit ein.

„Gehen wir nicht hinein?"

„Das nächste Mal werden wir eine Gelegenheit haben, Kaspar", antwortete Feuerbach, „wir sind ja heute zum ersten Mal hier!"

„Das stimmt nicht!", widersprach der Bub starrsinnig. Ich war schon mehrfach herinnen! Erst neulich!"

„So? Wer war denn dabei?"

Diese Frage machte Kaspar verlegen. Erst nach einigem Nachdenken sagte er: „Ich bin nicht sicher - ich glaube ich war allein!"

„Aber Kaspar! Bist du denn jemals eine so weite Strecke allein gegangen?"

„Doch!", beharrte Kaspar. „Ich bin die Treppe hinaufgegangen, die ist vier oder fünf Mal gebrochen! Man geht mal so, dann so!"

Er beschrieb die Richtungsänderungen mit den Händen.

„Und oben gibt es viele Zimmer, und in den Zimmern prächtige Möbel und glitzernde Lampen! Und überall Schränke mit faltigen Türen, darin stehen die schönsten Tassen!"

Abrupt hielt Kaspar inne und blickte zur Hauswand hoch: „Aber das Bild ist ja gar nicht mehr da!"

Nun schien er selbst unsicher zu werden. Er rüttelte an der Türe des Burggebäudes, die aber verschlossen war, und jammerte: „Sie haben das Bild abgenommen!"

Feuerbach nahm ihn sanft am Arm und zog ihn weg. „Weißt du was: Du hast geträumt!"

Kaspar riss sich los und machte einige stapfende Schritte. „Aber ich weiß es doch sicher!"

„Es waren Träume, Kaspar! Du hast diese Burg gesehen, aber es gibt sie nicht wirklich!"

Kaspar zog die Stirn kraus. Er spürte, dass der Gerichtspräsident recht hatte, begriff aber nicht, wie sich die Dinge verhielten.

„Was ist ein Träum?"

„Traum!", verbesserte Feuerbach und schob den Buben den Weg zurück durch das schmiedeeiserne Tor, denn ihm war empfindlich kalt geworden. „Nachts, wenn du schläfst, zeigen sich Bilder vor deinem Auge. Sie kommen aus deinem Kopf! Du malst sie dir selbst aus!"

„Und wie kommen sie dort hinein in den Kopf?"

Feuerbach musste wieder lachen, dann kam ihm eine Idee. „Manchmal sind es Erlebnisse, die du längst vergessen hast. Vielleicht aus deiner Vergangenheit! Wie sah denn das Haus aus, in das du gegangen bist?"

„Es war ein Großhaus wie dieses hier."

„Hm!", machte Feuerbach. „Und innen? Erinnerst du dich an Einzelheiten?"

„Es gab lange Reihen von bunten Bildern und überall standen Säulen mit steinernen Menschen darauf. Auf einem Stein stand ein Mann mit einem Schwert und einem Löwenkopf in der Hand."

Der Präsident wartete, ob Kaspar noch etwas einfiele, dann fragte er: „Und das Bild, das über der Eingangstür hing?"

„Es war ein bunter Stein mit vielen Dingen darauf: ein Löwentier und ein Feld mit Strichen. Und zwei Schwerter - so!"

Er legte die beiden Zeigefinger zu einem Kreuz übereinander. „Oben drauf eine Krone."

„Kannst du dich an die Farben erinnern?"

Der Bub dachte angestrengt nach. „Das ist komisch - es ist wie weg!"

Sie waren bereits wieder am Fuße des Burgbergs angekommen und Feuerbach war es schon viel wärmer geworden. „Schade!", sagte er schließlich. „Was du beschrieben hast, könnte ein Wappen sein. Adelige Familien haben so etwas als Erkennungszeichen. Aber es ist wohl zu ungenau, als dass man etwas damit anfangen könnte!"

„Ich kann es aufzeichnen, wenn Sie möchten!"

„Das musst du sofort tun, wenn wir nach Hause kommen! Beeilen wir uns!"

Werden wie die anderen!

Feuerbach lief mit dem Buben, so schnell es ging, zurück und verbrachte gemeinsam mit dem Pädagogen den ganzen Abend und auch noch die folgenden Tage damit, die Träume, die sie sich bis in alle Einzelheiten erzählen ließen, zu notieren. Kaspar beschrieb dabei Gegenstände, die er nach Daumers Wissen in Nürnberg nie gesehen hatte. Sie mussten demnach aus einem Lebensabschnitt davor stammen. Kaspars Schilderungen legten den Schluss nahe, dass er vor der Zeit, die er im Kerker verbringen musste, in einer sehr viel prunkvolleren Umgebung aufgewachsen war - wahrscheinlich in einem Schloss. Aber Feuerbach musste auch feststellen, dass er erneut keinen konkreten Hinweis in den Händen hatte, dem er nachgehen konnte - zu allgemein und ungenau waren die Beschreibungen des Buben. Einziger Lichtblick war eine detailgetreue Zeichnung des Wappens, die dieser angefertigt hatte: Es war senkrecht durch ein Band in zwei Hälften geteilt. Etwas oberhalb der Mitte kreuzten sich zwei Schwerter. Der Griff des einen der Schwerter wurde von einer Tierfigur in der Pfote gehalten, die sich rechts unten befand, auf ihren Hinterfüßen stand und einem Pferd oder einem Bock glich. Links unten war noch ein kleines Rechteck erkennbar, durch das sich diagonal drei Balken zogen. Eine kugelförmige Krone, die links und rechts von zwei Zinnen eingerahmt wurde, schloss das Wappen oben ab.

Der Gerichtspräsident ließ sich von einem Büttel sämtliche verfügbaren Heraldikbücher auf den Schreibtisch legen und ging diese der Reihe nach durch. Wochenlang nutzte er jede freie Minute. In Frage kommende Wappen brachte er Kaspar zur Ansicht, doch der schüttelte regelmäßig den Kopf.

Das neue Jahr brach an, und der Findling Nürnbergs entwickelte sich weiter in raschem Tempo. Es schien, als wollte er die im Kerker verlorene Zeit im Eiltempo wieder aufholen. Immer besser fand er sich in seiner neuen Welt zurecht, und die meisten Angelegenheiten des täglichen Lebens erledigte er schon selbstständig. Mutter Daumer konnte ihn zum Markt schicken und die meisten Leute, mit denen er zu tun hatte, begrüßten ihn freundlich. Den Rechenunterricht erhielt er nun zweimal in der Woche außer Haus.

Doch Daumer musste auch unerfreuliche Entwicklungen zur Kenntnis nehmen. Nicht genug, dass seine homöopathischen Versuche in letzter Zeit enttäuschende Ergebnisse gebracht hatten: Auch Leistung und Aufmerksamkeit seines Schülers hatten deutlich nachgelassen. Um ihm ins Gewissen zu reden, hatte er sich einige mahnende Worte zurechtgelegt. Als Kaspar wieder einmal schlechte Leistungen zeigte, sah er die Zeit gekommen, sie loszuwerden.

„Hast du wieder nicht in die Bücher geschaut, Kaspar?"

Kaspar starrte auf die Bücher in den Regalen. Körperlich ein Kerl von neunzehn Jahren, trug sein Gesicht noch kindliche Züge. Seine Gedanken schienen woanders zu sein.

„Dabei habe ich dir erst gestern erzählt, dass unser König in der Kurpfalz geboren ist! Napoleon aber hat ihm die Kurpfalz genommen! Und wem gehört die Kurpfalz nun? Kaspar!"

Verkrampft saß der Bub auf seinem Stuhl und betrachtete das vor ihm auf dem riesigen Eichenschreibtisch aufgeschlagene kleine Schreibheft, aber er fand darin keine Antwort.

Daumer stand auf und lief zum Fenster. „Dem Land Baden!", erklärte er.

Der Bub nickte unmerklich. Vor lauter Nachdenken bildeten sich zwei tiefe Furchen auf seiner Stirn.

„Kaspar", seufzte Daumer und blickte hinaus auf den Garten, den die ersten Frühlingsstrahlen beschienen, „ich mache mir Sorgen um dich! Deine Leistungen haben merklich nachgelassen!"

„Ich muss noch viel lernen!", versetzte Kaspar feierlich und betrachtete wieder sein Schreibheft.

„Aber den Worten müssen Taten folgen! Du bist unkonzentriert und memorierst deine Aufgaben nicht! Das ist aber nicht immer so gewesen! Es gab einmal eine Zeit, du erinnerst dich, Kaspar, da hat man dir an einem einzigen Abend achtundvierzig Personen vorgestellt, und du hast dir nicht nur die Namen gemerkt, sondern auch ihre Standes- und Amtstitel und hast sie, wenn sie zu Besuch kamen, mühelos wiedererkennen und korrekt anreden können."

„Die kann ich auch jetzt noch", warf der Bub eifrig dazwischen: „Freifrau von Wohlzogen, Herr Polizeiaktuar Scheurl und Herr Gerichtsrat Schütz..."

„Ich weiß, du hast sie nicht vergessen. Alles, was du damals gelernt hast, hast du noch im Kopf, einschließlich" - Daumer sah ihn tadelnd an wie einen Hund, der vom Nachbarn eine Wurst erbettelt hat - „einschließlich aller sechzehn Strophen von Schillers ‚Hymnus an die Freude' in fränkischem Dialekt! Den hast du nicht von mir, so viel steht fest!"

Kaspar lächelte verschmitzt, und Daumer machte eine Kunstpause.

„Du warst einmal ein vielversprechender Musterschüler, Kaspar, hattest die Auffassungsgabe eines Genies. Deine Lernbegierde kannte keine Grenzen. Außergewöhnliche Fähigkeiten schlummerten in dir!" Daumer wiegte den Kopf hin und her.

„Mehr und mehr muss ich nun sehen, wie du in deinen Anstrengungen nachlässt. Verlierst dich

in Zerstreuungen und heißt jede Ablenkung willkommen! Für den Weg zu deinem Rechenlehrer
brauchst du doppelt so lange wie nötig und
vorgestern habe ich dich dabei beobachtet, wie
du, anstatt deine Aufgaben zu erledigen, minu-
tenlang aus dem Fenster sahst. Du verschleu-
derst dein Talent, Kaspar! Mehr und mehr", und
dabei schüttelte er wieder bedenklich sein
Haupt, „näherst du dich dem Durchschnitt!"

Der Professor hielt inne, damit sein Schüler die
Möglichkeit hatte, sich zu rechtfertigen. Doch
Kaspar schnaufte nur betreten. Mit Genugtuung
las Daumer die Wirkung der Worte in dem zer-
knirschten Gesicht seines Schützlings ab und
wandte sich wieder mit auf dem Rücken gefalteten Händen zum Fenster. Doch da fiel doch
noch eine Erwiderung:

„Ich möchte nur einer werden, wie die anderen
alle welche sind!"

„Aber das kannst du nicht!", versetzte Daumer,
leicht verblüfft. „Das ist eine trügerische Hoffnung! Die anderen haben eine gewöhnliche
Kindheit gehabt, Kaspar, sind seit ihrer Geburt
den Einflüssen ihrer Eltern, der Gesellschaft
ausgesetzt gewesen! Bedenke das! Du wirst
nie wie die anderen werden, und vielleicht ist
gerade dies dein Glück! Wer von den durch-
schnittlichen Menschen da draußen riecht eine
Rose auf hundert Fuß Entfernung! Wer spürt
die Ausstrahlung der Steine wie du! Du bist ein
einzigartiges Phänomen! Kaspar!"

Daumer blickte eindringlich auf seinen Schüler. Diesmal war die Wirkung seiner Worte nicht mehr so leicht aus Kaspars Gesicht abzulesen: Trotz oder Ernst hatten es verhärtet.

Er lief hinter den Schreibtisch und zog ein zweites Schreibheft hervor. „Was ist das?", rief er aus und las vor:

„Lebensgeschichte von Kaspar Hauser in Nürnberg. Welcher Erwachsene gedächte nicht mit trauriger Rührung an meine unschuldige Einsperrung für meine jungen Jahre, die ich in meiner blühtesten Lebenszeit zugebracht habe. Dass sich so manche Jugend das Leben erfreuet hat, in entzückenden goldenen Träumen und Vergnügen lebte, da meine Natur noch gar nicht erweckt war ...'

Welch ein Ton, Kaspar! ‚...*mit trauriger Rührung*'! ‚...*meine blühteste Lebenszeit*'! ‚*Entzückend*'! Diese Geziertheit! Wer bist du, dass du diesen Schwulst nötig hast? Zuviel Selbstmitleid, mein Freund, führt zu Trägheit!"

Er hatte sich ein wenig in Rage geredet, nun hielt er wieder inne und überlegte: War er verletzend geworden? Beende die Stille, dachte er, rede weiter. Etwas Versöhnliches.

„Es ist nicht dein Fehler, Kaspar! Wir hätten nicht mit der verdammten fleischlichen Kost anfangen dürfen! Sie ist es, die dich deiner angeborenen Fähigkeiten beraubt. Sie nimmt dir die Sensibilität für deine natürliche Bestimmung!"

Kaspar sah etwas ungläubig drein. Er hatte nicht alles verstanden, aber um das unangenehme Thema zu beenden, rief er aus: „Ich muss noch viel mehr lernen, Herr Professor!"

„Das ist mein Kaspar!", antwortete Daumer erleichtert. „Beenden wir die Geschichtsstunde und widmen uns gemeinsam deiner Lebensgeschichte!"

Das Geheimnis des Jagdhüters

In einer engen Seitengasse in Neumarkt, gleich neben der Poststation, liegt die kleine Schenke „Zum rettenden Anker". Heute abend ist sie zum Bersten voll: Die Männer sitzen Schulter an Schulter auf den langen Holzbänken, und wer dort keinen Platz mehr gefunden hat, hockt einfach auf der Fensterbank oder hält sich stehend an seinem Bierkrug fest. Durch die sperrangelweit geöffneten Fenster sieht man, wie der Abendregen auf das Kopfsteinpflaster spritzt. Von dort dringt von Zeit zu Zeit ein kühlender Luftzug durch die dichte Wolke aus Feuchtigkeit, Schweiß und Tabaksqualm, die sich im Schein der Öllampen wälzt.

Ein verregneter Markttag geht zu Ende. Nach den harten Stunden des Handelns und Feilschens lassen die Bauern nun ihrem Ärger über das miserable Geschäft freien Lauf. Alle haben etwas zu beklagen, etwas sehr Wichtiges, das jeder hören muss. Manchmal versteht jemand in dem Lärm sein eigenes Wort nicht mehr, dann schreit er eben etwas lauter. Sogar die aus der Schwandorfer und Amberger Gegend, die die weitesten Wege auf sich genommen haben, sind des Klagens noch lange nicht müde: Einer zeigt, wie er einen Gauner das nächste Mal am Kragen packt, ein anderer brüllt einfach wie ein Stier drauflos.

Nur dort drüben, in einer dunklen Ecke am Ende des Schanktisches, sitzt eine Gestalt allein und so schweigsam wie der Hund, der unter ihm die Schnauze auf seine Pfoten gelegt hat. Es ist die Gestalt des Jagdhüters Franz Richter, ein mittelgroßer, schlanker, knapp fünfzigjähriger Mann. Sein Gesicht trägt markante, aber gutmütige Züge. Lediglich die Augen sind mit den Jahren müde geworden und neuerdings zeichnen sich tiefe Furchen um die Mundwinkel herum ab. Sein regendurchtränkter Janker hängt neben ihm an einem Nagel im Holzbalken. Der schwere Krug vor ihm trägt den schwungvollen Schriftzug *„Ein kühles Bier ist Franzens Pläsier"* und wird von flinker Hand stets unaufgefordert frisch gefüllt.

Die Neumarkter kennen den Richter; nicht, wie man einen Freund kennt - genau genommen wissen sie nicht viel über ihn. Einige kaufen Bauholz bei ihm, andere haben ihn vielleicht aus der Ferne beim Fischen beobachtet. Auch mit den Schwolischen vom Lager drüben verkehrt er. Er kommt regelmäßig in den „Rettenden Anker" und setzt sich schweigend an immer denselben Platz in der dunklen Ecke des Schanktisches. Niemand wundert sich mehr über ihn: Man grüßt ihn, ohne sich um seine Angelegenheiten zu kümmern.

Neben seinen Jagdhütergeschäften ist Richter auch der Verwalter von Schloss Pilsach, einem Anwesen, das von einem kleinen Park umsäumt wird und abseits der großen Verkehrsstraßen liegt. Es gehört dem Freiherrn von Grießenbeck, der in der bayerischen Armee dient. Der Baron ist ein mächtiger Mann: Er besitzt das fürstliche Privileg, in häuslichen Belangen Recht zu sprechen und Übeltäter eigenhändig einzusperren. Erst kürzlich wieder hat ein halbes Dutzend unverbesserlicher Spitzbuben - Wilderer und Holzfrevler - seine Härte zu spüren bekommen und findet nun in einem Nebengebäude des Schlosses, der „Schlafstube", Zeit zur Reue. Wasser und Brot stehen auf dem Speiseplan, dreimal täglich, in knapper Ration.

Die Herrschaft ist nur selten auf dem Schloss. Es ist der Verwalter, der die Gefangenen versorgt. Früher bewohnte Richter das Jägerhaus gleich neben dem Schloss allein mit seiner Mutter. Dann traf er eine Frau, die bereit war, das zurückgezogene Leben des Mannes zu teilen. Doch auch diese Gesellschaft fand mit ihrem Tod zu Anfang des Jahres ein Ende. Nun ist er wieder allein. Er erledigt seine Aufgaben und kümmert sich ansonsten nicht um das Geschwätz der Leute.

So meinen die Zecher im „Rettenden Anker". Aber Franz Richter hat ein Geheimnis, das er mit niemandem hier in der Schenke teilt.

Eines Tages, erinnert sich der Jagdhüter im Schutze des Lärms und des Zwielichts der Schenke, fuhr eine prächtige weiße Reisekutsche den Schlossweg herauf, begleitet von zwei Reitern, Offizieren der bayerischen Armee. Während die Vorhänge der Kutsche zugezogen blieben, überreichte man ihm einen schriftlichen Auftrag des Barons und wiederholte die darin enthaltene Order mündlich: Ein Knabe namens Kaspar, acht Jahre alt, müsse im Schloss untergebracht werden. Er, Richter, habe für ihn zu sorgen und hafte dafür mit seinem Kopf. Es sei streng untersagt, mit dem Knaben zu sprechen oder auf irgendeine andere Weise mit ihm Kontakt aufzunehmen. Abgesehen davon sei er wie die anderen Gefangenen zu behandeln. Niemand dürfe von seiner Anwesenheit erfahren. Für seine Mühen und seine Schweigsamkeit werde man sich angemessen erkenntlich zeigen. Und zur Beglaubigung ihrer Gegenleistung warf man ihm ein kleines Säckchen mit Silberlingen zu.

Dieser Besuch veränderte Franz Richters Leben. Mit dem Buben war es anders als mit den üblichen Gefangenen: Er wohnte direkt im Schloss, in einem geheimen Kerker im älteren Teil des Schlosses, weshalb ihn Richter seinen „Hauser" nannte. Der Raum befand sich in einem Zwischengeschoss zwischen dem ersten und dem zweiten Stock. Der Kerker besaß lediglich einen sich verjüngenden Luftschacht ins Freie, der durch die zwei Meter dicke Außenmauer führte, so dass kaum ein Laut nach draußen dringen konnte. Spätabends, wenn der Hauser schlief, erledigte Richter seine Pflichten: Er kroch durch ein Schlupfloch in die Zelle, richtete Wasser und Brot her und leerte die Schüssel für die Notdurft des Buben. Einmal die Woche tat er etwas Opium ins Wasser, so dass er den betäubten Hauser waschen, ihm die Fingernägel, manchmal das Haar schneiden und ab und zu sein Hemd wechseln konnte. Er verrichtete seine Aufgaben mechanisch und mit großer Sorgfalt. Sein Gewissen befragte er dabei nicht. Sein Instinkt sagte ihm, dass es gefährlich war, über diese Angelegenheit zu viel nachzudenken, und zudem freute er sich über einen äußerst angenehmen Nebeneffekt: Sein Pflichtbewusstsein brachte ihm nach und nach zu einem gewissen Wohlstand.

Daran also denkt Franz Richter gerade, und niemand ahnt etwas davon. Sieben lange Jahre hütete der verschlossene Jagdhüter sein Geheimnis und ging Tag für Tag unauffällig seinen Pflichten nach. Alle Monate wurde ihm von einem rothaarigen Soldaten ein Beutel mit Silberlingen gebracht. Wäre es doch so weitergegangen, denkt er, alles wäre so einfach gewesen!

Richter nimmt einen großen Schluck aus dem Bierkrug. Er hasst Veränderungen, die sein Leben durcheinanderwerfen. Direkt vor ihm steht eine Gruppe von Handwerkern, in ein hitziges Gespräch vertieft. Sie streiten über das Rätsel um Kaspar Hauser. Die ganze Gegend hier an der bayerischen Grenze ist seit der Bekanntmachung durch den Nürnberger Bürgermeister, die

die Lesekundigen unter den begierig Lauschenden verbreitet haben, wie aufgewühlt. Der Bürgermeister bittet um Hinweise, die zur Ergreifung des Mannes führen, der den Buben gefangengehalten hat. Einen Unterdrücker und einen Bösewicht nennt er ihn.

Das Gerede muss aufhören, denkt Richter. Sein Kopf dröhnt. Die Stimmen surren in seinem Kopf hin und her. Du musst etwas tun, damit es wieder ruhig wird, denkt er. Ruhig, ruhig. Du darfst nicht soviel denken, Franz Richter, das ist nicht gut.

Schon einmal hast du zuviel gedacht, so hat es angefangen. Zuerst ist dir die Frau krank geworden. Da warst du verzweifelt, da bist du ins Grübeln kommen: Wozu bist du auf der Welt? Hast keine Kinder, wirst auch einmal sterben, und dann nutzt dir dein ganzes Vermögen nichts, kannst es nicht mitnehmen. Wozu also das alles?

Dann ist dir der Hauser über den Kopf gewachsen. Wurde immer älter und immer blöder: Hat nicht mehr stehen können und vor sich hin gelallt. Hat alles verlernt mit der Zeit. Beschäftige dich ein wenig mit ihm, hat die Frau gesagt. Da hast du ihm Schreibzeug gebracht, hast ihm ein paar aufmunternde Worte gesagt: Komm, Hauser, Kaspar, schreib was, red', dass du's nit verlernst.

Und plötzlich sind auch die Zahlungen ausgeblieben. Fünf Monate lang hat sich der elegante Herr nicht blicken lassen. Schließlich erschien der Baron Grießenbeck. Er ging routinemäßig die Abrechnungen aus dem Holzertrag durch und sagte dann ganz nebenbei: „Übrigens - der Bub wird uns verlassen! Demnächst kommt eine Delegation, die ihn abholt!"

„Wird man ihn freilassen?", fragte Richter.

„Ich glaube, man wird ihn beseitigen." - Und als er das ungläubige Gesicht seines Jagdhüters sah, fügte er hinzu: „Ich habe da keinen Einfluss. Das ist höhere Politik!"

Richter gießt Bier in sich hinein. Und da hast du angefangen zu denken, hast gemeint, du müsstest Schicksal spielen. Beseitigen, schön! Aber heißt das: ihn umbringen? Franz Richter ist ein redlicher Mensch, da wird niemand umgebracht durch sein Zutun. Bin ich ein Bösewicht? Der Bub ist blöd und weiß nichts. Wenn ich's geschickt anfange, kann ich ihn viel leichter beseitigen. Bind ihm die Augen zu und fahr ihn weit weg nach Nürnberg, hat die Frau gesagt. Kein Mensch wird dir draufkommen! Und die Herrschaft wird sich schon fangen, wenn Gras über die Sache gewachsen ist.

Er lacht bitter. Bist ein Schlaukopf, Franz Richter! Aber wer hat das alles ahnen können! Dass die Sache auch solche Wellen schlägt!

Zuerst lief ja noch alles wie geplant. Die Frau hätt' sich gefreut! Hat es ja leider nicht mehr erleben können. Der Herr Baron kam und machte eine Szene, aber er beruhigte sich bald wieder. Hat schließlich auch ein Herz im Leib. Ich glaube sogar, er hatte ein wenig Respekt.

Aber dann geriet die Sache aus den Fugen. Zuerst der Brief, den nun die ganze Oberpfalz auswendig kennt. Was für eine Schnapsidee! War natürlich gleich mit abgedruckt in der Bekanntmachung, mit allen Schreibfehlern, die du absichtlich eingefügt hast. So was Albernes!

Und plötzlich dieses sensationelle Interesse an einem Behinderten! Den Namen Hauser haben sie natürlich auch sofort aufgeschnappt: Der Bub ist eben doch nicht so blöd, wie ich geglaubt hab'. Hat sich prächtig entwickelt, der Kleine. Neuerdings schreibt er seine Lebensgeschichte auf, heißt es. Wer so was tut, der muss etwas zu schreiben haben. Wenn das nach oben dringt, bin ich geliefert. Dann wird auch der Herr Baron nicht mehr gnädig sein.

Es brodelt in dem Jagdhüter. „Jetzt ganz ruhig", murmelt er vor sich hin, aber das hört ja niemand bei dem Lärm hier, nur der Hund spitzt die Ohren. Nicht denken - handeln! Du musst deinen Fehler wieder gut machen, musst verhindern, dass der Bub die Polizei nach Pilsach führt! Und es muss schnell gehen, Franz Richter, bevor er sein Gedächtnis wiederfindet, sonst ist alles zu spät!

Der schwarze Reiter

Kurz nach der Auseinandersetzung Daumers mit Kaspar holte Feuerbach den Buben zum Spaziergang ab. Ihr Weg führte sie durch den Stadtpark, der unter der herrlichen Frühlingssonne erstrahlte. Frisches Grün leuchtete in tausend Schattierungen und die ersten Osterglocken wagten sich keck hervor. Doch Feuerbach war in diesen Tagen dennoch missmutig, weil sich immer noch keine entscheidenden Erkenntnisse im Fall Hauser ergeben hatten. Man hatte die ganze Gegend um Nürnberg nach einem Gebäude abgesucht, das als Gefängnis für Kaspar hätte dienen können, aber leider ohne Erfolg. Auch die Wappengeschichte hatte noch zu nichts geführt.

Kaspar schien der aufblühenden Natur ebenfalls keine Beachtung zu schenken: Er sinnierte immer noch über die tadelnden Worte seines Lehrers. So trotteten die beiden Gestalten, von denen der eine der Vater des anderen hätte sein können, traurig nebeneinander her, bis Kaspar das Schweigen durchbrach:

„Herr Präsident! Heute morgen hat mich der Herr Professor gescholten. Er sagt, ich lerne nicht mehr so eifrig wie früher."

„Und hat er recht damit, deiner Meinung nach?"

„Nein! Aber es fällt mir jetzt alles so schwer! Die Buchzeilen verschwimmen mir vor dem Gesicht, und es will mir nichts in den Kopf!"

Feuerbach nickte.

„Der Herr Professor ist darüber sehr traurig. Er sagt, ich muss mich mehr anstrengen. Er macht sich große Sorgen, glaube ich. Bin ich wohl krank, Herr Präsident?"

„Nein, Kaspar, gewiss nicht!"

Wieder gingen sie eine Weile schweigend nebeneinander. Kaum eine Menschenseele war an jenem Werktag im Park zu sehen. Inmitten der sonst bisweilen recht hektischen Stadt war er ein Ort der Ruhe. Lediglich ein lauer Wind strich durch die Baumkronen.

„Ich glaube, du machst eine ganz normale Entwicklung durch!", sagte Feuerbach. „Bedenke, dass du nun deinen ersten Frühling erlebst! Wie einfach du die Welt gesehen hast, als du hierher kamst: Alles, was sich bewegte, war für dich mit Leben gefüllt! Der Apfel sprang vom Baum und flüchtete vor Käthes Hand, Herbstblätter, die der Wind ergriff, liefen weg oder tanzten vor Freude im Kreis. Ein Knabe, der mit seinem Stock auf einen Stamm einschlug, hatte deiner Meinung nach die gleiche Behandlung verdient, weil er dem Baum wehtat."

Kaspar jauchzte vergnügt und klopfte sich mit der flachen Hand an den Kopf: „Wie konnte ich nur so deppert sein!"

„Von Tieren verlangtest du menschliches Benehmen, weißt du noch? Einer Katze warfst du vor, dass sie beim Fressen nicht Messer und

Gabel benutzte, und dann befahlst du ihr, sich die graue Farbe vom Fell zu waschen, damit sie sauber und weiß werde. Ganz zuwider war es dir, wenn Pferde und Ochsen vor allen Augen die Straßen verunreinigten, anstatt die Toilette zu benutzen!"

„Aber der Herr Bürgermeister sagt auch, dass unsere Straßen sauberer werden müssen", flachste Kaspar. „Der Gestank ist ja eine Schande für die Stadt!"

„Jetzt redest du wie früher", gab Feuerbach vergnügt zurück. „Heute kommt dir das alles lächerlich vor, denn du bist reifer geworden! Vor nicht einmal einem Jahr hast du dein leeres Gedächtnis mit beliebigen Wörtern und Begriffen gefüllt, heute denkst du über die Zusammenhänge zwischen diesen Begriffen nach, was deine ganze Kraft in Anspruch nimmt. Das ist wohl die Erklärung für deine nachlassenden Leistungen im Auswendiglernen! Eigentlich müssen wir froh darüber sein!"

„Ich habe schon viel dazugelernt, nicht wahr, Herr Präsident!"

„Richtig!", bestätigte Feuerbach. Nun war beiden die schlechte Laune verflogen.

„Ich habe wieder einen Traum gehabt!", rief Kaspar.

„Erzähle!"

„Ich lag in einem großen Zimmer in einem Bett, da trat eine Frau zur Tür herein. Sie trug einen gelben Hut mit weißen dicken Federn darauf. Hinter ihr trat ein Mann im schwarzen Frack herein. Er hatte einen länglichen Hut auf dem Kopf, einen Degen an seiner Seite und auf der Brust ein Kreuz an einem blauen Band. Die Frau trat an mein Bett und blieb stehen. Der Mann blieb ein wenig hinter ihr zurück. Ich fragte die Frau, was sie wolle, sie gab keine Antwort. Ich fragte sie noch einmal, aber wieder antwortete sie nicht. Dann holte sie plötzlich hinter ihrem Rücken einen weißen Sack hervor, den sie mir über den Kopf stülpte. Ich bekam keine Luft mehr und wachte auf."

„Schreibe auch diesen Traum auf!", bemerkte Feuerbach. Seit dem Ausflug auf die Burg pflegte Kaspar jeden Traum in einem eigens dafür eingerichteten Heft zu notieren. „War die Frau deine Mutter?"

„Nein, sie war älter. Wenn ich von meiner Mutter träume, ist sie jung und schön. Der Rittmeister Wessenig sagt, er hat einen Brief von ihr bekommen. In zwei Jahren kommt sie, und dann kann ich bei den Schwolischen eintreten!"

„Der Rittmeister?"

„Ja. Aber so komisch gelacht hat er dabei, als ob es nicht stimmt!"

„Hm. Es klingt wie ein schlechter Scherz. Ich werde ihn demnächst zur Rede stellen!"

„Ich habe auch wieder von dem Mann geträumt", fuhr Kaspar fort. Er hatte diesen Traum schon ein halbes Dutzend Mal geträumt und ebenso oft erzählt, doch irgend eine Kraft drängte ihn, die Geschichte wieder und wieder zu erzählen.

„Der Mann hatte einen schwarzen Sack über den Kopf gezogen, so dass sein Gesicht nicht zu erkennen war. Er zog einen zweiten Sack hervor und stülpte ihn mir über. Ich bekam keine Luft mehr und wollte schreien, doch der Stoff erstickte jeden Laut."

„Du hast das ganze Haus zusammengeschrien, als du den Traum zum ersten Mal hattest", unterbrach ihn Feuerbach. „Frau Daumer und Käthe mussten dich beruhigen und durften die Kammer nicht mehr verlassen, weil du geglaubt hast, dass der Mann hinter der Tür steht. Aber es war nur ein Traum, Kaspar. Tatsächlich passiert ist nur dein Schrei!"

„Käthe sagt, in den Träumen sieht man, was später einmal passieren wird!"

„Das stimmt nicht! Die meisten Träume handeln von der Vergangenheit! Dass Träume die Zukunft vorhersagen, ist ein alter Aberglaube der einfachen Leute, der ihnen nicht auszutreiben ist! Manche Leute meinen auch, Träume sagen etwas darüber aus, welche Ängste und Wünsche man hat! Du fürchtest dich vor dem schwarzen Mann, weil du Angst davor hast, von ihm wieder in deinen Kerker geworfen zu werden!"

„Und was glauben Sie?"

„Ich glaube", erläuterte Feuerbach mit feierlichem Ernst, „du hast ein kleines Männchen im Kopf, das dir nachts deine Gedanken sortiert, weil sonst alles durcheinandergeraten würde."

Kaspar lachte. „Das müsste dann aber ganz schön kitzeln!"

In diesem Augenblick bog ein Reiter in den Weg ein. Er trug einen schwarzen Hut, den er tief ins Gesicht gezogen hatte, schwarze Reitstiefel und einen langen schwarzen Mantel.

Glauben Sie", fuhr Kaspar fort, „dass ich früher wirklich in einem Schloss gelebt habe, wie ich es im Traum sah? Dann könnte ich mich durch den Traum vielleicht an manches erinnern, und wir würden herausbekommen, wo ich herkomme!"

„Das ist durchaus möglich! Es kommt darauf an, ob das, was du im Traum gesehen hast, nur eine Wunschvorstellung war oder eine dunkle Erinnerung."

Der Reiter näherte sich in gemächlichem Tempo den beiden Spaziergängern. In dem Augenblick, als er an ihnen vorüberschritt, traf sich sein Blick mit dem Kaspars. Der Bub wurde kreidebleich im Gesicht.

Feuerbach war bestürzt. „Was hast du, Kaspar?"

„Der schwarze Mann!" - Feuerbach sah dem Reiter nach, der, ohne sich noch einmal umzublicken, vom Schritt in den Trab wechselte.

„Was ist mit dem Mann, Kaspar?"

Kaspar stand wie versteinert. „Der Mann aus dem Traum! Er will mich töten!"

Du musst sterben, Kaspar!

Feuerbachs Verblüffung dauerte nur kurz. Dann setzte er sich sofort in Bewegung, um den Reiter noch zu stellen - nicht allein, weil er dem Buben glaubte, sondern weil er wusste, dass dieser sonst tagelang keine Ruhe fand. Doch der Reiter war schon in einer der engen Gassen der Altstadt verschwunden, da nutzte dem Gerichtspräsidenten auch die Kutsche nichts mehr, die er eilends herbeirief. Die Tore standen zu dieser Tageszeit alle offen, und jedermann konnte nahezu unkontrolliert die Stadt betreten oder verlassen.

Wie Feuerbach vorausgesehen hatte, sprach Kaspar seit der Begegnung mit dem unheimlichen Reiter im Stadtpark monatelang davon, dass man ihm nach dem Leben trachte. Die Überempfindlichkeit seiner Nerven verstärkte seine Todesangst noch: Wenn er entfernt ein Hufschlagen hörte, bildete sich Schweiß auf seiner Stirn und ein Drücken und Graben in der Brust fiel ihn an. Wenn im Gebüsch eine Amsel raschelte, so fuhr ihm eine Kälte hinauf und hinunter bis in die Fingerspitzen und Zehen.

Feuerbach nahm Kaspars Furcht vor dem schwarz gekleideten Mann sehr ernst, doch nachdem die Begegnung in den nächsten Wochen folgenlos geblieben war, versuchte er ihm die Angst auszureden. Wenn der Bub nun behauptete, dass ihm in dieser oder jener dunklen Gasse, die sie durchschritten, ein Mann auflauere, beschwichtigte er: „Du träumst wieder, Kaspar! Hier ist kein Mann in der Nähe!"

Doch Kaspar wollte sich nicht beruhigen. Einmal sagte er: „Ich spüre es in allen Gliedern. Ich weiß es so sicher, wie ich weiß, dass hier ein Friedhof in der Nähe ist!"

Der Amtsgerichtspräsident ließ sich nicht verblüffen. In etwa hundert Schritt Entfernung befand sich der Eingang des Johanniskirchhofs und er wusste, dass Kaspars feine Nase mühelos den Leichengeruch aufnehmen konnte. Aber dass der Bub ebenso eine heraufziehende Gefahr witterte, daran glaubte er nicht so recht. Er erwiderte: „Und ich weiß sicher, dass du ein Hasenfuß bist!"

Diese Antwort ärgerte Kaspar. Der kleine Finger seiner linken Hand zitterte, wie immer, wenn er sich erregte. ‚Hasenfuß' - das war der Spitzname, den ihm die Nürnberger wegen seiner Zaghaftigkeit verliehen hatten. Er hasste diesen Namen, und um gegen ihn anzuarbeiten, hatte er im Beisein anderer schon manche Furcht unterdrückt.

„Das hat nichts mit meiner Furcht zu tun, Herr Präsident", gab er bestimmt zurück. „Ein Mann hat mir gestern in der Plattneranlage aufgelauert! Aber er konnte nichts anfangen, weil andere Leute hinzukamen!" Die Plattneranlage war ein kleiner Park vor den Toren Nürnbergs an der nach Erlangen führenden Bucherstraße.

„Bist du sicher?", fragte Feuerbach ungläubig. „Der Herr Professor hat mir gar nichts davon erzählt, dass du einen so weiten Spaziergang allein unternommen hast!"

In der Tat wusste Daumer nichts von dem Ausflug, denn sein Pflegesohn hatte diesen ja ohne Erlaubnis unternommen, was er aber nicht recht zugeben konnte. „Ach ja, stimmt!", sagte er daher und bemühte sich um einen gleichgültigen Ton. „Es wird wohl wieder einmal ein Traum gewesen sein!"

Und damit war dieses Thema fürs Erste beendet.

Wenige Tage nach diesem Gespräch, der Sommer war schon vorüber, betrat Dr. Preu eines Morgens das Daumersche Grundstück und fand Kaspar und Daumer hinter dem Haus bei der Gartenarbeit vor: den Lehrer voller Eifer jätend, grabend und zupfend, seinen Schüler eher missmutig mit einer Harke im schweren Boden stochernd. Die Gartenarbeit war fester Bestandteil des Unterrichts - Daumer versprach sich davon, dass sein Ziehsohn einen Sinn für das Werden und Vergehen der Natur erwarb. Augenblicklich aber war Kaspar von den starken Gerüchen der Pflanzenwelt wie betäubt, und sein Sinn stand nach einer Ruhepause.

„Einen wunderschönen guten Morgen!", grüßte Dr. Preu schon von weitem. „Na? Immer frisch bei der Arbeit? Das ist recht so, ist gesund! Besonders bei der milden Luft!"

Tagelang hatte es wie aus Kübeln geregnet. Die Pegnitz war über die Ufer getreten wie sonst nur zu Zeiten der Schneeschmelze. Erst am Vorabend war die Wolkendecke aufgebrochen, und die aufgehende Sonne hatte die erschöpfte Natur zu neuem Leben erweckt. Eine einzelne dunkle Wolke verlor sich noch am strahlend blauen Himmel, der einen herrlichen Herbsttag ankündigte.

„Mein lieber Dr. Preu!", rief Daumer, ohne sich bei der Arbeit stören zu lassen, und Kaspar ließ ein lustloses „Grüß Gott, Herr Doktor!" hören.

Preu setzte sich unaufgefordert auf eine Bank und stützte sich mit beiden Händen auf seinen Spazierstock. Er war blendender Laune und zum Schwatzen aufgelegt. „Ah!", sagte er. „Die Natur! Die Natur! Wie haben Sie es doch schön hier, Professorchen, so grün! Und die herrlichen Astern! Beneidenswert, verglichen mit meiner staubigen Wohnung - ständig den Pferdegestank in der Nase und den Krakeel von der Straße in den Ohren! Ach ja!", seufzte er, indem er sich ausstreckte und gefährlich mit dem Stock in der Luft herumfuchtelte. Als er damit fertig war, fuhr er fort: „Übrigens haben wir hohen Besuch: Ein sehr vornehmer englischer Lord ist im ‚Wilden Mann' abgestiegen. Ein Lord Stanhope! Eine hohe Ehre für die Stadt, würde ich sagen. Interessant, wer dieser Tage alles nach

Nürnberg kommt! Der Glanz vergangener Zeiten umweht die Burg!"

Er griff sich in die Rocktasche und nahm eine Prise Schnupftabak. „Eigentlich wollte ich ja gestern schon kommen", plauderte er fort, indem er sich die Nase rieb. „Ich hatte einem Herrn aus München versprochen, mit ihm den berühmtesten Sohn der Stadt zu besuchen. Nur selt..."

Er musste laut niesen. - „...seltsam, dass er nicht erschienen ist. Was ist mit dir, Kaspar?"

Kaspar war leichenblass geworden und zitterte am ganzen Körper. Er setzte zum Sprechen an, konnte aber nur mit Mühe einen Satz hervorbringen: „Das bedeutet nichts Gutes!"

„Nichts Gutes? Wer weiß das schon! Ich kenne den Herrn ja gar nicht! Oh, ich weiß, dein Gefühl!" Dr. Preu lachte gemütlich. „Du alter Hasenfuß!"

Da war es wieder, das Wort! Obwohl er ein wütendes Rumoren im Bauch fühlte, verkniff Kaspar sich eine Erwiderung.

Doch Dr. Preu war trotz seines lauten Wesens ein guter Menschenkenner und hatte bemerkt, dass mit dem Buben etwas nicht stimmte. „Ist denn noch etwas anderes?", fragte er.

Kaspar gab keine Antwort.

„Er ist sehr wetterfühlig!", sprang Daumer ein. „Der Wetterumschwung hat ihm schwer zu schaffen gemacht! Außerdem hat er sich geärgert, weil sein Namenszug aus Kresse, die er ausgesät hatte, dem Regen zum Opfer gefallen ist!"

„Nicht nur das!", beklagte sich Kaspar, der froh war, nun einen Grund für seinen Trübsinn gefunden zu haben. „Dann hat auch noch die Katze darin gewütet!"

Der Doktor hatte sich erhoben und betrachtete nun den Flurschaden in dem Beet: Tatsächlich waren die Kresseblätter derart durcheinandergeraten, dass man keine Buchstaben mehr erkennen konnte. Noch vor kurzem hatten die grünen Tupfer auf dem dunkelbraunen Grund deutlich den Namen ‚Kaspar' beschrieben.

„Na so was!", sagte Preu. „Tja, da gibt es nur eines: Du musst noch einmal aussäen!"

„Aber für heute ist Schluss!", fiel Daumer streng ein. „Du musst dich jetzt umziehen, Kaspar, die Rechenstunde wartet! Und ich muss mich ebenfalls fertigmachen!" Daumer hatte nämlich für heute geplant, während der Abwesenheit seines Schützlings mit Dr. Preu die Industrieausstellung zu besuchen.

In diesem Augenblick nämlich war ein lautes Knacken zu hören. Kaspar hatte eine auf dem Boden liegende Walnuss aufgebrochen und steckte sich blitzschnell vor den aufgerissenen Augen Daumers und Dr. Preus ein Stück des Kerns in den Mund. Die beiden hatten mit Kaspars Gesundheit genug Erfahrung, um zu wissen, dass der Arme schon auf den Geruch von Walnüssen mit Schwindelanfällen reagierte. Verblüfft und sprachlos starrten sie ihn an, ohne noch eingreifen zu können. Es kam die erwartete Reaktion: Sein Gesicht verzerrte sich krampfhaft und wurde weiß wie eine Wand, und die Zunge schwoll an. Kaspar stöhnte leise vor sich hin und blickte mit rollenden Augen, die aus ihren Höhlen herauszutreten drohten, zu Daumer hinüber. Dann drehte er sich auf dem Absatz um und eilte ins Haus zurück, wo sich im Flur die Toilette befand.

„Das hast du mit Absicht gemacht!", rief Daumer ihm wütend hinterher. „Was fällt dir ein, Kaspar! Du willst nur den Unterricht schwänzen! Du undankbarer Bube!" Er schrie immer lauter, weil Kaspar inzwischen im Haus verschwunden war. „Du Faulpelz! Nichtsnutz! Dir werd' ich helfen!", meckerte er. Er war außer sich und tobte auf seinem englischen Rasen herum. Aber was sollte er machen: In diesem Zustand konnte Kaspar unmöglich unterrichtet werden, und dem Professor blieb nichts anderes übrig als sich zu beruhigen und zähneknirschend Stubenarrest anzuordnen, wohl wissend, dass Kaspar genau das bezweckt hatte.

Dr. Preu, der die Angelegenheit von der humorvollen Seite nahm, hütete sich, sein Vergnügen an der vorgestellten Komödie nach außen zu zeigen. Statt dessen wirkte er beruhigend auf den Professor ein und brachte ihn schließlich dazu, den Vorfall zu vergessen und wie geplant die Industrieausstellung zu besuchen.

So verließen die beiden das Daumersche Haus.

Zur gleichen Zeit näherten sich vom Annengärtchen her Jakob und Franz, die beiden Wagnerbuben. Ihr Meister hatte den einen mit einem Auftrag auf die hintere Insel Schütt geschickt, und dem anderen war es gelungen, sich mit seinem Freund davonzustehlen. Nun, auf dem Rückweg, waren sie schon etwas in Eile, denn sie hatten sich immer wieder ablenken lassen. Da bogen vor ihnen zwei würdevolle Herren in den Weg ein, der eine verdrossen, der andere munter.

Der Daumer!", zischte Jakob warnend und drängte Franz geistesgegenwärtig rechts ab in eine matschige Seitengasse. Obwohl sie wussten, dass der Professor hier auf der Insel wohnte, kam die Begegnung für sie überraschend und äußerst ungelegen, denn seit dem gewaltigen Zusammenstoß im Luginsland wichen sie seinen Blicken geflissentlich aus. Doch der Haken, den sie seinetwegen schlugen, wäre wohl nicht nötig gewesen, denn Daumer schien, wie er so missmutig zu Boden starrte, viel zu sehr mit sich selbst beschäftigt, als dass er Augen für das, was hinter ihm vorging, gehabt hätte.

„Feigling!", rief Franz verächtlich und boxte Jakob mit dem Ellenbogen in die Seite. „Der tut uns nix mehr, der hat uns doch längst vergessen!"

„Du weißt das", antwortete Jakob, „aber ob der das auch weiß?"

„Da wohnt der", sagte Franz wieder, als sie das Daumersche Haus erreicht hatten. „Mit dem Kaspar! Oben im ersten Stock!"

Neugierig suchten sie die obere Fensterreihe ab, ob sich nicht etwas dahinter regte, doch alles blieb ruhig, wie verlassen. Da plötzlich öffnete sich hinter ihnen die Tür des Nachbarhauses. Vor Schreck bewegten sich die zwei weiter, aber nicht ohne das weitere Geschehen mit verstohlenen Blicken über die Schulter zu beobachten: Eine Magd kam mit einer Terrine in der Hand heraus und zog an der Glocke des Daumerschen Hauses. Das Schloss öffnete sich von innen, und die Magd wurde von dem Gebäude verschluckt.

„Die kommt gleich wieder!", schloss Franz, und die zwei verlangsamten noch einmal ihren Schritt, um vielleicht noch mitzubekommen, ob er recht behielt. Doch statt der Magd stand auf einmal, sie wussten nicht woher, ein ganz in schwarz gekleideter Mann vor dem Eingang, überprüfte die Türe, fand sie nur angelehnt und folgte der Frau ins Haus.

Die beiden Buben sahen sich fragend an. „Kommst du da mit?", fragte Jakob.

„Da geht's ja zu wie auf dem Taubenschlag!", sagte Franz. „Die Frau kommt überhaupt nicht mehr raus! Und der Mann auch nicht! Wer war denn das eigentlich?"

„Also der heilige Florian war's jedenfalls nicht!", sagte Jakob.

„Und was Gutes bedeutet das auch nicht!", sagte Franz, und nachdem sie solcherart eine Weile laut nachgedacht hatten und nichts weiter geschehen wollte, wurden sie plötzlich von einem Gefühl heraufziehender Schwierigkeiten erfüllt, erinnerten sich ihrer Eile und machten sich davon in Richtung Spitalbrücke.

Inzwischen hatte Kaspar sein Zimmer aufgesucht, Hose, Weste und Hemd ausgezogen und sich zu Bett gelegt. Das kleine Stückchen Walnuss, das er vertilgt hatte, verursachte ihm Kopfschmerzen, Schüttelfrost und einen leichten Durchfall, aber das hatte er in Kauf genommen. Rechnen konnte er noch sein Leben lang! Außerdem gab es viel Nützlicheres zu lernen: Die Regale im Kabinett des Herrn Professor bogen sich unter den vielen interessanten Büchern, die er alle noch lesen würde!

Der wahre Grund, warum Kaspar heute die Rechenstunde nicht besuchen wollte, war aber ein anderer: Er hatte Angst, allein durch die engen Gassen der Altstadt zu gehen. Sein Gefühl sagte ihm, dass ein Unglück bevorstand. Hier im Hause fühlte er sich am sichersten.

Unten wurde die Türglocke geläutet. Das war, pünktlich um dreiviertel zwölf Uhr, die Magd des

Kandidaten Günther mit dem Essgeschirr. Kaspar hörte, wie das Schloss der Haustüre von oben mit dem Seilzug geöffnet und die Tür aufgestoßen wurde. Wie üblich schnappte die Tür nicht zu: Die Magd besaß die dumme Angewohnheit, die Tür, während sie oben die Mahlzeit für den Kandidaten abholte, nur anzulehnen. Schon zweimal hatte Kaspar Mutter Daumer gebeten, die Dienerin wegen der sorglos angelehnten Türe zur Rede zu stellen, aber bislang vergebens.

Da kamen ihre Schritte auch schon den schmalen Flur entlang, schwenkten an der Holzkammer nach links und stiegen dann die Treppe herauf. Er hörte lebhafte Stimmen in der Küche: Wenn die zwei Frauen dort beisammen waren, dauerte es häufig eine gute halbe Stunde, bis sie den neuesten Stadttratsch ausgetauscht hatten. Wer ungesehen ins Haus gelangen wollte, hätte jetzt eine gute Gelegenheit dazu.

War da nicht ein Geräusch? Es klang wie das leise Knarren einer Deichsel, dann ein Rauschen, als würde ein schwerer Vorhang an der Wand entlanggezogen. Kaspars Ohren waren noch immer scharf wie die eines Hundes. Hatte sich jemand klammheimlich dort unten in den dunklen Flur gestohlen? Kaspar spürte eine Bedrohung. In seinem Bauch rumorte es, als befände sich darin ein Brummkreisel in vollem Schwung. Er musste das Bett verlassen und die Toilette aufsuchen. Als er in eines der Hosenbeine geschlüpft war, hielt er inne: Unten verhielt sich alles ruhig. Nur aus der Küche war Gelächter zu hören. Dann zog er sein Hemd über, allein die Weste ließ er über dem Stuhl hängen.

Die Toilette, ein einfacher Abtritt ohne Wasserspülung, befand sich im Erdgeschoss in einer Ecke am Ende des dunklen Ganges hinter der Treppe. Kaspar war kein Hasenfuß. Angst hatte er wie kein zweiter, aber er konnte sie überwinden, konnte sich der Gefahr stellen, wenn sie ihn aufsuchte. Es war ihm, als zöge ihn eine Stimme von dort unten herab. Er nahm Stufe für Stufe, ohne zu hasten, aber gleichmäßig, bis er das Erdgeschoss erreicht hatte, und begab sich hinter die Treppe zum Abtritt. Eine Tür gab es nicht. Eine einfache spanische Wand, die Kaspar sorgfältig vor sich aufbaute, diente als Sichtschutz. Trotz des mittäglichen Sonnenscheins draußen war es in der engen Nische nahezu dunkel. Auf dem Flur regte sich noch immer nichts.

Da schien es Kaspar, als höre er aus der Holzkammer ein leises Atmen. Jetzt ist es so weit, dachte er. Die Tür der Kammer knackte. Für einige Augenblicke war kein weiterer Laut zu hören, dann näherte sich jemand schleichend auf dem Flur, und die spanische Wand wurde durch eine Hand beiseite geschoben: Eine Gestalt mit einer schwarzen Kapuze über dem Kopf baute sich vor Kaspar auf. Für Sekundenbruchteile standen sich Opfer und Täter stumm gegenüber.

Plötzlich liegt ein Blitzen in der Luft: Reflexartig hebt Kaspar den Arm vor das Gesicht, der ihm weggeschlagen wird. Gleichzeitig spürt er einen stechenden Schmerz an der Stirn, vor seinen Augen brennen Höllenfeuer. Die Beine knicken ihm ein, aus der Ferne hört er den Fremden flüstern: „Du musst sterben, Kaspar!"

Zweiter Teil

Spuren

Mutter Daumer brachte aus der Küche das Petersilienschälchen und stellte es neben den Topf mit den dampfenden Schlemmklößen. Die Tischrunde war heute nicht vollständig. Nur Katharina hatte sich schon erwartungsfroh ihrer Mutter gegenübergesetzt; das kurze Ende des Tisches dagegen, an dem der Hausherr zu sitzen pflegte, blieb ungedeckt: Der Professor speiste heute auswärts. Linker Hand neben Frau Daumer stand auch noch ein dritter Teller, der für Kaspar bestimmt war. Dass der Bub so lange auf sich warten ließ, wo doch die Mittagsglocke längst geläutet hatte, war ungewöhnlich.

„Ich weiß nicht, was er hat!", sagte Katharina. „Geht es ihm denn so schlecht? Dann sollte er doch wenigstens Bescheid geben!"

Ihre Mutter, kaum dass sie sich gesetzt hatte, erhob sich seufzend: „Ich gehe einmal nachsehen!"

In seinem Zimmer war er nicht, aber die Weste lag sauber zusammengelegt über dem Stuhl und der Rock hing an der Tür, wie Kaspar dies zu tun pflegte, wenn er den Abtritt aufsuchte, um seine Kleidung nicht schmutzig zu machen. Mutter Daumer stieg die Stufen hinab. „Kaspar?", rief sie, als sie vor der spanischen Wand angekommen war. Niemand antwortete.

Da fiel ihr auf dem dunklen Boden ein schmieriger Fleck auf. Sie sah genau hin: Trotz des schummrigen Lichts meinte sie einen rötlichen Streifen zu erkennen. Hastig schob sie die spanische Wand beiseite: Der Abtritt war leer, nur einige Fliegen summten verschreckt auf. Aber da, ganz deutlich, glänzte eine dicke, fast handtellergroße blutige Pfütze!

Mutter Daumer schrak zurück. „Katharina!", schrie sie entsetzt nach oben. Diese eilte sofort herbei, Käthe, die Magd, ihr hinterdrein, und gemeinsam fanden sie nun Blutspritzer überall - auf dem Sitzbrett, an der Wand, auf dem Boden. Es sah aus wie auf der Schlachtbank. Doch wo war Kaspar? Die drei Frauen machten in dem engen Raum kehrt und entdeckten eine von den eigenen Sohlenabdrücken schon teilweise verwischte Reihe von Blutstropfen, die über den Treppenvorplatz hinüber zur Kammer führte. Gegen die Seitenwand der Kammer gekippt lehnte offen die Falltür zum Keller. „Schnell, holt Lichter!", rief Frau Daumer. Als Käthe mit zwei brennenden Kerzen zurückkam, stieg die alte Frau mutig die steile Treppe in die Finsternis hinab. Dicht dahinter folgte Katharina, ihr den Weg leuchtend. Der gesamte Boden des Kellers, der aus einem einzigen weitläufigen, aber niedrigen Raum bestand, war als Folge des Hochwassers knöcheltief überflutet. Behutsam wateten die Frauen mit ihren Pantoffeln durch das eiskalte, den Lichtschein reflektierende Wasser und leuchteten mit der flackernden Kerzenflamme nacheinander die verschiedenen Winkel des Mauerwerks aus. Da fiel ein Lichtstrahl auf einen Kohlenhaufen, von dem etwas Weißes schimmerte. Katharina entfuhr ein Schrei: Den Kopf im Nacken, lag Kaspar dort hingestreckt, wie tot.

Nun herrschte helle Aufregung. Die Hausbesitzer eilten vom Erdgeschoss herbei, Mägde schlugen die Hände über dem Kopf zusammen, Stimmen riefen durcheinander und jammerten „Sein Kopf ist hin!" und „Hauser, Hauser!" Der leblose Körper des Buben wurde ins Bett gelegt und notdürftig versorgt. In die allgemeine Verwirrung hinein platzte der heimkehrende Professor, der, fassungslos die Treppe hinauf und hinunter laufend, das Durcheinander noch steigerte. Glücklicherweise befand er sich aber noch immer in Begleitung von Dr. Preu, der sich sogleich seines Berufes entsann und ärztliche Hilfe leistete. Als er mit warmem Wasser Kaspars Gesicht vorsichtig von einer Schmutzschicht aus Blut und Kohle reinigte, trat quer über der Stirn eine fünf Zentimeter lange klaffende Wunde hervor.

In diesem Augenblick riss der Schmerz den Patienten aus seiner Bewusstlosigkeit. „Er kommt zu sich!", war von den Umstehenden zu hören, die sich um sein Bett versammelt hatten. Doch als Kaspar in Todesangst laut aufschrie und wild um sich schlug, wichen sie einen Schritt zurück. Fieber schüttelte ihn derart, dass das Bett erzitterte, wobei er unentwegt Laute bald murmelte, bald herausschrie: „Mann schlagen - Abtritt - Zimmer nit funden - Mutter sagen - Kaspar sterben". In seiner Verzweiflung biss er von der Tasse, die ihm der Arzt, gefüllt mit einem Beruhigungsmittel, hinhielt, ein Stück heraus und hätte es verschluckt, wenn ihm nicht Dr. Preu entschlossen in die Mundhöhle gegriffen hätte.

Der Arzt erhob sich. „Das Beste, was wir für ihn tun können, ist, ihn schlafen zu lassen. Ruhe ist nun die beste Medizin!"

Mit diesen Worten drängte Dr. Preu die Menge hinaus. Als alle den Raum verlassen hatten, schloss er leise die Türe hinter sich und erklärte: „Er hat großes Glück gehabt. Die Wunde reicht tief, hat aber den Knochen, soweit ich das erkennen kann, nicht beschädigt. Normalerweise müsste sie innerhalb von ein paar Tagen verheilen, aber bei seinem reizbaren Nervensystem weiß man nie!"

Die Skepsis des Mediziners war berechtigt: Kaspar erholte sich nur sehr langsam von seiner Verwundung. Tage und Nächte wälzte er sich in

halbwachem Zustand im Bett herum, phanta-
sierte vor sich hin und stieß immer dieselben
abgerissenen Sätze hervor, die seine Angst vor
weiteren Anschlägen durch den „Mann, bei dem
er immer gewesen war", zum Ausdruck brachten.
Erstaunlicherweise flehte er immer wieder, man
solle den Mann nicht einsperren: „Nicht umbringen!
Ich alle Menschen lieb; niemand nichts tan.
Mich nicht umbringen! Ich doch bitten, dass du
nicht eingesperrt wirst. Nicht einsperren!" - So
ging es oft stundenlang in einem fort.

Als Feuerbach von dem Anschlag erfuhr, eilte er
sofort aus Ansbach herbei und sorgte dafür,
dass der Fall Hauser endlich offiziell vom Nürnberger Magistrat dem Ansbacher Kreisgericht
übergeben wurde, dessen Präsident er war, so
dass er die Ermittlungen nun offiziell leiten
konnte.

Da sich die Nachricht von dem Anschlag auf
den berühmtesten Sohn der Stadt wie ein Lauffeuer verbreitete, fanden sich rasch zahllose Zeugen, die wichtige Beobachtungen gemacht zu
haben glaubten oder jemanden kannten, der
etwas gesehen hatte. Bald war der Mörder im
Osten, bald im Westen gesehen worden, und
immer hatte er finster und verwegen um sich
geblickt. Ein Fuhrmann meinte an der Fleisch-
brücke einen schwarz gekleideten auffällig ver-
mummten Reiter beobachtet zu haben, einer
Dienerin war ein verdächtiger Fremder beim
Heilig-Geist-Spital aufgefallen, der sich in einer

für die Brandbekämpfung bestimmten Wassertonne die Hände wusch. Keiner der Zeugen jedoch vermochte das Gesicht des Mannes näher zu beschreiben. Feuerbach nahm jede Aussage ernst und überprüfte sie gewissenhaft, aber die meisten Spuren erwiesen sich als unbrauchbar.

Immerhin wusste man durch die Aussagen der Nachbarsmagd, wie der Attentäter in das Gebäude hatte eindringen können. Auch meinte sie beim Verlassen des Hauses in der dunklen Ecke des Abtritts eine schwarze Gestalt mit einem blinkenden Gegenstand in der Hand, vermutlich einem Beil, gesehen zu haben. Da es jedoch sehr finster im Flur gewesen war und sie zudem, von Furcht gepackt, die Flucht ergriffen hatte, konnte sie nichts Genaueres sagen. Möglicherweise hatte sich der Mann von ihr ertappt gefühlt und die Magd dem Buben auf diese Weise das Leben gerettet, jedenfalls fand man keine plausiblere Erklärung dafür, warum der Attentäter nicht zu einem zweiten, todbringenden Schlag ausgeholt hatte.

Mehr als drei Wochen dauerte es, bis Kaspar sich so weit von dem Anschlag erholt hatte, dass er von der Polizei ordnungsgemäß verhört werden konnte. Dabei fiel er zu Beginn seiner Genesung wieder in die Sprechweise seiner ersten Nürnberger Zeit zurück: Ohne Sinn und Satzzusammenhang schleuderte er eine begrenzte Anzahl von Wörtern und Sätzen heraus, wobei sich sein Gesicht alle Augenblicke zu hässlichen Grimassen verzog, das tiefes, abwesendes Nachdenken verriet. Erst allmählich fand er seine alte Sicherheit im Ausdruck wieder. Auch schien er die Worte, die an ihn gerichtet wurden, von neuem verstehen lernen zu müssen.

Da Feuerbach und seine Helfer auf die Genesung ihres Hauptzeugen Rücksicht zu nehmen hatten und darüber hinaus erst nach und nach aus seinen Sprachfetzen klug wurden, verstrichen wertvolle Tage, bis sie sich ein Bild vom Ablauf der Geschehnisse machen konnten. Offenbar hatte sich Kaspar in seiner Todesangst aufgerappelt und war, in der Annahme, dass er sich im ersten Stock befände, die Kellertreppe hinuntergestiegen. Dort hatte er dann vollends die Orientierung verloren. Von der Tatwaffe, einer Art Küchenbeil, das er deutlich zu beschreiben wusste, wurde eine Zeichnung angefertigt. Eine Behauptung jedoch, an der er von Beginn an hartnäckig festhielt, glaubten ihm die Beamten nicht: Der Attentäter habe ihm zugeflüstert, dass er sterben müsse, und es sei die Stimme des Mannes gewesen, der ihn versorgt hat. Warum sollte sich dieser durch eine solche Äußerung verraten? Und wie konnte Kaspar eine Flüsterstimme erkennen? Selbst Feuerbach hatte hier seine Zweifel.

Inzwischen schlug das Attentat über Nürnbergs Mauern hinweg solche Wellen, dass es selbst dem bayerischen König zu Ohren kam. Im Namen seiner Majestät wurde demjenigen eine Belohnung von fünfhundert Gulden versprochen, der „hinsichtlich des an Kaspar Hauser verübten Mordversuchs solche Anzeigen und Beweise liefern wird, welche die Entdeckung und Bestrafung des Täters begründen", wie der Aufruf wörtlich lautete. Fünfhundert Gulden - das war eine Geldsumme, von der man bequem zwei Jahre lang leben konnte!

Einige Rückschläge

Immer noch bestand unter den Polizisten Skepsis, ob Kaspar die volle Wahrheit sagte. Wie üblich gab es einige, deren Vorstellungskraft durch die monotone Schreibtischbeschäftigung eher beflügelt als eingeschläfert wurde. So einer war der Wachtmeister Fröhlich. Ihm kam ein sensationeller Gedanke: Konnte der Bub sich die Wunde nicht selbst zugefügt haben? Hatten die Stimmen gar recht, die in dem Findling von Beginn an einen Betrüger vermutet hatten?

„Das erkläre mir", bedrängte er einen Kollegen, als die beiden in einer Verhörpause gedankenverloren ihren Tee umrührten, „wie reimt sich das zusammen? Jemand, der unerkannt bleiben will, dringt am hellichten Tag in die Stadt ein und betritt das Gebäude, in dem er einen Mord begehen möchte. Zufällig befindet sich dort auf dem Flur im Erdgeschoß eine Kammer, die wie gemacht erscheint für ein Versteck, und siehe da, schon kommt sein Opfer, das doch eigentlich gerade die Rechenstunde besucht, die Treppe hinuntergepoltert, und natürlich ist der Bub allein."

„Das hat er eben vorher ausspioniert!", schlug der Kollege vor.

„Manches vielleicht, aber nicht alles", widersprach Fröhlich feurig. „Denn dass der Bub zum Beispiel an diesem Vormittag zu Hause bleiben würde, hat sich erst in letzter Minute entschieden. Ergo konnte er das noch gar nicht wissen. Und warum benimmt sich der Mann so ungeschickt, redet noch was, dass man ihn gleich erkennt, fehlt nur noch, dass er seinen Namen nennt, und bringt sein Opfer nach all dem Aufwand nicht um, sondern begnügt sich mit einem halbherzigen Schlag!"

Er blickte seinem Kollegen triumphierend ins Gesicht. „Wenn man den Fall aber von einer anderen Seite betrachtet, löst sich doch manche Ungereimtheit auf!"

Hierauf drehte er seine Teetasse um 180 Grad und fuhr fort: „In letzter Zeit ist es doch ziemlich ruhig geworden um den Kaspar. Da passiert der Anschlag - plötzlich verfällt die Stadt wieder in die alte Hausermanie, und selbst am Hof diskutiert man seinen Fall! Vielleicht hat er ein bisschen dabei nachgeholfen! Geltungssucht ist nicht zum ersten Mal das Motiv für ein Verbrechen!"

„Also, ich weiß nicht, was du meinst!", wehrte der Kollege ab. „Das ganze scheint mir doch ziemlich weit hergeholt!"

Doch Fröhlich war von seiner Idee begeistert. Er rief den Büttel und schickte ihn mit einer Vorladung an den Schumachermeister Weickmann aus dem Haus.

„Was wollen Sie denn noch von mir!", rief der Schuster mürrisch, als er die Amtsstube betrat, denn der Büttel hatte ihn direkt von einer wichtigen

Arbeit weggeholt. „Ich hab bei meiner ersten Vernehmung bereits alles gesagt, was ich weiß!"

„Es haben sich im Zusammenhang mit dem jüngsten Attentat auf Hauser Erkenntnisse ergeben, die eine neuerliche Befragung nötig machen", antwortete der Beamte. „Erzähl' Er die Begegnung doch noch einmal ganz genau in allen Einzelheiten!" - Und mit ‚Er' meinte er den Schuster.

„Also ich kam gerade aus meiner Wohnung in der Ledergasse und stand da so Ecke Unschlittplatz und Mittlere Kreuzgasse, da entdeckte ich den Hauser - er sah aus wie ein Kutschergehilfe. Ja, und dann hab ich ihn zum Neutor geführt."

„Woher wusste Er denn, dass der Bub dort hingehen wollte?"

Der Schuster dachte angestrengt nach. „Das weiß ich doch heut nicht mehr! Er wird mir's halt gesagt haben!"

„Er hat aber damals angegeben, dass der Bub weder gehen noch sprechen konnte. Stimmte das denn nicht?"

„Na ja, gehen konnt er wohl schon, denn schließlich ist er ja den Bärleinhuter Berg runtergewackelt!"

„Protokolliere das!", rief der Polizist zu seinem Kollegen hinüber, der mit gezückter Feder bereitsaß.

„Und nichts gesagt hat er vielleicht auch nicht. Zuerst haben wir nicht miteinander gesprochen, so bis zum Goldenen Reh am Maxplatz, dann hab ich ihn ein bisschen ausgefragt. Er war halt nur schwer zu verstehen."

„Was könnte er denn so gesagt haben? Überlege Er wohl!"

„Er hat halt immer meine Worte wiederholt: ‚He Bue!' und ‚Neutor! Neutor!' So was halt! Ich hab ihn dann gefragt, wo er denn herkommt und so."

„Und was hat er geantwortet?"

„Ich glaub, der kam aus Regensburg. Und dann hab ich halt gefragt, was man dort vom Krieg hält, und dann hat er gesagt: ‚Krieg! Krieg!'"

„Er hat Ihn also deutlich verstanden und auch teilweise sinnvoll erwidert?"

„So genau weiß ich das halt nicht mehr!"

„Na, das hat Er ja eben angegeben! Vielen Dank, Er hat uns sehr geholfen!"

Weickmann war froh, dass das unangenehme Verhör beendet war und er wieder an seine Arbeit zurückkehren durfte, aber auch Fröhlich war sehr zufrieden: Sollte sich herausstellen, dass Kaspar von Beginn an besser sprechen und laufen konnte, als er vorgab, dann hieß das, dass er etwas vortäuschen wollte! Ergo war er ein Betrüger. Ergo hatte er den Mordanschlag nur vorgetäuscht, um sich erneut ins Gerede zu bringen!

In aller Bescheidenheit trug er seine Theorie dem Amtsgerichtspräsidenten vor. Doch dieser reagierte völlig unerwartet und äußerst ungehalten darüber! Lag es sonst in seinem Wesen, geduldig zuzuhören und die Tatsachen nüchtern gegeneinander abzuwägen, um ein sicheres Urteil zu fällen, so erzürnte er nun, sobald er ahnte, worauf die Gedanken hinausliefen:

„Sie Rufmörder! Haben Sie keinen Funken Mitgefühl?", fuhr er ihn an.

Doch, dachte der verdutzte Beamte, Mitgefühl hatte er schon, aber der Herr Amtsgerichtspräsident hatte ihn gelehrt sein Mitgefühl bei Untersuchungen vor der Tür zu lassen, um allein der Sache zu dienen. Es schien ihm in diesem Augenblick ratsam, seinen Einwand für sich zu behalten und den Sturm der Entrüstung über sich hinwegbrausen zu lassen.

„Sie sind ein Verleumder und Rufmörder! Ich untersage Ihnen hiermit, Kaspar einen Betrüger zu nennen!"

Mit diesen Worten bedeutete er dem Beamten, ihm aus den Augen zu gehen.

Die Ursache für Feuerbachs Verhalten lag in einer tiefen Verzweiflung. Er hatte wochenlang wenig geschlafen, war Tag und Nacht den zahllosen Hinweisen nachgegangen, hatte die spärlichen Ergebnisse hin und her gewendet und musste sich wieder einmal eingestehen, dass er im Grunde keinen Schritt weiter gekommen war. Als Daumer in der Amtsgerichtsstube erschien, um seine Aussagen zu Protokoll zu geben, und im Anschluss daran gegen ein freundschaftliches Gläschen Likör nichts einzuwenden hatte, nutzte Feuer-bach die Gelegenheit, ihm sein Herz auszuschütten.

„Es ist zum Haareausraufen!", klagte er. „Einmal hatten wir Glück, dass der Anschlag fehl schlug: Kaspar lebt! Aber der Mörder weilt noch unter uns und befindet sich in der günstigen Position, über den Buben alles zu wissen, während wir weder seinen Namen noch sein Gesicht, geschweige denn seinen Aufenthaltsort kennen. Er kann jederzeit wieder zuschlagen! Wie sollen wir das verhindern? Wie sollen wir Kaspar schützen?"

Daumer gab einen tiefen Seufzer von sich. Auch ihn hatten die Ereignisse mitgenommen, denn die Unruhe in seinem Hause setzte seiner Gesundheit zu: Sein Augenleiden hatte sich verschlimmert, und seine Nerven waren auf das Höchste angespannt. Nach einem langen Schweigen murmelte er in seinen Kragen hinein: „Es ist alles eine große Tragödie!"

„Zu allem Überfluss fürchte ich, dass sich die Verfechter der Betrügertheorie wieder zu Wort melden und Verwirrung stiften! Einer meiner Leute hat den Schuster Weickmann, der den Kaspar damals auf der Straße aufgelesen hat, erneut befragt, und plötzlich bezeugt der, dass Kaspar sowohl gehen als auch sprechen konnte! Wenn das bekannt wird, steht uns Ärger ins Haus!"

„Noch mehr Ärger!", seufzte Daumer. „Ich weiß bald nicht mehr, was ich glauben soll."

Feuerbach blätterte gedankenverloren in den Akten. „Eine kleine Hoffnung setzte ich noch in Kaspars Wappenzeichnung." Er betrachtete aufmerksam die Skizze. Die Zeichnung ist recht konkret, und ich kann mir nicht vorstellen, dass Kaspar die Einzelheiten erfunden hat, zumal mir nicht bekannt ist, dass ihm irgendwelche Vorlagen untergekommen wären. Was meinen Sie?"

Daumer wiegte den Kopf hin und her: „Tja, ich weiß nicht recht!"

„Ich habe sie mit allen in Frage kommenden Wappen aus der Umgebung verglichen", fuhr der Amtsgerichtsrat fort. „Ich bin mir fast sicher, dass es nicht aus dieser Gegend stammt!"

„Wissen Sie, mein lieber Feuerbach", erwiderte Daumer müde, „für mich ist gar nichts mehr sicher. Was beweist schon das Wappen? Es ist ein Traumgebilde, weiter nichts!"

„Weiter nichts? Es liefert uns möglicherweise einen Schlüssel zu Kaspars Vergangenheit! Glauben Sie ihm etwa nicht mehr?"

„Glauben, wissen, ahnen!", rief Daumer bockig aus. „Was macht das alles für einen Sinn? Natürlich ist Kaspar kein Betrüger! Aber was, wenn er genau das geträumt hätte, was er sich am meisten wünschte, nämlich ein Zeugnis aus seiner verlorenen Jugend? Das Wappen als Hirngespinst einer verfolgten Seele! Ihre optimistische Sicht ist zu schön, um wahr zu sein!"

Feuerbach warf einen resignierenden Blick zu Daumer hinüber.

Aufgegeben, dachte er. Er also auch! Du gehst schweren Zeiten entgegen, Kaspar!

Der Wildhüter bekommt Besuch

Der Hund sprang auf und bellte. Einige Augenblicke später donnerten drei Schläge gegen die
Tür des Jägerhauses.

Der Wildhüter schrak zusammen, als hätte man
ihm dreimal mit der Faust auf den Rücken geschlagen, und ließ sein Messer mitsamt dem
aufgespießten Brocken Käse fallen. Jetzt ist es
also so weit, dachte er. Er unterbrach sein Mittagbrot und lief zum Fenster: Draußen herrschte
dichtes Schneetreiben. Dort über die Brücke
mussten sie gekommen sein. Nun jedoch
krümmte sie sich verlassen über dem Wasser-
graben. Warum habe ich sie nicht gehört, fragte
sich Richter. Der Schnee muss den Laut ihrer
Schritte gedämpft haben!

Da dröhnte es wieder von der Türe, sechs, acht
Mal. „Aufmachen!", schrie eine Stimme.

Jetzt nur nicht die Nerven verlieren, schärfte er
sich ein. Er ließ ein missmutiges „Ja, ja!" vernehmen, schlurfte zur Eingangstüre und schob
den Riegel zurück. Doch kaum war das geschehen, schon flog mit Gewalt die schwere
Eichentür auf, dass der Wildhüter ihr gerade
noch ausweichen konnte, und knallte mit einem
Schlag gegen die Hausmauer. Gleichzeitig
fühlte er sich am Kragen gepackt, rückwärts
geschoben und unsanft auf einen Stuhl gedrückt. Wütend wollte der Hund dazwischen-

springen, doch der wurde mit einem Fußtritt nach draußen befördert und ausgesperrt.

„Hat - man - nichts - von - Gehorsam - gehört - he?", brüllte ihm jemand ins Gesicht, ein baumstarker Kerl in bayerischer Offiziersuniform, und für jedes Wort setzte es eine Ohrfeige. „Weiß - man - nicht - was - ein - Befehl - ist - hm?"

Wieder packte der Kerl ihn am Kragen, hob ihn mit einem Arm in die Höhe, dass er den Boden unter den Füßen verlor, und schleuderte ihn wie einen Sack gegen die Wand. Der Wildhüter brauchte einige Zeit, bis er seine Sinne wieder beieinander hatte. Dann erst sah er auf und bemerkte, dass es drei waren, Soldaten vom Schwolischen Regiment. Der Kräftige hatte sich vor ihm aufgebaut und beobachtete jede Regung seines Gesichts, die zwei anderen, die etwas freundlicher aussahen, hielten sich im Hintergrund. Einen der beiden kannte Richter: Es war der Rothaarige, der Kaspar auf Schloss Pilsach gebracht hatte und später mit dem Wildhüter Kontakt hielt. Richter versuchte zu lächeln. „Ich weiß gar nicht..."

„Halt's Maul!", fuhr der Hüne dazwischen und versetzte ihm zur Bekräftigung seiner Bitte einen weiteren Schlag.

„Lass es gut sein, Leo!", mischte sich der Rothaarige ein, indem er seinem Kameraden in den Arm griff.

Erleichtert atmete der Wildhüter aus. Jeder einzelne seiner Knochen meldete sich schmerzend.

„Sind sie dir schon auf der Spur, hm?"

„Wer?", fragte Richter unschuldig, und schon spürte er wieder eine schallende Ohrfeige im Gesicht. Der Rothaarige drückte ihm die Schneide seines gezückten Degens gegen die Kehle, so fest, dass er meinte, die gespannte Haut müsste jeden Augenblick nachgeben. Draußen jaulte der Hund.

„Eine großartige Idee, dieser Anschlag!", fuhr der Rothaarige fort. „Das hat leider alles noch schlimmer gemacht: Mit deinem eigenmächtigen Handeln hast du den Wirbel um den Buben wieder wunderbar belebt!"

„Ich dachte..."

„Du dachtest, du könntest deine erste Torheit durch eine zweite wieder ausbügeln, hm? Wenn du wenigstens richtig getroffen hättest, dann hätten wir von dieser Seite nichts mehr zu befürchten! Aber für einen Jäger triffst du ziemlich schlecht. Für wen arbeitest du?"

Diesmal musste der Wildhüter seine Überraschung nicht vortäuschen. Er stammelte: „Für niemanden, ich meine natürlich, für den Herrn von Grießenbeck!"

Der Rothaarige grinste. „Natürlich, natürlich! Was ist mit dem Engländer?"

„Welcher Engländer? Ich kenne keinen Engländer!", presste Richter, so gut es ging hervor. Der Druck der Schneide auf seinen Hals hatte sich wieder verstärkt.

„Der englische Lord! Er trägt einen Rubinring am Mittelfinger der rechten Hand! Wo ist er? War er schon da?"

Der Wildhüter schüttelte keuchend den Kopf. Die Soldaten blickten sich an und der Rothaarige murmelte: „Noch nicht aufgetaucht! Das hätte ich nicht gedacht!" Und zu Richter gewandt sprach er langsam, mit eindringlicher Stimme: „Jetzt hör gut zu! Du weißt nicht, was für ein Riesenglück du hast, dass wir so herzensgute Menschen sind! Für dich ist die Hauser-Sache beendet, verstanden?"

Richter nickte.

„Du weißt nichts über den Buben, hast nichts gesehen und nichts gehört! Und keine übermütigen Unternehmungen mehr in der Angelegenheit! Du führst einfach dein ruhiges Leben fort! Wir möchten nicht wiederkommen müssen!"

„Verstanden!"

„Und für den Fall, dass du den Engländer triffst, gilt das ganz besonders!"

„Klar!"

Auf einen Wink des Rothaarigen marschierten die drei, laut mit ihren Reiterstiefeln klirrend, zur Tür. „Ruf deinen Hund zurück, wenn wir die Tür öffnen!", sagte der Rothaarige.

Richter gehorchte, hielt den Jagdhund am Halsband zurück und beobachtete von der Schwelle aus, wie die Besucher über die Brücke im Schritt davonritten.

Mein ruhiges Leben fortführen, dachte der Wildhüter, genau das will ich tun. Wenn ihr mich nur in Frieden lasst! Ihr braucht nicht wiederzukommen, wenn es nach mir geht!

Daumer fasst einen Entschluss

Kaspar war nach dem überstandenen Attentat ein anderer geworden. Zwar war seine Gesundheit weitgehend wieder hergestellt - nur eine fünf Zentimeter lange, quer zur Stirn verlaufende Narbe zeugte noch von der lebensgefährlichen Verletzung -, er aß mit gewohntem Appetit und sprach wieder klar und deutlich wie in besten Zeiten, aber innerlich fand er nicht mehr zu alter Zuversicht zurück. Seine Furcht steigerte sich noch, jedes Geräusch, jeder Augenblick des Alleingelassenseins verursachte eine namenlose Angst in ihm. Seine frühere Unbekümmertheit gegenüber Fremden war übertriebenem Misstrauen gewichen, das selbst in Gegenwart von Freunden und Gönnern bemerkbar war.

Resignation herrschte nun bei der Suche nach seiner Herkunft vor. Hatte er früher unermüdlich die Frage nach seiner verlorenen Kindheit gestellt und sich beharrlich an jeden Strohhalm geklammert, stets gewiss, dass ihn eines Tages seine Mutter überglücklich in die Arme schließen würde, so war er nun für dieses Thema nicht mehr leicht zu interessieren. Er war wie gelähmt, als hätte er es aufgeben, Licht ins Dunkel seiner Vergangenheit zu bringen. Als man Kaspar zum ersten Mal nach dem offiziellen Protokoll über den Anschlag verhörte, wurde er auch routinemäßig nach seinen persönlichen Daten gefragt.

Er antwortete: „Ich heiße, soviel mir bekannt ist, Kaspar Hauser." Diesen Satz, aus spontaner Verunsicherung geäußert, wiederholte er später noch oft in zur Schau gestellter Verbitterung.

Aber noch etwas anderes hatte sich unmerklich geändert: Von seiner übernatürlichen sinnlichen Empfindungsfähigkeit war keine Spur mehr zu finden. Auch sein phänomenales Gedächtnis war auf Normalmaß geschrumpft. Nichts unterschied ihn mehr von halbwüchsigen Jünglingen als sein außergewöhnliches Schicksal.

Diese letzte Veränderung war es, die seinen Ziehvater am meisten verdross. Die Versuche, die Daumer nach dem Attentat mit ihm durchführte, verliefen allesamt enttäuschend. Wie konnte durch Kaspar nun bewiesen werden, dass der Mensch, unter günstigen Bedingungen, richtig ernährt und von schlechten Einflüssen fern gehalten, zu einem gesunden, zum Guten strebenden Wesen gedeihen würde! In dieser Verfassung konnte ihm der Knabe bei der Ausarbeitung seiner pädagogischen Thesen nicht mehr dienlich sein!

Der Pädagoge war nicht von der Sorte Menschen, die Freundschaften aufgeben, weil sie sich von ihnen keinen Nutzen mehr versprechen. Aber noch etwas anderes setzte ihm mächtig zu. Weil die Gefahr bestand, dass der Täter zurückkehren würde, um seinen Anschlag zu wiederholen, ließ Feuerbach Kaspar Tag und Nacht von zwei Polizisten bewachen. Daumer musste ihnen in seinem Haus eine eigene Kammer zur Verfügung stellen und die ständige Anwesenheit der Beamten über sich ergehen lassen. Nicht genug damit, täglich morgens kam die Ablöse polternd die Treppe hinaufgestiegen. Dann erwachten die beiden diensthabenden Polizisten, die sich einen Tag und eine Nacht gelangweilt hatten, aus ihrer Erstarrung, begrüßten die Kollegen überschwenglich und ließen aus der Küche auftischen, was die Speisekammer hergab. Dazu bedienten sie sich selbstverständlich vom besten Tropfen aus dem Weinkeller des Hauses, der rasch seine Wirkung tat: So begann der Tag im Hause Daumers neuerdings mit vierstimmigen Gesängen des Nürnberger Laienpolizeichores, abgeschlossen von lautem Gelächter und nicht enden wollenden Begeisterungsrufen. Erst gegen Mittag, wenn das halbe Quartett dem Heimweg entgegenwankte, kehrte allmählich Frieden ein. Den Pädagogen, der einen disziplinierten Tagesablauf anstrebte, brachte die allmorgendliche Störung der bürgerlichen Ruhe derart aus der Fassung, dass er tagsüber missmutig daherschritt und sich nachts schlaflos hin und her wälzte.

Besonders einer der Polizisten, der Wachtmeister Leberecht, ein schlauer Kerl, der unter den Kollegen offenbar das größte Ansehen genoss, regte in Daumer eine unbestimmte Abscheu: Wie er, aus seinem fetten Gesicht grinsend, breitbeinig dasaß, den besten Tokaier wie Wasser in sich hineingoss und jede Gelegenheit nutzte, um über andere Leute seinen beißenden Spott auszuschütten, das schlug dem Hausherrn auf den Magen. Als sich seine Schwester schließlich über unsittliche Annäherungen seitens „des beleibten Herrn Beamten" beklagte, war für ihn das Maß voll, und er stellte den Wachtmeister zur Rede.

„Ach, die jungen Dinger", verteidigte sich Leberecht, „die wissen halt nicht, was sie wollen! Ich könnte schwören, dass sie sich geschmeichelt fühlte!"

„Sie sagt aber, sie hätte sich Ihre Avancen ausdrücklich verbeten!", erwiderte Daumer.

„Aber Sie wissen doch, Herr Professor, wie so was gemeint ist! Wehrt sie sich nicht, gefällt's ihr, wehrt sie sich ein bisschen, dann ist ihr's auch recht!"

Der Pädagoge war fast sprachlos vor so viel Dreistigkeit. „Sie will es aber nicht, und ich bitte Sie, dergleichen in Zukunft zu unterlassen!"

„Na, ich will mal sehen, was sich machen lässt!", schloss Leberecht jovial und setzte sein breites, undurchschaubares Grinsen auf. Zufällig betrat Katharina in diesem Augenblick die Stube. „Fräulein Katharinchen!", wandte sich der Wachtmeister unvermittelt an sie, „Ihr Herr Bruder und ich hatten ein tiefgründiges Gespräch miteinander. Würden Sie uns ein Schnäpschen kommen lassen, um die dunklen Wolken schwermütiger Gedanken zu verscheuchen?"

Da platzte Daumer endgültig der Kragen. „Ich dulde es nicht", brüllte er, „dass Sie meine Schwester wie eine Dienstbotin behandeln. Ihr Benehmen ist ungeheuerlich! Bei allem Respekt!"

„Na na, Herr Professor", beruhigte ihn Leberecht, ohne sein Grinsen aufzugeben. „Fassen Sie sich! Es ist gut, dass Sie den Respekt ansprechen, denn ohne gegenseitigen Respekt kein Verständnis! Davon lebt ein kleiner Wachtmeister wie ich! Wenn uns kein Respekt entgegengebracht wird, dann werden wir oft so unangenehm! Ich kenne empfindliche Kollegen, die fühlen sich bei jeder Kleinigkeit beleidigt, und dann werden sie schnell ungemütlich, und die Folgen, au wei! Nur gut, dass ich einen derben Spaß vertrage, und übrigens auch sonst einiges!"

Hierauf betrachtete er traurig seinen leeren Becher.

Daumer schwieg, denn im Hinblick auf seinen Gesundheitszustand hatte er Ärger unter allen Umständen zu vermeiden. Dennoch bildete sich ein dicker Kloß in seinem Hals.

„Bei uns auf der Wachtstube", fuhr Leberecht fort, „reißt man sich nämlich nicht um die Bewachung Hausers. Mit dem Buben Blümchen pflükken, ihn zur Zeichenstunde begleiten, das füllt einen Mann nicht aus, es fehlt ein wenig die Zerstreuung, und dann diese Ungewissheit: Wann wird er wieder Hand an sich legen?"

„Kaspar ist das Opfer, nicht der Täter!", empörte sich der Pädagoge. „Sie richten Ihr Augenmerk besser auf den Mörder!"

„Natürlich, natürlich! Aber wissen Sie, bei uns auf der Wachtstube denkt man über diese Dinge ein wenig anders!"

Du unverschämter Patron! dachte der Pädagoge. Wenn ich wollte, könnte ich Feuerbach bitten, dich zu entfernen! Aber es hatte sowieso alles keinen Sinn, die anderen drei waren nicht viel besser! Es war die Situation, die Daumer auf den Magen schlug. Er spürte, dass es so nicht weitergehen konnte, wollte er sich seine Gesundheit nicht gänzlich ruinieren. In seiner Verzweiflung sah er nur einen einzigen, wenngleich bitteren Ausweg: Er musste den Magistrat bitten, ihn aus gesundheitlichen Gründen von allen vormundschaftlichen Verpflichtungen gegenüber Hauser zu entbinden.

Der Wildhüter bekommt ein zwei- tes Mal Besuch

Franz Richter ließ mit einem Krachen die volle Ladung von Holzscheiten fallen, die er gerade im Begriff gewesen war ins Jägerhaus zu tragen. Es war der Dreikönigstag. Die winterliche Sonne schien vom blauen Himmel herab, aber augenblicklich schob sich eine dunkle Wolke davor und hüllte das Schloss und den Garten in Schatten. Wieder kamen drei Reiter über die schmale Grabenbrücke. Ihre Pferde dampften - sie mussten einen forschen Ritt hingelegt haben. Der Hund lief ihnen laut bellend entgegen.

„Hoohee", riefen sie ihren Gäulen beruhigend in die gespitzten Ohren und brachten sie zum Halten. Einer der drei in einer Richter unbekannten Offiziersuniform, in dessen Knebelbart sich feine Eiskristalle verfangen hatten, trabte heran. Auch der zweite trug die fremde Uniform, während der dritte herrschaftlich in einen langen schwarzen Mantel gekleidet war. Die beiden letzteren hielten sich im Hintergrund. „Sei Er gegrüßt, guter Mann!", sagte der Offizier dicht vor dem Wildhüter von oben herab.

„Was wollen Sie?", gab Richter zurück.

„Na, ist das eine Begrüßung? Wir haben einen langen Ritt hinter uns. Möchte Er uns nicht eine Tasse Tee anbieten?"

„Bedaure, das Schloss ist derzeit leider unbewohnt!"

„Oh, das macht nichts, wir nehmen mit bescheidenem Komfort vorlieb. Wir kommen nämlich, um *Ihn* zu besuchen!"

Wortlos führte der Wildhüter zwei der Besucher ins Jägerhaus, während einer der Offiziere sich draußen mit dem Hund beschäftigte. Nimmt denn das kein Ende?, dachte Richter. Es liegt ein Fluch über dir, Franz!

Während sich die Fremden vor dem Feuer die Hände rieben, goss Richter den heißen Tee in Tontassen. Die Reiter setzten sich an den klobigen Tisch und streckten die Beine aus. Die Sporen an ihren Stiefeln klirrten leise. Dann erfüllte behagliches Schlürfen den Raum.

Nach einer Weile bemerkte der Bärtige: „Ihr habt es hier recht einsam!"

Der Wildhüter antwortete nicht. Nur das Feuer im Ofen knisterte.

„Wohnt Ihr etwa allein hier?"

Richter nickte.

„Die Gefangenen des Freiherrn von Grießenbeck bieten auch keine rechte Zerstreuung, nehme ich an!", fuhr der Bärtige im Plauderton fort.

Jetzt geht es los, dachte Franz Richter. Sie scheinen gut informiert zu sein.

„Augenblicklich habe ich keine Gefangenen zu versorgen!"

Eine Pause folgte. Dann sagte der Bärtige: „Eigentlich ein ideales Versteck hier draußen, wenn man jemanden im Verborgenen halten möchte!"

Richter schluckte. „Ich verstehe Ihre Bemerkung nicht!"

„Oh doch, sehr gut sogar!" Der Bärtige lächelte.

Nun erhob sich der vornehme Herr. „Es ist unnötig, dass Er uns eine Komödie vorspielt!", sagte er in fehlerfreiem Deutsch, wenngleich mit ausländischem Akzent. „Wir wissen, dass sich ein Knabe namens Kaspar hier aufgehalten hat, dass dieser Knabe von Ihm versorgt und nach Nürnberg gebracht worden ist, also gebe Er sich keine Mühe! *It's useless!*"

Der Ausländer zupfte an seinen Lederhandschuhen, ging ein wenig im Raum umher und stellte sich dann hinter den Rücken des Wildhüters. „Was wir allerdings nicht verstehen, ist, warum Er ihn hat töten wollen." Er sprach nun dicht an Richters Ohr: „Welche Torheit!"

„Was geht Sie's an?", entfuhr es dem Wildhüter, und prompt spürte er eine schmerzhafte Kopfnuss an seiner Schläfe. Gleichzeitig sah Richter an dem ausführenden Handrücken einen roten Rubinring prangen. Es ist der englische Lord, dachte er. Du darfst nichts verraten, Franz Richter!

„So redet man nicht mit uns", sagte der Engländer schnell und scharf, und dann wieder langsam: „Wir sind höfliche Menschen, ich denke, wir verstehen einander!"

Auf dem Gesicht des Wildhüters zeigte sich ein zweifelnder Ausdruck. Der Lord fuhr unbekümmert fort: „Es spielt auch keine Rolle, welcher Teufel Ihn geritten hat. *It doesn't matter!*"

Da nahm Richter seinen ganzen Mut zusammen, setzte sich gerade hin und rief: „Ich weiß nicht, was ihr von mir wollt! Ich weiß nicht, wer ihr seid, und es interessiert mich auch nicht! Ihr bedrängt einen unbescholtenen Bürger! Ich will in Frieden leben, und ihr sollt hier verschwinden! Ich will mit der ganzen Kasparei nichts mehr zu tun haben!"

Ein furchtbarer, brennender Schmerz an seinem Hals unterbrach ihn: Der dritte Mann, der sich zufällig in der Nähe des Herdes befand, hatte kurzerhand den dort stehenden Wasserkessel ergriffen und mit einem Schwung das darin befindliche kochend heiße Wasser über ihn verschüttet. Gleich darauf wurde er mit kaltem Wasser abgeschreckt.

„*Calm down*, beruhige Er sich!", hörte Richter den Engländer sagen. „Sein Betragen ist unangebracht! Wir sind gekommen, um Ihm einen ähnlichen Vorschlag zu unterbreiten: Er soll sich heraushalten aus der ‚Kasparei', wie Er es nennt, denn die Sache ist ein wenig heikel. Hohe Politik, *understood*? Dafür erbitten wir Sein diplomatisches Schweigen - mit Nachdruck, wenn es notwendig ist. Wir sind uns einig!"

Richter wimmerte etwas, was sich anhörte wie „Verdammte Hunde!" Aber weil es so undeutlich

149

gemurmelt war, nahmen es seine Besucher für Zustimmung.

„Vielen Dank für den Tee!" Der Engländer stülpte sich die Handschuhe über und schritt hinaus. Die beiden Uniformierten folgten ihm.

Eine Weile saß der Jagdhüter, alleingeblieben, wie erstarrt da. Plötzlich warf er den Stuhl krachend hinter sich, schlug mit aller Kraft mit der flachen Hand auf den Tisch und brüllte, dass die Wände wackelten: „Und *ihr* haltet euch aus meinem Leben heraus!" Dann sprang er zur Tür und verriegelte diese energisch. Er schüttelte eine Faust in Richtung Fenster und schrie: „Verschwindet! Erfrieren sollt ihr!"

Er war sich ziemlich sicher, dass sie ihn nicht mehr hören konnten.

Frau von Biberbach

Die Neuigkeit, dass Daumer die Vormundschaft für Kaspar aus gesundheitlichen Gründen aufgeben wolle, kam für Feuerbach nicht überraschend. Deshalb versuchte er gar nicht erst, den Pädagogen von seinem Entschluss abzubringen. Auch hatte sich bald ein Mann gefunden, der sich anbot, Kaspar in seinem Haus unterzubringen: Es war der wohlhabende Kaufmann Johann Biberbach, selbst Mitglied des Nürnberger Magistrats, der über die Zukunft Kaspars zu befinden hatte.

So sehr sich diese Lösung aufdrängte, erhoben sich während der entscheidenden Ratssitzung doch Bedenken. Der Baron von Tucher, der Kaspar schon lange freundschaftlich verbunden war und sich seit Daumers verschlechtertem Gesundheitszustand mehr und mehr für ihn verantwortlich fühlte, wandte vor dem Magistrat ein, dass der Kaufmann zwar ein braver Mann sei, jedoch von frühmorgens bis spätabends geschäftlich außer Haus. „Seine Gattin aber, die sich folglich die meiste Zeit um Kaspar kümmern müsste" - und hier wagte er es nicht, Biberbach anzublicken - „ist, fürchte ich, mit Verlaub, der Aufgabe nicht gewachsen!"

Die Magistratsherren wussten, worauf Tucher anspielte, denn die Frau von Biberbach galt als eine flatterhafte, verantwortungslose Person, die geradezu zwanghaft jedem Manne, der sich ihr näherte, schöne Augen machte. Aber was sollten sie tun? Schließlich wollten sie den Kaufmann nicht durch eine Ablehnung beleidigen, und eine andere Lösung war ohnehin nicht in Sicht. So wurde gegen Tuchers Stimme das Angebot Biberbachs angenommen.

Nur der Wachtmeister Leberecht begleitete Kaspar zu dem Haus am Hübnerplatz, wo er fortan wohnen sollte. Es war über eine große Toreinfahrt erreichbar, und aus seinem Dach ragte ein romantisches kleines Türmchen heraus, das von der morgendlichen Wintersonne mit einem goldenen Schein überzogen wurde. Im Hauseingang stand Frau von Biberbach, die ihren Schützling bereits erwartete: eine Frau in den Dreißigern, mit glatten, in der Mitte gescheitelten braunen Haaren und einem frischen, freundlichen Gesicht. Aus ihren Augen glühte eine Begeisterung, die Kaspar zur Vorsicht gemahnte.

„Herzlich willkommen!", rief sie den Ankömmlingen schon von weitem entgegen und führte die beiden in den ersten Stock, wo sie Kaspar ein hübsches kleines Erkerzimmer zuwies. Der Bub setzte seinen Koffer ab und sah aus dem Fenster, von dem aus man das Treiben auf dem großen Platz beobachten konnte.

„Du bist also das berühmte Kind von Europa!", sagte Frau von Biberbach bewundernd. „Ein großer, braver Junge! Du bist nun hier zu Hause! Von heute an hast du eine Mama!"

„Sie brauchen ihn nicht wie ein Kind zu behandeln!", wandte Leberecht ein. „Er hat es faustdick!"

„Keine Sorge, das habe ich schnell heraus!", murmelte sie mit unterdrückter Stimme und zeigte damit, dass die Worte nicht für Kaspar bestimmt waren, der sie dennoch hörte. Dabei warf sie dem Wachtmeister einen Blick des Einverständnisses zu. Dann wandte sie sich wieder an ihren Schützling: „Wenn du irgendetwas brauchst, dann klingelst du einfach!" Sie deutete an, wie man die Dienstbotenglocke betätigte.

„Vielen Dank!", antwortete Kaspar zurückhaltend, indem er sich im Zimmer umsah: ein Bett, ein Schrank, ein Tisch, ein Stuhl. „Augenblicklich brauche ich nur etwas Zeit, um mich einzurichten!" Da fiel sein Blick auf ein Paar Duellpistolen, die zur Zierde an der Wand hingen.

„Die Waffen nehmen wir besser da weg!", rief Frau von Biberbach mit erschrockenem Lächeln und entfernte sie mit einer grazilen Bewegung, ohne Leberecht aus den Augen zu lassen, der grinsend mit dem Zeigefinger drohte. Sie fügte hinzu: „Dass du mir keine Dummheiten machen kannst, mein Kleiner! - So, Herr Wachtmeister, jetzt zeige ich Ihnen Ihre Kammer!"

Und indem sie sich bei ihm unterhakte, verließen die beiden den Raum.

Die folgende Mahlzeit nahm Kaspar allein zu sich, da die Hausherrin ausgegangen war. Gegen zwei Uhr erhob er sich von seiner Mittagsruhe und kleidete sich an. Er stand noch ohne Hose und Weste, nur in Hemd und Unterwäsche da, als Frau von Biberbach, ohne anzuklopfen, ins Zimmer rauschte. „Da bist du ja! Wie geht es meinem Schützling?"

Vor Scham vergaß Kaspar zu antworten.

„Was ist denn? Aber du bist ja ganz schüchtern! Nein, das ist doch zu drollig! Bist wohl den Umgang mit Frauen nicht gewöhnt!"

Sie trat nahe an Kaspar heran, so dass er das Knistern ihres Kleides deutlich vernahm. „Hast es faustdick, hm? Aus deinem Bubengesicht werde ich nicht schlau!"

Einen Moment verharrte sie nachdenklich in dieser Pose, dann wandte sie ihm den Rücken zu. „Na ja. Übrigens erwarte ich für heute abend Gäste, denen ich dich vorstellen möchte." Sie strich mit der Hand über die Stuhllehne und ergänzte augenzwinkernd, indem sie ihn von oben bis unten musterte: „Also zieh dir was Schönes an, hm?"

Kaspar schwieg.

Unvermittelt zog Frau von Biberbach ein Heftchen hervor und warf es auf den Tisch. „Falls du Beschäftigung brauchst, versuche es einmal hiermit!"

„Was ist das?", fragte Kaspar, der seine Sprache wiedergefunden hatte.

„Eine kleine Geschichte - du bist der Held!"

Er wollte noch mehr wissen, aber Frau von Biberbach hatte schon die Tür hinter sich zugeworfen. Er zitterte. Der Duft ihrer Wäsche hing in der Luft. Immer noch hielt er seine Hose in der Hand. Er lief zur Tür und verschloss sie sorgfältig.

Wie angekündigt, erschien am Abend eine große Gesellschaft, der Kaspar vorgestellt wurde. Später kam auch Feuerbach. Unter einem Vorwand zogen sie sich in einen Nebenraum zurück, wo sie sich einigermaßen ungestört unterhalten konnten.

„Herr Präsident", rief Kaspar aufgeregt, „Sie müssen mich hier wegholen!"

„Nicht so laut!", zischte Feuerbach. „Was ist denn passiert? Du bist ja völlig aufgelöst!"

„Ich werde vorgezeigt wie ein dressierter Affe!"

„Das ist kaum zu ändern, Kaspar, aber daran solltest du gewöhnt sein! Selbst der Herr Professor Daumer..."

„Aber Frau von Biberbach behandelt mich nicht wie einen Menschen! Sie hat keine guten Absichten!"

Feuerbach schwieg nachdenklich. „Dann hätte Baron von Tucher recht gehabt! Ich habe es befürchtet! Hat sie sich etwas zu Schulden kommen lassen?"

„Sie glaubt, dass ich ein Betrüger bin."

„Wenn sie dich erst näher kennt, wird sie ihre Meinung ändern. Du musst dich nur eingewöhnen, schließlich bist du heute morgen erst angekommen!"

Kaspar starrte verbissen ins Leere.

„Dich quält noch etwas anderes!", bemerkte Feuerbach. „Was ist es?"

Wortlos zog der Bub das Heftchen aus der Jackentasche, das ihm Frau von Biberbach auf den Tisch gelegt hatte. Der Titel lautete:

Kaspar Hauser,
nicht unwahrscheinlich ein Betrüger
von J.F.K. Merker

Feuerbach war entsetzt. Er kannte das Heftchen. Ein Polizeirat aus Berlin hatte es verfasst. Er versuchte darin mit kriminaltechnischen Mitteln, vor allem aber aufgrund der jüngsten Aussagen des Schumachermeisters Weickmann, Kaspar als Betrüger zu entlarven. Wenn Kaspar das Pamphlet gelesen hatte, erklärte dies seine Aufregung zur Genüge.

„Woher hast du das?"

„Von Frau von Biberbach."

So ein Biest, dachte Feuerbach. „Dieser Merker", sagte er und versuchte dabei, gelassen zu wirken, „tut sich wichtig. Ohne dir überhaupt begegnet zu sein, stellt er aus der Ferne eine Theorie auf, die nur stimmen kann, wenn alle, die dich näher kennengelernt haben, meine Person eingeschlossen, mit Blindheit geschlagen sind!"

„Aber wenn die Leute es glauben!"

Feuerbach seufzte. „Leider ist es in manchen Kreisen 'chic' geworden, dich für einen Betrüger zu halten."

Vom Nebenraum drang lautes Gelächter.

„Wenn es alle glauben, werde ich dann vor Gericht gestellt?", fragte Kaspar.

„So weit kommt es nicht, nicht solange ich lebe. Aber Frau von Biberbach scheint es zu glauben, nicht wahr?"

Der Bub machte eine betretene Miene. „Wann holen Sie mich hier weg, Herr Präsident?"

„Wohin!" Feuerbach winkte ab. „Bisher ist Frau von Biberbach nichts Wesentliches vorzuwerfen. Und erst wenn wir eine andere Unterbringungsmöglichkeit für dich gefunden haben, können wir überhaupt daran denken. Bis dahin wirst du dich leider gedulden müssen!"

„Ach hier sind Sie!", rief die Gastgeberin herein. „Was gibt es denn zu tuscheln? Herr Präsident, meine Gäste sind begierig darauf, mit Ihnen zu sprechen! Und mit dir natürlich zuerst, Kaspar!"

Lord Stanhope gibt sich die Ehre

„Ein hoher Gast wird mit uns speisen, Kaspar!", sagte Bürgermeister Binder. Am Tisch stand ein vornehmer Herr, bereit den Buben zu begrüßen. Er war etwa 50 Jahre alt, mittelgroß und von stattlicher Figur. Das hellbraune, lockige Haar war schon etwas zurückgewichen und gab eine hohe Stirn frei. Sein Gesicht, das von einem herrschaftlichen Backenbart eingerahmt war, strahlte Frische und Gelassenheit aus, wenngleich der Blick wenig ausdrucksvoll war. Um die vollen Lippen jedoch spielte ein freundlicher, selbstbewusster Zug.

Waren Haupt und Statur schon beeindruckend, so war es seine Kleidung noch mehr: Der ultramarinblaue, bortenbesetzte Schoßrock, der steife hohe Kragen, die beigefarbene Samtweste, der aufwendige Ringschmuck, besonders der auffällige tiefrote Rubinring am Mittelfinger der rechten Hand - dies alles strahlte eine Würde aus, wie sie Kaspar in seinem Leben noch nicht vorgekommen war.

„Sir Philip Henry, vierter Lord von Stanhope", verkündete Binder feierlich. „Mein Lord - das ist Kaspar Hauser, unser Findelkind, auf das wir sehr stolz sind!"

„Es ist mir eine ausgesprochene Freude, Ihre Bekanntschaft zu machen, Herr Hauser!", bemerkte der Lord in fehlerfreiem Deutsch. „Ich habe viel von Ihrem Schicksal gehört und bin sehr neugierig, wie es Ihnen ergangen ist!"

Es war der Bürgermeister, der das Treffen arrangiert hatte, und zwar ohne Kaspars Wissen und ohne Feuerbach davon zu unterrichten. Binder wusste nämlich, dass Feuerbach unnötige Besuche von Fremden neuerdings rigoros unterband. Nun wäre es aber töricht gewesen, einem echten englischen Peer eine harmlose Bitte abzuschlagen, für deren Gewährung dieser sich gewiss tausendfach erkenntlich zeigen würde. So viel politisches Gespür besaß der Bürgermeister, dass er um den Wert einflussreicher Freunde wusste! Also hatte er Kaspar kurzerhand zum Mittagstisch gebeten, den fremden Gast jedoch in aller Unschuld verschwiegen.

Man speiste und tauschte Komplimente aus. Stanhope hörte sich geduldig aus Binders Mund Kaspars Lebensgeschichte an und war begierig auch die kleinsten Einzelheiten zu erfahren. Stolz schmückte der Bürgermeister seine Erzählung aus, nur ab und zu unterbrochen von Fragen Stanhopes und Ausrufen wie „Das ist unglaublich!" und „*Impossible!*" Kaspar seinerseits hatte nur Augen und Ohren für den englischen Lord, dessen Gewandtheit und Weltläufigkeit in ihm eine Sehnsucht nach fremden Ländern und Sitten aufkeimen ließ.

Als Binder mit seiner Schilderung zum Ende gekommen war und abservieren ließ, räusperte sich Stanhope und hielt nun seinerseits eine kleine Rede.

„Ich muss gestehen", begann er mit Tränen in den Augen, „ich bin zugleich erschüttert und fasziniert vom Schicksal und der außergewöhnlichen Persönlichkeit des Knaben. Es wird Sie erstaunen zu hören, dass mich die Geschichte an meine eigene Jugend erinnert. Doch das zu erklären, würde zu weit führen und Sie unnötig langweilen. Wie Sie wissen, mein lieber Bürgermeister, sind wir Engländer ein begeisterungsfähiges Volk. Wenn wir einmal einen Narren an einer Sache gefressen haben, können wir die größten Dummheiten begehen. Ich bin fest entschlossen, Kaspar für das Unrecht, das er erfahren hat, im Rahmen meiner Möglichkeiten zu entschädigen."

Na also, dachte der Bürgermeister, mein Gefühl hat mich nicht betrogen! Insgeheim hoffte er die Stadt Nürnberg von den Unterhaltskosten für Kaspar ein wenig zu entlasten, und die Dinge ließen sich besser an als erwartet!

„Darf ich Sie um einen Bogen Papier und eine Feder bitten!", wandte sich Stanhope an Binder. Der Bürgermeister klingelte nach dem Personal, ließ das Gewünschte bringen und vergaß auch nicht noch eine Flasche vom besten Wein zu bestellen. Der Lord setzte einen Text auf und las ihn anschließend laut vor:

An das Bankhaus Merkel
Belieben Sie gegen diese Anweisung dem Herrn Bürgermeister Binder fünfhundert Gulden zu zahlen, die er für Kaspar verwenden wird.

Ich möchte", fuhr Lord Stanhope nach einer kurzen Pause fort, „die Summe, die der bayerische Staat für Hinweise zur Ergreifung des Attentäters ausgelobt hat, verdoppeln und hoffe zugleich, dass sich damit auch die Erfolgschancen verdoppeln mögen! Einstweilen soll das Geld für Kaspar sicher angelegt und die Zinsen hiervon für ihn verwendet werden. Findet sich jedoch innerhalb von drei Jahren niemand, dem die Belohnung zustünde, so wird dem Jungen das Geld als Stammvermögen übertragen!"

Der Bürgermeister war einen Augenblick sprachlos. „Das ist..." stammelte er dann, „...wie großzügig! Mein Lord, Ihre Güte ist unaussprechlich!" Er hob sein Glas und stieß mit Stanhope an.

„Ich würde gern noch mehr tun", fuhr Lord Stanhope fort, indem er den Wein absetzte, „*however*, selbst meine Mittel sind begrenzt! Ich werde jedoch, sobald ich mein Land wieder betrete, eine Sammlung für Hauser organisieren, mit dem Ziel, dass er von den Zinsen seines Vermögens bequem leben kann!"

„Hast du das gehört, Kaspar?", rief Binder freudig erregt aus. „Endlich hast du einmal Glück!"

Für Kaspar kam die Neuigkeit allzu plötzlich. Er konnte das ganze Ausmaß seines Glücks nicht überschauen und sagte daher nur: „Ich danke recht schön!"

„Da ist allerdings noch eine Kleinigkeit!", gab der Lord zu Bedenken. „Sie werden verstehen, dass ich die Sache des Buben in meiner Heimat um so glaubwürdiger und überzeugender vertreten kann, wenn ich über die Einzelheiten genau Bescheid weiß. Ich bitte daher um vollständige Akteneinsicht!"

„Selbstverständlich!", beeilte sich Binder zu antworten. „Ihre Forderung ist nur allzu berechtigt. Ich werde umgehend das Nötige veranlassen und den Herrn Amtsgerichtspräsidenten Feuerbach in Kenntnis setzen."

Nun wandte sich Stanhope direkt an Kaspar, während Binder sich die Hände rieb und so tat, als wäre er gar nicht da.

„Ich möchte dein Freund sein, Kaspar. Nenne mich Henry!"

„Wie Sie wünschen..., Henry!"

„Bist du schon einmal in England gewesen?"

„Nein, ich bin immer in Nürnberg gewesen. Was davor war, weiß ich freilich nicht. Aber Sie sind sicher weit gereist?"

„Oh ja, ich habe beinahe jedes Land in Europa besucht!"

„Dann haben Sie wohl recht viel zu erzählen?"

„Das werde ich auch tun, wenn wir uns das nächste Mal treffen!"

„Das müssen wir tun, und zwar bald!"

„*Oh yes, we must*! Ich habe dir noch eine Kleinigkeit mitgebracht, Kaspar!"

Nun holte der Lord ein kleines Päckchen hervor und reichte es dem Buben. *„Open it!"*

Kaspar fingerte aufgeregt an dem Papier herum und riss es dann ungeduldig auf. Ein fein gearbeitetes Kästchen kam zum Vorschein. Er öffnete es: Es war eine Spieluhr, die eine eingängige Melodie erklingen ließ. Kaspar war zutiefst gerührt, und auch die Augen des Bürgermeisters glänzten. Eine Spieluhr war ein sehr kostbares Geschenk, besonders aber diese, die aufwendige Einlegearbeiten aufwies und innen mit rotem Samt gefüttert war.

„Es ist ein schottisches Volkslied über die Freundschaft", erläuterte der Lord, nahm Kaspars Hand und sprach mit leiser Stimme:

„,Ich reiche dir die Hand, mein Bruder, gib ihr einen Halt in deiner! Wir besiegeln unsere Freundschaft mit einem guten Schluck!'"

Unwillkürlich schob der Bürgermeister dem Buben sein Glas hin, worauf der Lord und Kaspar sich zuprosteten. Zum ersten Mal während seiner Zeit in Nürnberg nahm Kaspar einen winzigen Schluck Wein zu sich. Aber er fühlte sich auch ohne den Alkohol schon wie berauscht. Vor seinen Augen liefen Bilder von allerlei fernen Ländern und Völkern ab, und er verspürte ein Gefühl unendlicher Freiheit. Aus vollem Herzen rief er aus:

„Das ist der schönste Augenblick meines Lebens!"

It's all feeling

Die Begegnung mit Lord Stanhope hatte Kaspar verändert. Vom Fenster seiner Kammer aus beobachtete er das Leben auf dem Hübnerplatz: In wilder Unordnung wimmelten die Menschen durcheinander wie Ameisen auf ihrem Erdhaufen, und doch verbarg sich hinter dem undurchschaubaren Chaos ein geheimer Plan: Jedes einzelne Wesen dort unten auf dem Platz tauchte in die brodelnde Menge ein und entfernte sich wieder, gelenkt von ganz bestimmten Zielen. Und obwohl alle diese Menschen in erster Linie an ihre eigenen Geschäfte dachten, gehörten sie doch, ohne dass es ihnen ständig bewusst war, zu einer Gemeinschaft, zu der sie das Ihre beitrugen und von der sie profitierten.

Kaspar spürte die bindende Kraft dieser Gemeinschaft, die den Einzelnen in seinen Freiheiten beschnitt, ihm aber auch Sicherheit und Geborgenheit gab. An welche geheimen Übereinkünfte hielten sich die Menschen? Welche Rolle kam ihm in dieser Ordnung zu? Er hatte sich stets als Außenseiter gefühlt, akzeptiert zwar, aber von den Nürnbergern mit dem Stempel eines Sonderlings bedacht. Wie gern würde er sich unbefangen dort unten in der Mitte des großen Platzes bewegen, ohne Reaktionen wie Spott oder Mitleid hervorzurufen, so natürlich und unbeachtet wie alle anderen!

Henry Stanhope war kein Nürnberger, ein Ausländer sogar, und wurde doch sofort vom Bürgermeister der Stadt als ein geachteter, ehrenhafter Mann behandelt, mehr noch, Binder benahm sich, als stünde der Lord meilenweit über ihm! Ausgerechnet mit diesem weltgewandten Menschen verspürte Kaspar eine brüderliche Seelenverwandtschaft. Der Lord begegnete ihm nicht staunend wie einem Tier mit zwei Köpfen, sondern als Mensch. Alles schien er zu verstehen, und immer fand er die richtigen Worte. Es war, als schlügen ihre Herzen im gemeinsamen Takt. Würde Kaspar von dem Glanz, den dieser Mann verbreitete, profitieren können? Würde Henry dem heimatlosen Findelkind endlich zu einem Zuhause verhelfen? Fraglos besaß er die finanziellen Mittel, mit denen sich bislang fest versperrte Türen öffnen ließen.

Mit ungekanntem Stolz schritt Kaspar neuerdings durchs Leben, was seiner Umgebung nicht verborgen blieb. Frau von Biberbach, die den Stadttratsch aufsog wie ein Löschblatt die Feuchtigkeit und über viele Ereignisse schon informiert war, bevor sie überhaupt eintraten, brauchte nicht lange über die Ursache von Kaspars Aufblühen nachzudenken, um zu wissen, dass nur dieser britische Gönner dahinterstecken konnte. Inzwischen hatte sie sich damit abgefunden, dass ihr, wie sie meinte, ein Kind versprochen und ein Betrüger ins Haus geliefert worden war. Hatte sie sich anfangs noch in den Kopf gesetzt, die Verstellkunst ihres Schützlings zu entlarven, so fand sie es neuerdings amüsanter, ihn zu seinem hartnäckigen Rollenspiel zu beglückwünschen und das ganze Theater, das er kunstvoll entworfen hatte, respektvoll mitzuspielen.

„Ich gratuliere von Herzen!", rief sie daher trocken, als sie wieder einmal ohne anzuklopfen ihren Kopf ins Zimmer steckte. (Den Schlüssel zu seiner Stube hatte sie ihm schon abgenommen, nachdem sie zum ersten Mal vor verschlossener Türe gestanden hatte.) „Deine Arbeit beginnt hübsche Früchte zu tragen!"

Kaspar, der mit seinem Tagebuch beschäftigt war, blickte sie fragend an.

„Mir brauchst du nichts vorzuspielen, mein Schatz! Aber keine Angst, ich werde dir den Spaß mit deinem Lord nicht verderben!"

Klammheimlich war sie näher gekommen und versuchte nun über Kaspars Schulter hinweg einen Blick auf das Geschriebene zu erhaschen, aber das Tagebuch, das er wie seinen Augapfel hütete, war längst zugeklappt. Mehrfach hatte sie in seiner Abwesenheit versucht, hinter das Versteck des Buches zu kommen, doch ohne Erfolg.

„Wenn du doch etwas mehr Vertrauen in mich hättest, mein Kind!", sagte sie seufzend und strich ihm sanft über den Rücken.

„Sie verkennen mich!", antwortete Kaspar trotzig. „Sie sind nicht meine Mutter, und ich bin nicht, wie Sie denken!"

„Gib dir keine Mühe, Schätzchen! Wo wir so eng beieinander wohnen, unter einem Dach, diese Nähe! Wie könnte man da Geheimnisse voreinander verbergen!"

Und schon war sie mit flatterndem Gewand wieder hinausgehuscht, nur ihr Duft hing noch im Zimmer. Kaspar hasste diesen Geruch, der sie auch verriet, wenn sie heimlich sein Zimmer betrat. Er riss das Fenster auf. Das war vorauszusehen, dachte er, dass sie etwas gegen Henry hat. Gefühle wie Freundschaft und Lauterkeit kann sie nicht erkennen, da sie sie selbst nicht besitzt!

Frau von Biberbach war aber nicht die einzige Person, die Stanhope gegenüber skeptisch war. Auch der Amtsgerichtspräsident nahm eine seltsam reservierte Haltung ein. „Kennen wir ihn denn?", hatte er zu Bedenken gegeben, als er mit dem Buben einige Wappen aus dem badischen Raum durchgegangen war, die mit der von Kaspar gefertigten Zeichnung gewisse Ähnlichkeiten aufwiesen. „Bei der ersten Begegnung schon gewinnt er dein Herz. Es ist schön, einen Freund zu haben, Kaspar. Aber eine Freundschaft muss wachsen, sich bewähren! Wir leben in einer romantischen Zeit, und allzu schwärmerisch erscheinen mir die Gefühlsausbrüche deines Lords. Du solltest ein wenig vorsichtiger sein. Ein heftiger Sturm hat selten einen langen Atem!"

„Nichts verstehen Sie!", gab Kaspar zurück. „Henry hätte es nicht nötig, sich mit einem Niemand wie

Kaspar abzugeben! Aber er wollte mich unbedingt kennenlernen. Er will mir helfen, weil er mich schätzt! Er ist ein Bote des Schicksals, das es endlich gut mit mir meint. Soll ich das Glück verstoßen? Ich sehe den Grund nicht!"

Feuerbach schlug die Wappenbücher zu und legte sie aufeinander. Ihre Betrachtung hatte, wie schon so oft, nichts ergeben, Kaspar hatte keine der Abbildungen wiedererkannt. „Ich will dich vor einer möglichen Enttäuschung bewahren! Du bist kein Niemand, sondern das Kind von Europa! Es gibt Menschen, die sich gern mit einem solchen Edelstein schmücken!"

Kaspar hatte nicht geantwortet, und damit war das Gespräch beendet. Die wertvollen Geschenke - warum das alles? Er stand doch nicht mit leeren Händen da! Waren sie denn kein Beweis für Zuneigung? Kaspar verstand nicht, warum der Präsident so negativ dachte. War es Neid? Eifersucht?

„*Oh no*, du tust ihm Unrecht!", rief Lord Stanhope aus, als Kaspar ihm von Feuerbachs Warnungen berichtete. Sie hatten den herrlichen Tag genutzt und sich vor die Tore der Stadt begeben. Nun saßen sie im kühlenden Schatten auf einer ausgebreiteten Decke und genossen das Picknick, das ihnen William, Stanhopes englischer Diener, mit fachkundiger Hand bereitet hatte. „Sein Verhalten zeigt nur, dass er in Sorge um dich ist! Man sagt, er sei ein großartiger Mensch! Ich möchte ihn kennenlernen!"

„Er hat kein Recht, schlecht über dich zu sprechen, Henry!", versetzte Kaspar. „Du würdest so etwas nie tun!"

„Oh, das hat nichts zu bedeuten! Für andere ist schwer zu begreifen, was passiert ist! Du hattest keine Eltern, Kaspar! Und dann - ein kurzer Augenblick nur, und schon warst du wie ein Sohn für mich! Es gab mir einen richtigen Stich ins Herz! *It's all feeling!* Aber ist das zu verstehen? Als Richter muss dein Freund seine Paragrafen kennen. Er handelt ganz nüchtern nach dem Buchstaben und nach der Logik. Er *kann* es nicht verstehen! *It's fact or feeling!*"

Kaspar betrachtete das karierte Muster der Decke, als stünden in den Verflechtungen der geraden blauen Linien verschlüsselte Geheimnisse. „Ein Freund? Was ist ein Freund! Der Herr Präsident kümmerte sich um mich, als ich noch ein dummes, unbeholfenes Kind war. Aber erst seit ich dich kenne, Henry, weiß ich, was Freundschaft bedeutet: Das ist, wenn das Unmögliche möglich wird!"

Stanhope nickte. „Man spürt es, wenn das Schicksal zusammenführt, was zusammengehört!"

Der Lord griff in seine Rocktasche und holte lächelnd ein Päckchen hervor, so groß wie eine Streichholzschachtel. „Für dich!"

„Für mich?" Der Bub griff danach und öffnete es hastig. Ein goldener Miniaturrahmen mit einem fein gemalten Bildnis Stanhopes kam zum Vorschein.

169

„Dieser Rahmen soll einmal das Bild deiner Mutter einfassen. Aber solange sie unbekannt ist, ist es, hoffe ich, nicht zu anmaßend, wenn er die Person ziert, die alles daran setzen wird, sie zu finden."

„Du willst sie suchen?", rief Kaspar, der vor lauter Glück vergaß, sich zu bedanken.

„Durch meine Stellung und meine Reisen komme ich viel herum und kenne viele einflussreiche Personen. Eines Tages, das verspreche ich dir, wird deine Mutter dich aus diesem Rahmen anlächeln."

Dem Bub lief eine Träne die Wange hinunter. „Das Unmögliche möglich machen!", murmelte er.

Lieber sterben als bleiben!

Die folgenden Tage verbrachte Kaspar in Hochstimmung. Endlich hatte er wieder Hoffnung geschöpft, endlich sah er wieder eine Möglichkeit, seine verlorengegangene Kindheit wiederzufinden, und zwar durch einen Mann, der ihm vor wenigen Wochen noch unbekannt gewesen war. Selbst auf Frau von Biberbach färbte sein Glücksgefühl ab: Neuerdings schenkte sie ihm am Tisch ein freundliches Lächeln, das von Herzen zu kommen schien, beeilte sich, ihm persönlich den Tee einzuschenken, und strich ihm gelegentlich im Vorbeigehen mit mütterlicher Zärtlichkeit übers Haar. Kaspar ließ es sich gefallen - jeglicher Widerwillen gegen ihre gekünstelte Art verblasste angesichts seines freudetrunkenen Herzens.

Während dieser glücklichen Zeit geschah etwas, was das Leben des jungen Kaspar erneut verändern sollte. Es begann mit einer alltäglichen Begegnung auf dem Gang. Anders als in seinen ersten Tagen im Haus am Hübnerplatz ging er der Hausherrin neuerdings nicht mehr aus dem Weg. Hatte er sich zu Beginn noch unmittelbar nach den Mahlzeiten in seine Kammer zurückgezogen und jede Gelegenheit ergriffen, die ihm verhassten Räume zu verlassen, so kam es nun vor, dass er mit Frau von Biberbach im Salon über Bücher plauderte oder eine Partie Dame spielte, was er leidenschaftlich gern tat, weil er fast immer gewann. Auch jetzt hatte er, als die Hausherrin im Gang auf ihn zukam, das Angebot einer Revanche für ihre letzte Niederlagenserie auf den Lippen. Doch Frau von Biberbach kam ihm mit einem anderen Anliegen zuvor. Mit leidvollen Augen blickte sie ihn fast flehend an und sprach: „Kaspar, mein Guter, der Himmel schickt dich! Mir ist sterbenselend, ich weiß gar nicht, was ich tun soll!"

Tatsächlich bemerkte er in ihrem Gesicht eine kränkliche Blässe um ihre Wangen. Voller Sorge rief er: „Ja, aber was ist denn! Soll ich einen Arzt rufen?"

„Ich weiß nicht! Mir schnürt es so seltsam die Brust zu, dass ich fast gar keine Luft mehr bekomme. Vielleicht ist es ja gar nicht so schlimm!"

Unschlüssig starrte sie ins Leere. Es war Samstag nachmittag, und Kaspar fiel ein, dass das ganze Personal ausgegangen war. Sie waren also allein im Haus.

„Vielleicht sollte ich mich in meinem Zimmer ein wenig ausruhen", sagte sie nach einer Weile mit ausdrucksloser Stimme. „Würdest du mir einen Kamillentee machen?"

Kaspar eilte in die Küche, froh darüber, irgendwie helfen zu können. Als er mit dem vollen Tablett herbeikam, stand die Tür zu ihrer Kammer halb offen.

„Darf ich eintreten?", rief er, da er keine Hand frei hatte, um zu klopfen.

„Oh, bitte!", hörte er ihre Stimme.

Das Zimmer war kleiner, als er angenommen hatte. In einer Ecke stand eine spanische Wand, die Mitte nahm ein rotes Canapee ein. Vor einem mit Schnörkeln verzierten Spiegel standen Fläschchen, Dosen, Seifen und Kämme, wie sie Kaspar in der Menge und Vielfalt noch nie gesehen hatte. Ein süßer, weiblicher Duft hing im Raum. Sie stand am Fenster und richtete den Blick melancholisch nach draußen. Mit einem Ruck, als hätte sein Eintreten sie aufgeschreckt, drehte sie sich um und machte ein paar Schritte langsam auf ihn zu. „Würdest du es dort auf den Tisch stellen? Ich danke dir!"

Erst jetzt fiel ihm das reizvolle, nicht alltägliche schwarz-rote Seidenkleid auf, das sie die ganze Zeit schon trug und ihre Bewegungen mit einem Knistern begleitete.

„Verlegen rieb sich Kaspar die Fingerspitzen. Geht es Ihnen jetzt etwas besser?", fragte er.

„Nein, schlimmer! Ich brauche Luft! Luft!"

Sie näherte sich ihm nun so weit, dass er schon den Scheitel ihres Haars sehen und ihr Keuchen hören konnte. Mit geschlossenen Augen murmelte sie: „Kaspar, mir ist so elend, ich ersticke!"

Vor Schreck wich er zurück: „Ich muss einen Arzt holen!"

Doch sie hielt ihn am Arm fest und rief: „Nein, warte! Es ist das Kleid! Es schnürt mir die Brust so zu! Würdest du es mir hinten öffnen?"

Schon hatte sie ihm den Rücken zugewendet und beobachtete ihn seitwärts über die Schulter. Eine eigentümliche, ungekannte Schwüle stieg in ihm hoch. Mit zittrigen Fingern öffnete er nacheinander die schwarzen Knöpfe des Kleides, das sich in der Tat eng um ihre Taille spannte.

Frau von Biberbach begleitete seine Bewegungen mit Seufzern der Erleichterung. Als sie sich zu ihm hin drehte, rutschten die Schultern und Ärmel des Kleides bis zu den Ellenbogen herunter, so dass nun die spitzenbesetzte Unterwäsche sichtbar wurde, in der sich ihr weißer Busen hob und senkte.

„Das war nötig!", stöhnte Frau von Biberbach erleichtert. Plötzlich schrak sie zusammen und bedeckte mit den Händen ihre Blöße. Doch dann fing sie an, herzlich zu lachen. „Welch verfängliche Situation! Ich muss über mich selbst lachen, denn ich vertraue dir, Kaspar. Ich habe keine Angst! Freilich, wenn andere uns sähen, würden sie wer weiß was denken!"

Kaspar wusste vor Verlegenheit nicht, wohin er seine Augen wenden sollte. „Es war Ihr Unwohlsein!", stotterte er.

„Ja! Es geht mir auch schon etwas besser!" Sie lachte laut auf, um dann vor Schmerz zusammenzuzucken. Als sie sich etwas erholt hatte, stellte sie sich wieder ganz dicht an ihn heran, dass er ihr Parfum roch, und flüsterte: „Ich muss dich jetzt um einen Gefallen bitten. Ich darf dich darum bitten, weil ich weiß, dass du meine Lage nicht ausnutzt." Während sie sprach, glitt ihre Hand sanft über seine Brust. „Es ist das Korsett! Würdest du mir am Rücken die Bänder lösen! Warte! Ich werde mich nun auf das Canapee legen. Es ist eine ungewöhnliche Bitte, ich weiß, aber das Korsett drückt mich wie ein Mühlenstein. Wir sind allein, Kaspar, keine Menschenseele im Haus - ich sehe keine andere Möglichkeit..."

„Frau von Biberbach, was verlangen Sie!" Kaspar war eine dunkle Röte ins Gesicht gestiegen. „Ich kann das nicht, ich darf das nicht! Und wissen Sie, was ich glaube? - So schlecht geht es Ihnen gar nicht!"

Mit diesen Worten riss er sich los, rannte zur Tür und warf sie mit lautem Krach hinter sich zu.

Nach diesem Vorfall gingen sich Kaspar und Frau von Biberbach mehrere Tage lang aus dem Weg. Die Hausherrin blieb unter verschiedenen Vorwänden den Mahlzeiten fern, die übrige Zeit verbrachte Kaspar meist in seiner Kammer. Nur einmal, als Kaspars Lateinunterricht kurzfristig verschoben wurde, begegneten sie sich unerwartet am Mittagstisch. Nachdem sie einige Höflichkeitsfloskeln ausgetauscht hatten, schwiegen sie sich an. Keiner der beiden wagte es, die Ereignisse im Zimmer der Hausherrin anzusprechen, und Kaspar wusste nicht, woran er war. Aber das sollte er bald herausbekommen.

Tags darauf kam der Kaufmann Biberbach so früh von seinem Geschäft nach Hause, dass er den Tee gemeinsam mit seiner Frau und dem Pflegesohn einnehmen konnte. Nach dem Gebet, das der Hausherr selbst vorsprach, begann er, müde, aber guter Dinge, zu plaudern. Ein erfolgreicher Tag sei es gewesen, der Umsatz schnelle in die Höhe, und für die kommende Woche habe sich der Kammerherr des ungarischen Adeligen angemeldet. Nur das Essbesteck hinderte den Kaufmann daran, sich die Hände zu reiben. Es dauerte noch eine ganze Weile, bis er bemerkte, dass nur er redete. „Aber wie geht es denn meinem Kaspar?", fragte er.

Kaspar nickte verlegen.

„Er lebt wie die Made im Speck!", entfuhr es Frau von Biberbach.

„So soll es sein!", rief der Kaufmann zufrieden. „Es soll ihm an nichts fehlen! Ich möchte mir da nichts nachsagen lassen müssen!"

„Wenn es nur der Speck wäre, an dem er sich gütlich tut!", bemerkte seine Gattin spitz. „Es gibt aber unter diesem Dach noch andere Verlockungen, denen der junge Herr besser nicht nachgeben sollte."

Kaspar blieb der Bissen im Hals stecken, und der Kaufmann stutzte. „Was willst du denn damit andeuten, meine Liebe?"

„Nichts will ich damit andeuten, Johann, nur dass es vielleicht besser wäre, wenn du deinen Ziehsohn gelegentlich mit etwas weniger Gutgläubigkeit und etwas mehr Verstand betrachten würdest. Der junge Herr hat ein gefährliches Alter erreicht, in dem ihm allerlei Gedanken durch den Kopf schießen."

Der Kaufmann warf fragende Blicke von einem zum anderen. „Was soll das heißen, Klara? Sprich dich doch deutlicher aus! Was geht vor in meinem Haus? Ich verlange Rechenschaft! Kaspar! Ist etwas mit dem Personal?"

Frau von Biberbach schleckte genüsslich einen Sahnerest von ihrem Löffel. „Es berührt, um es so deutlich wie möglich zu sagen, mein lieber Johann, nicht so sehr deine Pflichten als Hausvater, als vielmehr die des Ehegatten."

Mit einer unkontrollierten Handbewegung stieß Biberbach sein Glas um, so dass die dunkle Flüssigkeit des Rotweins sich über das Tischtuch ergoss und langsam versickerte. Aber noch bevor der Kaufmann etwas sagen konnte, war Kaspar schon aufgesprungen und schnappte vor Erregung nach Luft: „Falsch, falsch! Ich hätte ihre Kammer nie betreten! Sie hat sich nicht wohlgefühlt! Ich wollte ihr helfen!"

Biberbach blickte ihn entsetzt und ungläubig an. Da merkte Kaspar, dass die Aufregung ihm Worte in den Mund legte, die seine Lage nur noch verschlimmerten. Nun, da der Karren verfahren war, sprudelte es aus ihm heraus: „Genug!

Das ist ein Gefängnis hier! Man wird behandelt wie ein Lügner und Betrüger!" An Frau von Biberbach gewandt, schrie er: „Keinen Augenblick länger bleibe ich mit Ihnen unter einem Dach! Lieber möchte ich sterben, als noch länger hier zu leben! Aber es dauert nicht mehr lange, dann wird Lord Henry kommen und mich hier herausholen!"

Der Stuhl kippte hinter ihm, und mit den Armen wild gestikulierend verließ er den Speisesaal.

Der Lord beißt auf Granit

„Ein englischer Lord möchte Sie sprechen!",
flüsterte der Gerichtsdiener, als er das Amtszimmer seines obersten Dienstherrn betrat. „Hier
ist seine Karte!"

Der Gerichtsdiener hätte nur allzu gern gewusst,
worum es sich handelte. Deshalb wartete er mit
geneigtem Kopf länger als üblich auf weitere
Anweisungen. Doch er bekam nur ein zerstreutes
„Ist gut, Sie können gehen!" zu hören, worauf er
sich enttäuscht zurückzog.

Feuerbach besah sich die Karte: „Philip Henry,
vierter Lord von Stanhope" stand dort in fein
geschwungener Schrift zu lesen. Ich hatte ihn
nicht so bald erwartet, dachte er. Er scheint sich
seiner Sache sicher zu sein und scheut auch
den Weg nach Ansbach nicht, um einen Tag zu
gewinnen - morgen hätte ich ohnehin Termine
in Nürnberg!

Er blickte auf und sah, dass Stanhope schon
eingetreten war.

„Ich nehme an, Sie sind über meinen Aufenthalt
in Nürnberg informiert!", begann der Lord ohne
Umschweife.

Feuerbach musterte den Engländer kurz: eine in
ihrem eleganten Reisemantel vornehme Erscheinung, die zuvorkommende Behandlung
gewohnt war. „Lord Stanhope! Man hat mir in

der Tat von Ihnen berichtet!", antwortete er abwartend und bot ihm einen Stuhl an.

„Danke. Dann kennen Sie auch den Grund meines Besuches?"

„Es geht um den Fall Kaspar Hauser, nehme ich an!"

„Der Bürgermeister von Nürnberg, bei dem ich bisweilen die Ehre habe zu speisen, musste mir gestern mitteilen, dass mein Gesuch um Akteneinsicht von Ihnen abgelehnt wurde."

„Die Sachlage zwang mich zu der Entscheidung: Es handelt sich in dieser Angelegenheit um ein Kapitalverbrechen, und die Ermittlungen dauern noch an. Vollständige Akteneinsicht ist daher nur in begründeten Sonderfällen möglich!"

„Sie sind ein prinzipientreuer Mann", erwiderte Stanhope lächelnd. „Das habe ich von einem Beamten in Ihrer Position nicht anders erwartet. Recht und Gesetz müssen schließlich eingehalten werden!" Er machte eine Pause und sah Feuerbach dabei ruhig in die Augen. Dann fügte er hinzu: „Aber neben dem formalen gibt es auch einen menschlichen Aspekt. Das gilt für diesen Fall im besonderen Maße!"

Stanhope überließ es dem Amtsgerichtspräsidenten fortzufahren. „Sie spielen auf den besonderen Lebenslauf Kaspar Hausers an!", entgegnete Feuerbach knapp.

„Es ist doch wohl Aufgabe des Gesetzes, den Opfern von Unrecht zu dienen und, wenn es schon nicht immer möglich ist sie angemessen zu entschädigen, diese nicht noch zusätzlich in ihrem Glück zu behindern!"

Feuerbach nickte: „Ganz recht, das ist ein Aspekt!"

„Nun", sagte Stanhope, der einsah, dass er die Karten auf den Tisch legen musste, „dank meiner finanziellen Mittel und meiner gesellschaftlichen Stellung bin ich in der Lage Kaspars Situation entscheidend zu verbessern. Wie bereits bis zu Ihnen vorgedrungen sein dürfte, habe ich in Nürnberg Proben meiner besten Absichten bereits abgegeben. Das ist aber nichts in Vergleich zu dem" - hier sah Stanhope verstohlen auf seinen Rubinring -, „was ich in Kenntnis *aller* Umstände bewerkstelligen könnte!"

Die Macht, die die Persönlichkeit Stanhopes ausstrahlte, löste auch bei Feuerbach eine innere Unruhe aus. Nervös blätterte er in den Seiten der Akte, die er bei Stanhopes Eintritt gerade bearbeitet hatte. Dennoch blieb seine Stimme fest, als er antwortete:

„Kaspar hat mächtige Feinde, denen das Wissen um unsere Ermittlungen von großem Nutzen sein könnte. Es ist meine Aufgabe, darüber zu wachen, dass keine Akten in falsche Hände geraten. Sie sind gewiss ein ehrenwerter Mann, Lord Stanhope, und machen auf mich den seriösesten Eindruck, aber ich weiß nichts Näheres über Sie. Sie müssen zugeben, dass es selbst unter Fürsten und Königen schon Gestalten gegeben hat, die als Retter der Menschheit auftraten und sich als wahre Teufel entpuppten. Der Wohltäter zeigt sich großzügig, aber der Arglistige ebenso. Solange ich kein Mittel habe, den einen vom anderen zu unterscheiden, müssen die Akten fremden Blicken verschlossen bleiben."

Für einen kurzen Augenblick verfinsterte sich das Gesicht Stanhopes, doch rasch hatte er sich wieder gefangen. *„My dear!* Sie verkennen meine Entschlossenheit", versetzte er, wobei seine Stimme einen neuen, drohenden Unterton bekam. „Ich bin gewillt Kaspar zu adoptieren. Dann können Sie mir Akteneinsicht ohnehin nicht verwehren!"

Diesmal war es Feuerbach, der sich überrascht zeigte. Sollte ich mit meinem Argwohn falsch liegen? dachte er. Er brauchte einen Augenblick, um sich zu fangen und faltete die unruhigen Hände. „Das wäre eine neue Sachlage", räumte er ein. „In diesem Falle wäre das Verbot für die Schriftstücke, die keiner besonderen Geheimhaltung unterliegen, aufgehoben, und das sind die allermeisten. Freilich", fügte er einschränkend hinzu, „muss erst der Gang des Adoptionsverfahrens abgewartet werden!"

Zum ersten Mal machte Stanhope seinem Ärger Luft. Wütend sprang er auf und rief: *„Don't be foolish! You don't know me!* Wollen Sie mich auch bei der Adoption behindern?"

„Keineswegs! Es muss nur alles sorgfältig geprüft werden. Es wäre verantwortungslos, Kaspar erneut einem ungewissen Schicksal auszuliefern!"

„So wie ich informiert bin, bestimmt der Nürnberger Magistrat über die Vormundschaft, dessen Mitglied Sie, Herr von Feuerbach, nicht sind!"

„Da haben Sie recht! Aber das beunruhigt mich nicht. Auch dort gibt es verständige Leute, die sich nicht überrumpeln lassen werden." Auch er stand nun auf. Da ich, wie Sie richtig bemerkt haben, mit der Vormundschaft nichts zu tun habe, sehe ich keinen Grund, das unerquickliche Gespräch unnötig in die Länge zu ziehen!"

„*I agree!* Sie haben völlig recht!", schnaufte Stanhope. „Guten Tag!"

Die Schöße seines Mantels flogen in die Luft, als er den Raum verließ.

Ah, das hat gut getan, dachte Feuerbach, als er wieder allein war. Einem anmaßenden Lord die Türe weisen - die Gelegenheit hatte man nur einmal im Leben! Aber einen gewaltigen Ärger hatte er sich da eingehandelt! - Wenn er an die Folgen dachte, wurde ihm mulmig: Die Regierung in München reagierte leicht nervös, wenn in der Provinz ein Mitglied des ausländischen Hochadels abgekanzelt wurde.

Doch ein anderer Umstand bedrückte ihn noch mehr: Ganz Nürnberg wusste, dass Kaspar den Lord verehrte. Hinzu kam, dass der Bub sich im Hause Biberbach nicht wohl fühlte, und über den Grund sprach man offen in den Gassen. Ein Skandal lag in der Luft. Wenn Stanhope daher beim Nürnberger Magistrat die Vormundschaft beantragte, hatte er leichtes Spiel. Vielleicht täusche ich mich über seinen Charakter, dachte Feuerbach, aber wenn mein Gefühl recht hat, dann gute Nacht!

Doch nicht nur der Amtsgerichtspräsident war über den Verlauf des Gesprächs besorgt. Kaum war die Kutsche des Lords in Nürnberg angekommen, zog dieser sich in sein Hotel zurück und setzte einen Brief auf, den er folgendermaßen schloss:

„Wie Sie meinem Bericht entnehmen können, gestalten sich die Dinge komplizierter, als vorauszusehen war. Ich ersuche Sie daher, mir auf dem üblichen Weg die oben genannte Geldsumme zukommen zu lassen. Jede weitere finanzielle Hilfe ist willkommen! Ihr bescheidenster, verehrungsvollster und ergebenster Diener,

Stanhope."

Eine Reise ins Ungewisse

Was Feuerbach mit Bauchgrimmen vorausgesehen hatte, traf ein: Als Stanhope beim Nürnberger Magistrat für Kaspar die Vormundschaft beantragte, konnte er die Räte leicht überzeugen. „Die Verhältnisse im Hause Biberbach sind mir unerträglich", sagte Kaspar, als man ihn vorlud, und keiner der Räte wagte es in Anwesenheit des Kaufmanns zu fragen, was denn dort so unerträglich sei. „Auch belastet mich", fuhr Kaspar fort, „dass ich hier keinen Schritt ohne Angst um mein Leben tun kann und ich mich wie ein Gefangener überallhin von einem Polizeidiener begleiten lassen muss. Andererseits bin ich gewiss" - und hier schielte er zu Stanhope hinüber -, „dass Lord Philip Henry an meinem Schicksal so warmen Anteil nimmt wie sonst nur ein Vater gegenüber seinem Sohn. Ich habe daher nur einen Wunsch: Dieser Mann soll für meine Erziehung und mein Fortkommen sorgen!"

Nach dieser ergreifenden Rede war die Entscheidung rasch gefällt, und es half nichts, dass der Baron von Tucher, einer Bitte Feuerbachs nachkommend, erhebliche Bedenken anmeldete.

Als Stanhope kurz nach dem Beschluss des Magistrats die Stube des Buben im Haus am Hübnerplatz betrat, saß dieser bereits inmitten seiner gepackten Koffer und Taschen und schrieb.

„Was ist das?", fragte Stanhope neugierig und wies mit dem Finger auf das zerschlissene Büchlein auf dem Tisch.

„Mein Tagebuch! Ich schreibe alles auf, was ich erlebt habe!"

„Auch deine Träume?", fragte Stanhope.

„Ja, wenn ich mich an sie erinnere." Er blätterte die erste Seite auf und hielt sie dem Lord stolz hin. Dort stand: „Meinem teuren Freund, Philip Henry, Lord Stanhope."

Der Lord lächelte geschmeichelt. „Darf ich es lesen?"

„Sei mir nicht böse, Henry, aber die erste Person, die es liest, soll meine Mutter sein. Die zweite Person sollst du sein, wenn du dich dann noch dafür interessierst!"

Und - Schwupp! - war das Büchlein in einer Reisetasche verschwunden.

„*Oh, certainly*, ganz gewiss!", murmelte Stanhope.

„Fahren wir jetzt gleich nach England?", fragte Kaspar.

„Nein! Ich habe soeben eine Nachricht erhalten, die alle unsere Pläne über den Haufen wirft! Ich muss wegen dringender Geschäfte verreisen!"

„Oh, das ist nicht so schlimm! Kann ich dich begleiten?"

Stanhope räusperte sich. „Das wäre nicht günstig! Ich werde sehr beschäftigt sein, es ist daher besser, wenn ich allein reise!"

Kaspar blickte traurig zu Boden. „Aber was wird aus mir?"

„Keine Angst, du musst nicht hierbleiben! Ich habe für dich eine Bleibe in Ansbach besorgt! Sobald ich kann, hole ich dich ab, und dann fahren wir zusammen in mein Landhaus in England!"

Das Gesicht des Buben hellte sich wieder auf. „Ich werde warten, Henry!"

„*It's a matter of a few days* - nur ein paar Tage!", schloss Stanhope. In diesem Augenblick klopfte es an der Türe, und ein Mann trat ein: Es war der Wachtmeister Leberecht.

„Die Pferde warten, Eure Lordschaft!", rief er zackig. Dann klatschte er dreimal in die Hände und trieb Kaspar an: „Holla, junger Mann, fix, fix, es geht los!"

Irritiert gehorchte Kaspar und trug seine Reisetasche die Treppe hinunter, dicht gefolgt von Stanhope und dem unter der Last der Koffer schnaufenden Wachtmeister.

Unten in der Straße wartete ein prächtiger geschlossener Zweispänner. Der Kutscher hielt Kaspar die Türe auf, während Leberecht die Koffer auf dem Dach verstaute. Alles ging sehr schnell vor sich. Verwirrt stieg Kaspar ein, und kaum hatte er sich hingesetzt, da drängte sich Leberecht mit einem Schwung, den man seinem plumpen Körper nicht zugetraut hätte, dicht neben ihn und schaute den Buben grinsend an.

„Fahren Sie denn mit uns nach Ansbach?", fragte Kaspar verwirrt.

„Befehl von oben!", erwiderte Leberecht unschuldig. Mit einem dumpfen Geräusch flog die Tür zu, und der Kopf des Lords erschien im Fenster auf der anderen Seite.

„Der Wachtmeister wird auf dich aufpassen, Kaspar!", rief Stanhope hinein. „Ich komme und hole dich, sobald ich kann! Schreib mir, wie es dir geht!"

In diesem Augenblick gab es einen Ruck und die Kutsche fuhr an. Kaspar stürzte ans Fenster. „Aber Henry, wohin soll ich dir denn schreiben?", rief er dem zurückbleibenden Stanhope zu. Doch der Lord verstand ihn nicht mehr: Er winkte nur und lachte und rief: „Bald!"

Im Nürnberger Ratskeller

Einige Tage nach der überstürzten Abreise saßen der Bürgermeister Binder, Baron von Tucher, Dr. Preu und der Polizeiaktuar Scheurl zum Frühschoppen im Ratskeller beisammen, als eine dünne Gestalt auf die Gruppe zutrat.

„Daumer! Unser lieber Professor Daumer!", rief Dr. Preu freudig aus und sprang auf, um ihn zu begrüßen. Die anderen drei taten es ihm nach.

„Was macht die Gesundheit?", fragte Tucher.

„Fragen Sie Dr. Preu, der weiß es genauer!", antwortete Daumer launisch. Aber dann fügte er klagend hinzu: „Die Augen wollen nicht mehr so recht!"

„Das ist schlimm, sehr schlimm! Die Augen werden halt immer gebraucht, gell!", bemerkte der Bürgermeister.

Aus Verlegenheit nahmen alle einen Schluck aus ihren Bierkrügen. Nur Daumer, der auf sein Getränk noch warten musste, starrte an die Decke. Man spürte, dass ihn noch etwas bedrückte.

„Nun haben wir den Kaspar ja endgültig aus Nürnberg vertrieben!", bemerkte er endlich und nickte dabei mit dem Kopf.

„Nu nu!", rief Binder, der sich im Magistrat für den Antrag Stanhopes stark gemacht hatte. „Es geschah alles zu seinem Besten! Wenn ein englischer Lord sich anbietet für sein Wohl und seine

Erziehung zu sorgen, dann sagt man nicht nein, sondern packt die Gelegenheit beim Schopfe!"

„Besonders, wenn nebenbei die Stadtkasse entlastet wird!", ergänzte Tucher sarkastisch.

„Das hat damit gar nichts zu tun!", beteuerte der Bürgermeister. „Es war ja sein eigener Wille!"

„Mir sind noch die Worte aus Ihrer Bekanntmachung im Ohr, Herr Bürgermeister, als Ihr Mitgefühl noch stärker war als Ihre Furcht vor dem Bankrott des Staatssäckels: ‚Die Gemeinde liebt ihn und betrachtet ihn als ein ihr von der Vorsehung zugeführtes Pfand der Liebe, das sie ohne den vollen Beweis der Ansprüche anderer auf ihn nicht abtreten wird.'"

„Seither hat sich viel geändert!", wehrte der Bürgermeister ab.

„Aber wo ist der Beweis seiner Ansprüche? Wir wissen so gut wie nichts über den Lord!"

„Auf Kaspar ist ein Attentat verübt worden, das wir offensichtlich nicht verhindern konnten. Außerdem ist der Bub reifer geworden. Er hat einen gewissen Grad an Selbstständigkeit erworben und für sich selbst entschieden."

„Aber er befand sich in einer seelischen Krise! Ja, wenn er noch so interessant und exotisch wäre wie zu Beginn, hätten wir ihn natürlich nicht weggegeben! Aber er ist ein ganz normaler Jugendlicher geworden, der seinen eigenen Kopf hat und Probleme bereitet!"

„Ich bin schuld! Ich hätte ihn nicht weggeben dürfen!", seufzte Daumer reumütig, der inzwischen auch einen Krug vor sich stehen hatte.

„Aber meine Herren", nahm Dr. Preu das Wort. „Was geschehen ist, ist geschehen! Wir können es nicht mehr rückgängig machen!"

„Eben! Sie haben recht! Sehr vernünftig!", stimmte man allgemein zu, und der Baron von Tucher rief: „Wenigstens bleibt er vorläufig in unserer Nähe! Wer ist dieser Herr aus Ansbach eigentlich, bei dem er untergekommen ist?"

„Ein Kollege von mir!", berichtete Daumer. „Er heißt Meyer und gilt als hart, aber unbestechlich!"

„Hart und unbestechlich, das ist gut!", freute sich der Polizeiaktuar Scheurl, und als ihn alle verwundert anstarrten, fuhr er vorsichtig fort: „Es ist ja so, dass die Stimmung im Volk nicht unbedingt günstig für Kaspar ist. Bei uns auf dem Amt jedenfalls haben die Untersuchungen des Berliner Polizeirats Merker ihre Spuren hinterlassen, und einige, fast würde ich sagen, die mehreren, sind der Betrügertheorie zugeneigt. Selbst in mir hat die Schrift ihre Zweifel gesät!" Ein allgemeines Murren erhob sich, und hastig fügte er hinzu: „Obwohl ich, selbstredend, auf seiner Seite bin!"

„Heraus mit der Sprache: Worauf wollen Sie hinaus?", fragte Tucher lauernd.

„Nun, es ist gut, wenn der Bub an einen Mann gerät, der sich kein X für ein U vormachen lässt. Dann kann er beweisen, dass er aufrichtig ist!"

„Wollen Sie sagen", platzte Daumer heraus, „mich hätte er monatelang hinters Licht führen können?"

„Ich will gar nichts sagen!", rief Scheurl beschwichtigend. „Ich denke nur an die öffentliche Meinung!"

„So so! Und warum schicken Sie ihm dann ausgerechnet Ihren bestechlichsten Beamten, diesen stadtbekannten Säufer und Nichtsnutz Leberecht, als Begleitung?"

„Damit habe ich nichts zu tun!", erklärte der Polizeiaktuar. „Den Leberecht bezahlt der Lord persönlich. Er ist nicht mehr in unserem Dienst!"

Die Männer blickten ungläubig in die Runde. „Aber warum", fragte Dr. Preu verwundert, „leistet sich Stanhope eine Privatpolizei?"

Alle starrten betreten auf ihre Krüge, als stünde dort die Antwort. „Ich hätte ihn nicht fortschicken dürfen!", seufzte Daumer wieder.

„Unsinn!", rief Binder. „Sie mussten an Ihre Gesundheit denken!"

Schließlich fasste Dr. Preu zusammen: „In einem Punkt hat Scheurl recht: Von hier aus können wir in den Lauf der Dinge nicht mehr eingreifen. Wir müssen auf den Lehrer Meyer hoffen!"

„Und auf Feuerbach!", fügte Tucher hinzu.

„Natürlich! Auf Feuerbach!"

Dritter Teil

Lehrer Meyers Erziehungsprogramm

Johann Georg Meyer war ein kleiner, drahtiger Mann mit halblangen schwarzen Haaren, deren gefettete Strähnen er streng nach hinten und hinter das Ohr kämmte. Die freie hohe Stirn und das sauber rasierte Gesicht strahlten Offenheit aus, nur hinter den runden Brillengläsern lauerten argwöhnische Augen, und die etwas verkniffenen Züge um die Mundwinkel herum zeigten selten ein Lachen, weil das Leben nicht zum Lachen war. Daumer hatte recht gehabt: Der Lehrer war ein harter und unbestechlicher Mann, aber vor allem misstraute er den Menschen. Er misstraute sogar sich selbst. „Alles ist Täuschung!", sagte er sich, wenn er über den Sinn des Lebens nachdachte. „Selbst die eigenen Augen und Ohren täuschen dich: Die Welt ist ein schöner Schein, kratzt man an der Oberfläche, so zeigt sich schnell, wie schlecht sie ist!"

Als eines Tages ein englischer Lord anfragte, ob er gegen gute Bezahlung den Kaspar Hauser aus Nürnberg bei sich aufnehmen könne, musste er nicht lange überredet werden, denn über diesen Buben hatte er seine eigenen Ansichten: Mit den Herren Daumer und Feuerbach, die er nur von dem Gerede der Leute kannte, mochte der Hauser sein betrügerisches Spiel treiben, nicht aber mit jemandem, der wusste, dass nichts so verführerisch war wie die Falschheit. Man musste ihr widerstehen, ihr mutig entgegentreten, und das hatte er schließlich ein Leben lang geübt! Deshalb erschien ihm das Angebot des Lords wie eine göttliche Berufung.

Das erste Pflegegeld schickte der Lord im Voraus, dazu, im verschlossenen Umschlag, ein sogenanntes „Empfehlungsschreiben". Der Brief, an seine Gattin gerichtet, stammte von der Dame, die sich bisher um den Buben gekümmert hatte, der Kaufmannsfrau von Biberbach. Da er alle Briefe an seine Frau kontrollierte, las er selbstverständlich auch diesen. Frau von Biberbach begann mit Höflichkeiten und Freundschaftsbezeugungen und kam bald zum eigentlichen Grund ihres Schreibens, dem „Unglücks- und Schoßkind Nürnbergs", das sie und ihr Gatte „aus reinstem Mitleid und ohne jede Nebenabsicht" aufgenommen hätten. Dann fuhr sie fort:

„Der Knabe wurde von uns wie ein Sohn geliebt und behandelt. Er aber hat uns durch seine entsetzliche Lügenhaftigkeit viele bittere Stunden und viel Jammer und Verdruss bereitet. Zwar gelobte Hauser immer wieder reuige Besserung, aber der böse Lügengeist war nicht zu bannen,

und leider versank er immer tiefer in dieses Laster. Er steckt voll Eitelkeit und Hinterlist, und da, wo er so vortrefflich den Gutmütigen spielt, steckt der Schalk dahinter. Mit seiner Verstellkunst treibt er es so weit, dass er sogar Tränen zur Bestätigung seiner Lügen hervorbringt.

Aber er ist nicht nur falsch, sondern auch lüstern, jagt jedem Weiberrock nach und scheut dabei nicht einmal vor meiner Person zurück. Sollte er Ihnen hierüber eine andere Geschichte erzählen, so bestätigt dies nur wieder seine Lügenhaftigkeit. Nicht nur einmal hat er unsere Liebe mit der niedrigsten Verleumdung beantwortet. Gott gebe, dass Sie nicht ähnliche Erfahrungen durch ihn machen. Seien Sie nur immer recht wachsam, und es wird Ihnen, wie Ihrem Herrn Gemahl, nicht entgehen, dass er so ist, wie ich ihn Ihnen schildere.

Mit den besten Empfehlungen der Meinigen mit Achtung und Ergebenheit

Ihre

Klara Biberbach.

Meyer pfiff triumphierend. „Ich wusste es eh", sagte er leise und prüfte mit flacher Hand die Festigkeit seiner Frisur. „Soll er nur probieren, mit uns sein Spiel zu treiben!"

Kaspar und sein ständiger Begleiter Leberecht wurden von Meyer nicht freundlich, aber korrekt empfangen. Dennoch ruhten die lauernden Blicke des Hausherrn auf dem Buben. Er beobachtet mich, dachte Kaspar, er muss Schlechtes über mich gehört haben! Inzwischen hatte er sich aus der Nürnberger Zeit einige Menschenkenntnis erworben.

„Wenn Sie brav sind und sich einfügen", erläuterte der Lehrer, „werden Sie hier ein verlässliches Zuhause haben. Aber wir dulden weder Faulheit noch Ausschweifungen: Fleiß, Gehorsam und Pflichtgefühl regieren dieses Haus, vor allem aber" - und hier bekam Meyer wieder seinen lauernden Blick - „absolute Aufrichtigkeit!"

Leberecht grinste schadenfroh, und Kaspar erschrak ein wenig über die strenge Gewalt, die aus diesen Worten sprach, erinnerte sich aber zugleich an das Versprechen Stanhopes ihn bald nach England zu nehmen und sagte: „Ich werde mich bemühen, Ihren Ansprüchen zu genügen."

Schon zog Meyer seine Schlüsse. Er ist schlau, dachte er, tut recht bescheiden, weil er ahnt, dass er bei mir mit Flegeleien nicht durchkommt. Aber ich werde ihm die Maske schon noch herunterreißen!

Gaspard, der Prinz von Baden

Die Stadt Ansbach war nicht einmal halb so groß wie das etwa vier Reisestunden entfernte Nürnberg. Dennoch hatte man ihr und nicht der großen Bürgerstadt den Sitz der Kreisregierung übertragen, vielleicht weil sie lange Zeit eine bedeutende markgräfliche Residenz gewesen war. Von dieser ruhmreichen Vergangenheit zeugten noch das prunkvolle Schloss mit Orangerie und Hofgarten sowie die reichen Häuser der Hofverwaltung, die nun zu Gebäuden der Kreisregierung umfunktioniert worden waren. Ansonsten hatte das Städtchen einem Besucher nicht viel zu bieten: Der alte Kern war rasch durchschritten, vor allem aber vermisste Kaspar die Freunde und Bekannten in Nürnberg, bei denen er sich stets wohlgefühlt hatte.

Das einzig Vertraute an Ansbach war der Amtsgerichtspräsident. Zufällig wohnte Kaspar direkt gegenüber vom Appellationsgericht in der Pfarrstraße. So konnten sich die beiden in zwei Minuten mühelos besuchen. Man sah sich fast täglich, manchmal im Hause Meyers, meist aber in Feuerbachs Amtszimmer. Es war ein freundschaftliches, fast väterliches Verhältnis, das die beiden miteinander verband. Der Amtsgerichtspräsident war nun der einzige Mensch, dem Kaspar sein Herz ausschüttete. Denn der Lehrer Meyer suchte in allem nur das Schlechte: Deutete sein

Schüler leise einen Kummer an, so hielt ihm der Hausherr eine Predigt über Duldsamkeit und Beharrungsvermögen in allen auferlegten Pflichten, schwieg er aber, so galt er als verstockt.

Dabei hatte der Bub einen Stundenplan zu bewältigen, wie er ihn nicht gewohnt war: Schlag acht Uhr begann der Unterricht, der von Meyer teils persönlich, teils von Lehrern, die ins Haus kamen, durchgeführt wurde. Nach einer kurzen Mittagspause trat Kaspar seinen Dienst als Schreiberlehrling beim Amtsgericht an, eine Stelle, die ihm Feuerbach vermittelt hatte. Den Abend schließlich verbrachte er über Hausaufgaben. So ging das sechs Tage in der Woche, nur den Sonntag hatte er frei.

Der Unterrichtsstoff war ein völlig anderer als bei Daumer: Hatte sich Kaspar bis dahin hauptsächlich praktische Fertigkeiten wie Lesen und Schreiben, Musizieren und Gartenarbeit erworben, so lag der Schwerpunkt nun auf klassischer Bildung. Die verzwickten Rechenaufgaben fielen ihm schwer: „Von einem Zeug, das 2 Ellen breit ist, braucht man 8¼ Ellen zu einem Kleide. Wie viele Ellen sind von einem 1 1/8 Ellen breiten Zeug nötig?" Solche Aufgaben, in denen man sich um Achtel Ellen stritt, lagen ihm gar nicht. Aber auch das Auswendiglernen all der Namen und Jahreszahlen der griechischen und römischen Geschichte bereitete ihm große Probleme - die außergewöhnlichen Merkfähigkeiten zu Beginn seiner Nürnberger Zeit waren gänzlich verschwunden.

Übrigens kam Meyer dies schon wieder verdächtig vor. „Da hört man Wunderdinge über sein Gedächtnis und dann erweist er sich als allenfalls durchschnittlicher Schüler", sagte er zu seiner Frau. „Aber darin verstellt er sich nicht, glaube mir! Na, ich bin wohl der Einzige, der ihm gründlich auf den Zahn gefühlt hat - ein weiterer Beweis dafür, wie leicht die Herren Daumer und Feuerbach hinters Licht zu führen waren! Bei mir wagt er es nicht einmal irgendwelche Tricks anzuwenden!"

Den meisten Verdruss aber bereitete Kaspar die lateinische Sprache mit ihrem Vokativ und Ablativ und all den anderen Stolpersteinen, die nur dazu da waren, den Schülern das Leben schwer zu machen. Von Daumer war er stets zu kritischem Widerspruch ermuntert worden, und deshalb hielt er mit seiner Meinung nicht hinter dem Berg. „Ich weiß gar nicht", meinte er, „wozu ich all die lateinischen Sachen lernen soll, da ich kein Pfarrer werden kann und kein Pfarrer werden mag."

Meyer verschlug es zuerst einmal die Sprache vor Verblüffung über die Respektlosigkeit seines Schülers gegenüber dem Altbewährten. Dann erläuterte er: „Das Erlernen der lateinischen Sprache ist der deutschen Sprache wegen unentbehrlich, denn um gründlich Deutsch zu lernen, muss man gründlich Latein gelernt haben! Mich wundert allerdings, dass Sie diese Tatsache noch nicht selbst beobachtet haben!"

„Ganz und gar nicht", bemerkte sein Schüler trocken. „Ganz im Gegenteil kommt mir das sehr seltsam vor: Haben denn die Römer auch Deutsch lernen müssen, um gründlich Lateinisch sprechen zu können?"

Gespannt wartete Kaspar darauf, was sein Lehrer nun erwidern würde, doch Meyer gab schon auf. Da ist sie wieder, die Aufmüpfigkeit, dachte er für sich. Geradezu ein Unvermögen, das Selbstverständliche zu akzeptieren!

Die verhaltene Feindschaft, die Kaspar aus dem Verlauf solcher Gespräche herausspürte, ging auch von Frau Meyer aus, die sich prinzipiell der Meinung ihres Gatten anschloss. Wenngleich Feuerbach sich durch seine behutsamen, aber hartnäckigen Erkundigungen ein recht genaues Bild von den dortigen Verhältnissen machen konnte, scheute sich Kaspar doch, ihm das ganze Ausmaß seines Unglücks anzuvertrauen. Denn schließlich war es Stanhope gewesen, der ihn in diese Lage gebracht hatte, und auf diesem sollte kein Vorwurf lasten.

„Ich verstehe mich immer noch nicht sehr gut mit dem Lehrer Meyer", sagte er einmal bei einem seiner Besuche im Amtszimmer des Präsidenten, „und auch die Frau Meyer misstraut mir. Aber ich bin noch nicht so lange bei ihnen, und wenn ich mich gut verhalte, werden sie mich lieb gewinnen! Ohnehin wird Lord Henry bald kommen und mich mit zu sich nach England nehmen!"

„Das ist der Punkt, über den ich mit dir sprechen möchte!", nahm Feuerbach das Stichwort auf. „Ich habe über ihn einige Erkundungen eingezogen!"

Kaspar wehrte ab: „Oh, ich weiß, da wird nichts Gutes bei herauskommen! Ihr Verhältnis zu Henry ist ungefähr so wie das des Lehrers Meyer zu mir: Alles wird zunächst einmal gegen uns ausgelegt!"

„Ich will dir nicht meine Meinung aufdrängen", antwortete Feuerbach leicht pikiert, „ich möchte dir nur ein paar Tatsachen mitteilen, aus denen du dir dann selbst ein Bild machen kannst!"

„Nicht nötig! Was ich wissen muss, weiß ich. Außerdem habe ich schon ein Bild von ihm!", witzelte Kaspar und ertastete in seiner Westentasche das Miniaturporträt, das Stanhope ihm geschenkt hatte und das er immer bei sich trug.

„So? Dann weißt du auch, wo er sich gerade aufhält?"

„Zufällig weiß ich das tatsächlich: In München! Er hat mir einen langen Brief von dort geschickt!"

„Das muss aber schon einige Zeit her sein! Er hält sich nämlich seit ein paar Wochen in Karlsruhe auf!"

Kaspar errötete ein wenig, denn auch er fragte sich, warum Stanhope nicht mehr schrieb. „Mag sein! Doch was ist damit bewiesen?"

„Bewiesen ist nichts! Aber es ist immer wieder das Haus Baden in Karlsruhe, das mit deiner Herkunft in Verbindung gebracht wird! Wie du weißt, spricht man davon, dass die Badener bei ihrer Thronfolge verbrecherisch manipuliert haben könnten. Der heutige Großherzog Leopold hat den Thron nämlich nur deshalb besteigen können, weil zuvor innerhalb kurzer Zeit der Mannesstamm der Zähringer Linie vollständig ausgelöscht wurde. Allein drei Thronfolger starben unter mysteriösen Umständen im Kleinkindalter."

„Aber was hat das mit mir zu tun?", warf Kaspar ein. „Sie selbst haben immer darauf hingewiesen, dass keines der Badener Kinder je vermisst wurde!"

„Bisher schon, aber nun habe ich eine Lösung für das Problem!"

Kaspar gefror das Blut in den Adern. „Sie haben...?"

„Ich habe noch keine Beweise, aber ich weiß, wie es abgelaufen sein *könnte*!"

„Aber wie? Wie?", rief Kaspar und sprang vor Ungeduld von seinem Stuhl auf.

„Langsam, langsam! Zuvor musst du mir versprechen, dass du alles, was ich dir jetzt sage, für dich behältst! Kein Sterbenswörtchen an irgendjemanden!"

„Jaja, nur weiter! Erzählen Sie!"

„Auch nicht an Lord Stanhope!"

Kaspar musste es zähneknirschend versprechen. Er hatte keine Wahl.

„Also, pass auf: Durch einen Freundschafts-
dienst erhielt ich Einblick in die Familiendoku-
mente des Badener Fürstenhauses. Dort ist alles
über Geburten, Krankheiten, Hochzeiten und
Todesfälle aufgeschrieben. Was dort zu lesen
war, raubte mir den Atem!"

Auch der Bub hielt nun den Atem an.

„Vor 20 Jahren, am 29. September 1812, wurde
dem Hause Baden von Stephanie, einer Adoptiv-
tochter Napoleon Bonapartes, ein Thronfolger geboren. Er war bester Gesundheit. Da Stephanie
nur langsam wieder zu Kräften kam, wurde der
Knabe zunächst von einer Amme und einer
Windelwicklerin betreut. Er gedieh prächtig, bis
ihn plötzlich eine mysteriöse Krankheit befiel, an
der er innerhalb weniger Stunden im Alter von
18 Tagen starb. Das Seltsame an der Sache ist,
dass seine Mutter nicht mehr zu dem Kind gelassen wurde, obwohl sie dringend darum gebeten
hatte, angeblich um sie zu schonen. Aber auch
die Amme hatte den Knaben während seiner
Krankheit nicht mehr gesehen."

„Das ist ist sehr mysteriös!", presste Kaspar hervor.

„Aber genau dokumentiert! Alles sieht danach aus,
als hätte eine gut vorbereitete Kindsvertauschung
stattgefunden: Der Thronfolger wurde entfernt
und ein anderer, todkranker Knabe für ihn in die
Wiege gelegt. Natürlich hätten die Mutter und die
Amme den Betrug bemerkt, und deshalb mussten
sie von dem fremden Kind ferngehalten werden!"

Kaspar schwirrte der Kopf. „Und ich wäre dann...?"

„Ein Prinz von Baden! Ich bin mir fast sicher! Übrigens hatte Stephanie für ihr Kind den Namen Gaspard auserkoren, das ist französisch für Kaspar, doch der Vater war dagegen, weil er seinem Sohn lieber einen deutschen Namen geben wollte. Weil die beiden sich nicht einigen konnten, blieb das Kind auch nach der Nottaufe noch ohne Namen."

„Aber wer hätte die Kinder vertauschen sollen? Und woher kam das andere Kind?"

„Woher das Kind kam, weiß ich leider noch nicht!", antwortete Feuerbach. „Möglicherweise war es ein totkrankes Kind aus dem Volk, dessen Eltern mit viel Geld getröstet wurden. Zu deiner ersten Frage muss man natürlich überlegen, wer Interesse an der Entfernung des Thronfolgers gehabt hätte. Hierauf gibt es eine eindeutige Antwort: Luise, Freiin Geyer von Geyersberg. Sie stammt aus einer Adelsfamilie ohne Grundbesitz und lebte als Hofdame am badischen Hof. Mit ihr ging der alte Erzherzog Karl Friedrich, also, wenn unser Verdacht stimmt, dein Urgroßvater, eine unstandesgemäße Ehe ein, was bedeutet, dass die hieraus entsprungenen Nachkommen zunächst nicht thronfolgefähig waren. Erst wenn alle rechtmäßigen Thronfolger stürben, und davon gab es viele, kämen ihre Söhne an die Reihe. Aber das Unwahrscheinliche ist, zehn Jahre nach ihrem eigenen Tod, tatsächlich eingetreten: Vor gut einem Jahr, hat ihr Sohn

Leopold den Thron bestiegen und ist nun regierender Großherzog von Baden."

Kaspar runzelte die Stirn. „Dass diese Thronfolgegeschichten immer so kompliziert sein müssen!"

„Die Einzelheiten sind auch gar nicht so wichtig! Entscheidend ist, dass Luise möglicherweise ein wenig nachgeholfen hat, um den Weg für ihre eigenen Kinder freizumachen!"

Kaspar war nun sehr aufgeregt und stellte gleich mehrere Fragen auf einmal: „Aber wie geht meine eigene Geschichte weiter? Man hat mich also aus der Wiege genommen! Und dann? Wo bin ich aufgewachsen? Und wie bin ich dann plötzlich nach Nürnberg gekommen?"

„Eins nach dem anderen, Kaspar! Deine Herkunft ist ein großer Kriminalfall, und wir kommen nur stückweise voran! Aber zurück zu deinem Freund, dem Lord Stanhope: Sollte er tatsächlich ein Agent deiner Feinde sein, dann macht sein Besuch in Baden Sinn, und wieder passen zwei Puzzleteile wunderbar ineinander!"

„Aber nein!", rief Kaspar entrüstet. „Sie sehen immer nur alles von einer Seite! Wahrscheinlich ist er den Badenern ebenso auf der Spur wie Sie und ermittelt nun an Ort und Stelle! Henry ist nicht mein Feind! Er ist der einzige Freund, den ich habe!" Als Feuerbach den Mund kräuselte, beeilte er sich hinzuzufügen: „Außer Ihnen natürlich!"

„Ich muss dich trotzdem zur Vorsicht gemahnen und noch einmal an dein Versprechen erinnern,

Stanhope nichts von unserem Gespräch zu erzählen! Übrigens ist dein Lord nicht so reich, wie er vorgibt!" Wieder wollte Kaspar dazwischenfahren, aber Feuerbach setzte mit Nachdruck hinzu: „Zwar ist er ein Lord, aber seine Güter sind hoffnungslos heruntergewirtschaftet. Prunkvolle Kutschen, zwei Diener, teure Geschenke, das alles überschreitet eindeutig seine Verhältnisse! Gewisse Kreise lassen ihm immer wieder hohe Geldbeträge zukommen, und man hat mir auch berichtet, wer!" Feuerbach räusperte sich wie aus Verlegenheit. „Das Haus Baden!"

Kaspar war erschüttert. Erst nach einer Weile brachte er hervor: „Wenn schon! Dafür kann es viele Erklärungen geben! Ich halte ein Pfand von 500 Gulden in den Händen, das Henry mir überlassen hat, außerdem sorgt er für meinen Unterhalt. Von Geldnot kann ich nichts erkennen! Sie werden wohl erst überzeugt sein, wenn Henry kommt, um mich nach England mitzunehmen!"

Was aber, dachte Feuerbach für sich, wenn er es gar nicht vorhat? Er hütete sich, seinen Gedanken auszusprechen. Kaspars Vertrauen in den Lord war unerschütterlich. Möglicherweise war er aber durch ihn in größerer Gefahr als jemals zuvor!

Kaspar wird einer Lüge überführt

Nachdem Kaspar gegangen war, dachte Feuerbach darüber nach, was als Nächstes zu tun war. Endlich bewegte sich wieder etwas im Leben des Buben, aber für den Geschmack des Amtsgerichtspräsidenten fast zu viel! Die Entwicklungen seiner häuslichen Situation nahm er sehr ernst. Wenn Stanhope weiterhin unerreichbar blieb, saß der Bub dort fest, denn der Lord hatte Meyer alle Vollmachten übertragen. So blieb Kaspar nichts anderes übrig, als sich unterzuordnen. Man konnte höchstens versuchen an Meyer direkt zu appellieren. Also nahm der Präsident sich vor, den Lehrer bei nächster Gelegenheit um eine Unterredung zu bitten.

Zunächst aber galt es, die Badener Spur weiter zu verfolgen. Waren Helfer aus Karlsruhe für den Nürnberger Anschlag verantwortlich gewesen? Die Freiin Geyer zu Geyersberg war seit zehn Jahren tot, aber ihr Sohn musste ein großes Interesse daran haben, dass die Wahrheit nicht ans Licht kam. Welche Rolle spielte Lord Stanhope? Was führte ihn in diesen Tagen an den badischen Hof? Vielleicht sollte ich einmal selbst nach Karlsuhe reisen, dachte Feuerbach. Aber zunächst müsste ich wohl einige Vorsichtsmaßregeln treffen!

Ihm ging durch den Kopf, dass der bayerische König mit Baden seit den Streitigkeiten um die

Pfalz nicht unbedingt freundschaftlich verbunden war. Vielleicht sollte er diese heikle, hochpolitische Angelegenheit mit Leuten besprechen, die mehr Macht besaßen als ein Ansbacher Amtsgerichtspräsident. Im Grunde hatte er schon genügend Tatsachen beisammen, um einen konkreten Verdacht auszusprechen. Natürlich musste er alles sehr vorsichtig formulieren!

Er nahm einige Bögen Papier zur Hand und setzte als Überschrift:

Mémoire - Wer möchte wohl Kaspar Hauser sein?

Er schrieb zügig und planvoll, bis spät in die Nacht hinein, und arbeitete auch die folgenden drei Tage noch ausschließlich an seiner „Denkschrift", die schließlich gut dreißig Seiten umfasste. Gerichtet war sie an seine Königin, Caroline von Bayern, die eigentlich dem Haus Zähringen angehörte und, wenn Feuerbachs Theorie stimmte, Kaspars Tante war. In dieser Schrift fasste er die ihm bekannten Tatsachen zusammen und erläuterte, was er vermutete, aber noch nicht beweisen konnte. Als er fertig war, ließ er sie von einem zuverlässigen Boten der Königin persönlich überbringen.

Nun heißt es hoffen, dachte Feuerbach, dass die Königin sich auf Kaspars Seite stellt und keine diplomatischen Rücksichten nimmt! Das Schlimmste, was passieren könnte, wäre, wenn die Badener durch den bayerischen Hof vom Stand meiner Ermittlungen erführen!

Völlig in seine Arbeit vertieft, hatte Feuerbach die Situation im Hause Meyers ganz vergessen, die sich unterdessen zuspitzte. Der Lehrer hatte lange auf eine Gelegenheit gewartet seinem Schüler eine besondere Lektion zu erteilen. Nun war der Zeitpunkt gekommen. Er wartete bis zehn Minuten vor dem Ende des Vormittagsunterrichts und wechselte dann das Thema.

„Erinnern Sie sich an unsere Auseinandersetzung am vorgestrigen Tage?", begann er mit freundlicher Stimme. „Der Regierungsrat Öchler hatte Ihnen angeblich erzählt, dass er elf Enkelkinder habe!"

„Ja, ich glaube, so viele waren es!", bestätigte Kaspar.

„Da mir die Sache zweifelhaft vorkam, focht ich die Zahl an, und obwohl ich angekündigt hatte, mich über den in Frage stehenden Tatbestand informieren zu wollen, mochten Sie auf der Zahl Elf beharren und sogar darauf schwören!"

„Ich war mir so sicher!", sagte Kaspar und zuckte mit den Schultern.

„Nun", Meyer spitzte genüsslich die Lippen, „aus verlässlicher Quelle ließ ich mir sagen, dass der fraglichen Enkel Zahl 18 ist!"

„Ich hätte nicht geglaubt, dass das so wichtig wäre!", warf Kaspar mit Tränen in den Augen ein, denn er ahnte, was kommen würde.

„So sind Sie wieder einmal der Lüge überführt, lieber Hauser!"

Nun hob Meyer zu einer Strafpredigt an, die er am Morgen vor dem Spiegel geübt hatte. „Ich zweifle, ob Ihre Tränen echt sind, denn Ihr Benehmen zeugt von einer Dreistigkeit, die zarteren Gemütern fremd ist! Indem Sie behaupteten, es seien elf Enkelkinder gewesen, sagten Sie mir ja die frechste Lüge ins Gesicht! Glauben Sie vielleicht, weil ich neuerdings auf alltägliche Unwahrheiten nicht mehr eingehe, merke ich nicht, wenn Sie lügen? Sie sollten mich eigentlich besser kennengelernt haben. Allerdings ist Ihre Dreistigkeit wohl zu verzeihen, da Sie in gewissen Kreisen durch kindische Gutgläubigkeit in Ihren Lügen bestärkt worden sind!

Sie sind, mein lieber Hauser, dem Laster der Lüge in solchem Grade verfallen, dass Sie von ihm förmlich beherrscht werden! Selbst in unbedeutenden Fällen, wo gar nichts davon abhängt, ob es so oder anders ist, müssen Sie Ihrer Gewohnheit sich zu verstellen folgen! Am Ende komme ich durch Sie leicht noch um den Ruf eines redlichen Mannes, da ich aus Sorge um Ihre Zukunft versucht bin, Ihren schlechten Charakter öffentlich zu beschönigen! Oder wollen Sie mir zumuten, dass ich für Sie lügen soll? Reden Sie selbst!"

Kaspar schluckte: „Ich..."

„Ich kann Ihnen nicht versprechen, lieber Hauser", setzte Mayer seinen Vortrag ohne Verzug fort, „dass ich zu jeder Stunde aufgelegt bin, mich mit Ihnen über offensichtliche Tatsachen zu streiten. Sie sind bei weitem kein Kind mehr, sondern alt und gescheit genug, um sich selber jeden Augenblick sagen zu können, was richtig und was falsch ist."

Nun erst machte der Lehrer eine Pause, aber Kaspar brachte keine Erwiderung mehr heraus. Ohne darauf zu achten, dass Meyer die Stunde noch nicht beendet hatte, packte er wortlos seine Schulsachen zusammen und machte Anstalten zu gehen.

Doch der Lehrer hielt ihn noch einmal zurück: „Übrigens musste ich nach Rücksprache mit dem Wachtmeister Leberecht, der Sie länger kennt als ich, Lord Stanhope von Ihrem Benehmen Mitteilung machen. Seien Sie also gewiss, dass er über alles unterrichtet ist!"

Da traf es Kaspar wie ein Blitz mitten ins Herz. War das der Grund, warum Henry nicht mehr schrieb? Ohne sich etwas anmerken zu lassen, ging er auf sein Zimmer. Als er kurz darauf zum Mittagessen gerufen wurde, beobachtete Meyer jede seiner Bewegungen, konnte aber nichts Bemerkenswertes entdecken: Der Bub bewegte sich so unbefangen, als ob gar nichts vorgefallen wäre, nur dass er noch weniger aß als sonst und beim Weggehen vergaß sich zu verabschieden.

„Lange hat die Wirkung meiner wohlgemeinten Ansprache ja nicht angehalten", murmelte Meyer so leise, dass seine Frau seine Worte nicht verstand.

„Was sagtest du, Johann?", fragte sie ebenso leise.

Mayer sah sie scharf an und rief aus: „Er ist verstockt bis ins Mark, unser Hauser!"

Noch eine Lüge, ein Lauscher an der Tür und ein unerwarteter Besuch

Von dieser Szene erfuhr Feuerbach wegen seiner Arbeit an der Denkschrift erst einige Tage später. Er war außer sich. Er ließ die Akten, die sich auf seinem Schreibtisch stapelten, liegen und stürmte hinüber, um Meyer zur Rede zu stellen. Aber entgegen seiner Erwartung empfing ihn der Lehrer ganz ruhig.

„Sie haben richtig darin gehandelt zu mir zu kommen, Herr Feuerbach!", entgegnete er auf dessen lautes Auftreten. „Mir war sogleich bewusst, dass Hauser die Auseinandersetzung Ihnen gegenüber entstellt wiedergeben würde. Es ist nicht einmal übermäßige Bosheit, die ihn leitet, sondern rein die Gewohnheit! Es wird immer schlimmer mit seiner Lügenhaftigkeit, ich weiß mir bald nicht mehr zu helfen!"

Meyer machte seine typische Geste: Er fuhr sich mit der flachen Hand über die Schläfe.

„Dann müsste sich der Bub aber schlagartig zu einem Gauner gewandelt haben", erwiderte Feuerbach mit verhaltenem Zorn. „Solange ich ihn kenne, ist er mir stets offen und aufrichtig begegnet!"

Meyer lächelte und blickte den Amtsgerichtspräsidenten herablassend durch sein dünnes Brillengestell an. „Da Sie selbst ein vollkommen ehrlicher

Mensch sind, mag Ihnen manche Dreistigkeit entgangen sein!"

„Oho! Geben Sie auf Ihre Äußerungen acht!", empörte sich der Amtsgerichtspräsident. „Vor Ihnen steht ein Richter, der leider genug mit Schuften und Erzgaunern zu tun hat. Wollen Sie sagen, ich sei unfähig menschliche Charaktere einzuschätzen?"

Meyer wurde nun etwas leiser. „Oh, es lag mir fern, Sie beleidigen zu wollen, doch bei Hauser scheint mir, mit Verlaub, der Irrtum..."

„Liegt es nicht vielmehr an Ihrem übertriebenen Misstrauen und kleinlichen Denken, wenn Sie den Buben bei seinen vermeintlichen Lügen ertappen?", unterbrach ihn Feuerbach.

Der Lehrer schluckte. „Auch ich habe meine Erfahrungen mit..."

Aber Feuerbach war nun derart aufgebracht, dass er den Lehrer nicht recht zu Wort kommen ließ: „Was ist denn dabei, wenn Kaspar dem werten Regierungsrat nur elf statt der tatsächlichen 18 Enkel zubilligt? Das ist doch nicht aus Berechnung geschehen! Er hat den großväterlichen Stolz nicht schmälern wollen! Er hat auch keine Täuschung beabsichtigt! Er hat sich ganz einfach geirrt!"

„Da irren *Sie* sich!", unterbrach nun Meyer, der ebenfalls laut wurde. „Hauser ist ein mündiger Mensch, er weiß, was er sagt: Es war eine vorsätzliche Lüge! - Wenn Sie dem Hauser mehr als mir glauben", fuhr er mit ruhigerer Stimme fort, „dann gebe ich Ihnen folgende Geschichte zu bedenken, die sich gestern Nacht zugetragen hat."

„Wieder eine Ihrer Geschichten? Ich weiß nicht, ob ich das augenblicklich ertrage!"

„Lassen Sie mich berichten, Sie werden hinterher anders über die Sache denken."

Feuerbach ließ ihn reden. In seiner richterlichen Tätigkeit hatte er sich mühsam die Geduld erarbeitet, die seinem Temperament eigentlich fremd war. Er machte eine resignative Handbewegung, die bedeutete, dass Meyer nun beginnen sollte.

„So hören Sie: Als ich mit meiner Gattin gestern spät von einer Gesellschaft zurückkehrte, sah ich, dass in Hausers Zimmer noch Licht brannte, obwohl ich ihm eingeschärft hatte, es zu löschen, wenn er zu Bett ging. Er hat nämlich die Angewohnheit einzuschlafen und die Kerze gänzlich herunterbrennen zu lassen. Ich ging sogleich hinauf und klopfte an seiner Türe, die verdächtigerweise von innen verriegelt war. Natürlich rührte er sich nicht. Also eilte ich, meine Frau vor der Türe zurücklassend, schnell wieder auf die Straße, und siehe da! - Inzwischen war alles dunkel! Jetzt wollte ich den Hauser zur Rede stellen und schlug nicht nur mit aller Gewalt mit den Fäusten an die Türe, sondern stieß mit den Stiefelabsätzen dagegen und benutzte schließlich ein Beil, so dass alle anderen Leute im Hause aufwachen mussten. Erst im letzten Augenblick, als ich die Türe schon fast aufgesprengt hatte, meldete sich

Hauser und tat, als ob er die ganze Zeit bis eben noch geschlafen hätte! Von einem brennenden Licht wollte er rein gar nichts wissen. Bitte sehr!"

Ohne es zu wollen, musste Feuerbach schmunzeln: Er sah vor sich die hagere Gestalt des Lehrers, wie sie mitten in der Nacht unter großem Getöse mit einem Beil seine Wut an der verschlossenen Türe ausließ - wie gern wäre er Zeuge dieses Spektakels gewesen!

„Sie lachen darüber?", krächzte Meyer.

„Verzeihen Sie! Ich frage mich nur, was wohl die Nachbarn gedacht haben! Warum um alles in der Welt wollten Sie zu nachtschlafender Zeit gewaltsam in Kaspars Schlafraum eindringen?"

„Ich musste ihn schließlich an Ort und Stelle zur Rede stellen", ereiferte sich Meyer. „Ich habe meine Erfahrungen: Nur so kann man ihn seiner Lügen überführen! Außerdem..." - hier wurde er verlegen, weil er sich nicht schlüssig war, ob er es dem Präsidenten erzählen durfte - „weiß ich, dass er abends oft heimlich an seinem Tagebuch schreibt. Hauser behauptet, er hätte es verbrannt. Ich habe schon das ganze Zimmer vergeblich danach durchsucht!"

„Das Zimmer durchsucht? Was haben Sie denn mit seinem Tagebuch zu schaffen?"

„Man muss wissen, was er aufschreibt!" Meyer errötete und sagte leise: „Lord Stanhope hat mir befohlen ihm eine Abschrift anzufertigen! Aber..." -

216

Er fasste Feuerbach vertrauensvoll am Ärmel: „Hauser soll davon nichts wissen, verstehen Sie?"

Feuerbach riss sich angewidert los und rief: „Lassen Sie mich doch mit Ihren Ränkespielen in Frieden! Ich habe allmählich genug von Ihren Methoden!" Er setzte sich wütend den Hut auf den Kopf und baute sich noch einmal vor Meyer auf, der plötzlich ganz klein aussah: „Ich habe augenblicklich keine Handhabe, aber ich warne Sie: Bei der geringsten Veranlassung gehe ich gegen Sie vor!"

Abrupt riss er die Tür auf, schnell genug, um den Wachtmeister Leberecht mit horchendem Ohr an der Tür zu erwischen. Da riss Feuerbachs Geduldsfaden endgültig, und sein ganzer Zorn entlud sich in einem gewaltigen Brüller: „Das wird ja immer schöner! Haben Sie kalte Ohren, he?" Mit eisernem Griff zog er den Leberecht an seinem Lauscher, dass dieser zusammenfuhr und auf die Knie ging. „Ihr Benehmen wird Folgen haben! Das lasse ich mir nicht bieten!"

Mit hochrotem Kopf und mächtigen Schritten stampfte der Amtsgerichtspräsident über die Pfarrstraße. Die Sonne lächelte freundlich herab, doch wer ihm in diesem Augenblick begegnet wäre, hätte es wohl kaum gewagt, ihm einen schönen Tag zu wünschen. Der kurze Weg an seinen Arbeitsplatz vermochte ihn kaum zu beruhigen, und so saß er eine Weile tatenlos an seinem Schreibtisch, bis er sich so weit beruhigt hatte, dass er einen einigermaßen klaren Gedanken fassen konnte. Trotz seiner hohen Position sah er keine Möglichkeit, wie er gegen den Lehrer oder den Polizisten wirkungsvoll vorgehen könnte: Drüben hatte Meyer das Hausrecht, und sein Verhalten gegenüber Kaspar wurde durch Stanhope gedeckt. Solange der Lehrer das Benehmen Leberechts duldete, konnte man nicht eingreifen. Die beiden waren zwar charakterlich zu unterschiedlich, um ein Herz und eine Seele zu werden, aber sie hatten denselben Auftraggeber und verfolgten gemeinsame Ziele.

Aber der Ärger nahm noch kein Ende. Sein Blick fiel auf ein amtliches Schreiben mit königlichem Siegel, das mit der Morgenpost gekommen war. Er öffnete es ahnungsvoll und überflog die Zeilen: Es war eine knappe dienstliche Anordnung aus München, die Ermittlungen im Kriminalfall Hauser einzustellen. Eine Begründung wurde nicht gegeben.

Sollte seine Denkschrift sie zu diesem Schritt bewogen haben? Dann wäre die Antwort prompt erfolgt, denn er hatte sie erst wenige Tage zuvor abgeschickt. Wie auch immer - jedenfalls musste das Verbot politische Gründe haben. Welches Spiel wurde da gespielt? Feuerbachs Hoffnung hatte sich nicht erfüllt: Anstatt das Haus Baden in eine Affäre zu stürzen, zog es die bayerische Regierung offensichtlich vor, die Karlsruher zu schützen. Seit dem Ende der napoleonischen Unruhen neigten die europäischen Fürstenhäuser allgemein dazu, sich gegenseitig in der Machterhaltung zu unterstützen. Feuerbach hatte den Engländer im Verdacht, zwischen den beiden Regierungen vermitttelt zu haben. War er nicht kürzlich erst in München gewesen?

Zuerst also die Auseinandersetzung mit Meyer, dann dieser Brief - es war wirklich nicht sein Tag! Aber der Amtsgerichtspräsident dachte nicht eine Sekunde daran die Ermittlungen einzustellen. Seine Wut verwandelte sich nun in Angriffslust: Gerade das Verbot zeigte doch, dass er auf der richtigen Spur war! „Jetzt erst recht!", murmelte er, zog eine Schreibtischschublade auf und holte eine schon leicht angegraute französische Zeitschrift heraus, die ihm einige Tage zuvor zugeschickt worden war. Bisher war er noch nicht dazu gekommen, sich mit ihr zu beschäftigen. Es war die Ausgabe des Pariser *Moniteur universel* vom 6. November 1816. Er blätterte darin, bis er fand, was er gesucht hatte: Am 23. Oktober, so wurde dort in französischer Sprache berichtet, habe ein Schiffer aus Großkemps eine auf dem Rhein schwimmende Flasche gefunden, die eine Nachricht enthielt. Immer wieder hatte der Amtsgerichtspräsident Hinweise auf diese geheimnisvolle Flaschenpost erhalten, die angeblich mit Kaspar und der Thronfolge im Hause Baden in Verbindung stand, aber erst kürzlich hatte er ermitteln können, wo ihre Botschaft nachzulesen war. Nun lag die aufgeschlagene Zeitschrift mit dem Text, der in Latein verfasst war, vor ihm. Feuerbach nahm die Feder auf und übersetzte Wort für Wort:

*„An denjenigen, der diese Nachricht findet:
Ich werde in einem Kerker in der Nähe von
Laufenburg am Rhein festgehalten. Mein
Kerker liegt unter der Erde, und seine Lage
ist demjenigen unbekannt, der mein Blatt
ergriffen hat. Mehr vermag ich nicht zu
schreiben, denn ich werde sorgfältig und
grausam bewacht.*

S. HANES SPRANCIO."

Feuerbach las den Text durch und war enttäuscht: Wo war der Hinweis auf Kaspar? Der
Bub konnte den Text kaum verfasst haben, denn
er war damals erst etwa vier Jahre alt. Auch gab
das Ganze keinen rechten Sinn: Natürlich war
dem Finder der Flaschenpost die Lage des Kerkers
unbekannt, warum musste ausdrücklich darauf
hingewiesen werden?

Er betrachtete den lateinischen Text und machte
eine interessante Entdeckung: Setzte man für
das Wort *folio*, das mit 'Blatt' übersetzt worden
war, das Wort *solio* - die alten Buchstaben ‚F'
und ‚S' sahen einander zum Verwechseln ähn-
lich -, dann ergab sich eine völlig neue Bedeutung. Nun hieß es:

*„Seine Lage ist demjenigen unbekannt,
der auf meinem Thron sitzt."*

Der Präsident kramte in seinem Gedächtnis: Im
Jahre 1816 saß Kaspars vermeintlicher Vater,

Großherzog Karl, auf dem badischen Thron. Wusste er nicht, dass Kaspar noch lebte und bei Laufenburg gefangengehalten wurde? Hatte die Freiin Geyer von Geyersberg den Thronfolger ohne sein Wissen verschwinden lassen? Das ergäbe einen Sinn. Demnach hätte Kaspar seine ersten Lebensjahre irgendwo in der Nähe von Laufenburg verbracht!

Aber vorerst war alles nur Spekulation, denn nichts deutete darauf hin, dass die Botschaft mit Kaspar zu tun hatte. Noch einmal las er den Text durch, und zwar in der neuen, sinnvolleren Version. Schließlich blieb sein Blick an der Unterschrift haften:

„S. HANES SPRANCIO"

„Wahrscheinlich ein Anagramm", murmelte Feuerbach vor sich hin. Anagramme waren ein modisches Rätselspiel: Es gab kaum eine Zeitung ohne eine solche Knobelei, bei der die ursprüngliche Buchstabenfolge eines Wortes vertauscht war. In der Studentenzeit hatte er mit seinen Freunden oft stundenlang Wörter verdreht, wenn ihnen die juristischen Vorlesungen zu langweilig geworden waren. Er schob die Aktenstapel beiseite, malte die einzelnen Blockbuchstaben auf ein Blatt Papier, schnitt sie aus und sortierte sie: Das ‚A' war zweimal vorhanden, außerdem die Vokale ‚E', ‚I' und ‚O' je einmal, aber kein ‚U'! Dann überprüfte er die Konsonanten:

Dreimal gab es das ‚S', zweimal das ‚N', nur einmal dagegen ‚H', .P', ‚R' und ‚C'. Spielerisch stellte er nun die Buchstaben auf der Suche nach Bedeutung um. Schon bald hatte er eine andere Reihenfolge gefunden:

„NORAS SCHNAPSEI"

Das war natürlich Unsinn, aber immerhin! Er probierte weiter, bis sich wieder eine Kombination ergab:

„ANNAS PISSE ROCH"

Errötend strich er mit der Handfläche über die Buchstaben. Schließlich kam er auf folgende Lösung:

„SPROSS IN AACHEN"

„Das könnte es schon sein", sinnierte er. Sollte die Botschaft am Ende gar nichts mit dem badischen Fürstenhaus zu tun haben, sondern mit der alten Kaiserstadt?

In diesem Moment meldete der Gerichtsdiener zwei junge Männer aus Nürnberg, die Feuerbach zu sprechen wünschten.

„Ich bin augenblicklich zu beschäftigt!", murrte Feuerbach. Aber der Diener fügte hinzu: „Es geht um den Fall Hauser!"

Der Präsident sah überrascht von seiner Beschäftigung auf. Doch da wurde die Tür auch schon aufgeschoben und zwei Gestalten drängten herein. Sie glichen eher noch Kindern als erwachsenen Männern. Es waren Franz und Jakob, die beiden Wagnerbuben!

Der Name des Täters

„Hinaus, hinaus, der Herr Präsident ist beschäftigt!"

Der Amtsdiener versuchte den beiden Buben mit ausgebreitetem Arm den Zutritt zum Amtszimmer zu verwehren. Aber Feuerbach sagte nur: „Lassen Sie, ich kann die Arbeit für einen Augenblick unterbrechen!"

„Wie der Herr Amtsgerichtspräsident wünschen!", murmelte der Diener mit leichter Verwunderung in der Stimme und schloss von außen die Türe.

Franz und Jakob näherten sich vorsichtig dem mächtigen Mahagonischreibtisch, hinter dem Feuerbach präsidierte. Lange hatten sie mit sich gerungen, was sie tun sollten, und ein wenig fürchteten sie sich vor dem Mann, der dem Kaspar immer zur Seite gestanden hatte - einem Herrn Amtsgerichtspräsidenten begegnete man nicht alle Tage! So keck, wie sie eingetreten waren, so unschlüssig standen sie nun da und wussten nicht, wie sie beginnen sollten.

„Ihr kommt also wegen der Hauser-Sache!", half ihnen Feuerbach und ging ihnen entgegen.

„Wir sind aus Nürnberg", begann Franz schüchtern. „Wir sind den ganzen Tag unterwegs gewesen, wir wollten nämlich unbedingt mit Ihnen sprechen!"

„Setzen wir uns dorthin!", forderte Feuerbach sie freundlich auf und deutete auf eine Stuhlgruppe.

Jakob gehorchte, aber Franz zögerte noch: Er sah auf den Schreibtisch mit dem gewaltigen Kranz von Aktenbergen. Das liest der alles, der Herr Präsident, dachte er. Und versteht es auch noch! Er ist ein wirklich wichtiger Mann, und dabei trotzdem so freundlich! Aber da in der Mitte des Tisches, auf der freien Arbeitsfläche, da lagen keine Akten, sondern verstreute Buchstaben. Mit einem Spiel ist er so sehr beschäftigt, dachte Franz. Wie der Meister gesagt hat: Die hohen Beamten verdienen ihr Brot im Schlaf! Nun hatte er schon nicht mehr so viel Respekt.

„Ich bin der Franz", begann Franz, „und das ist mein Freund, der Jaggl! Wir sind ehrliche Wagnerbuben! Der Meister ist voll zufrieden mit uns!"

„Wir wissen, wer den Kaspar umbringen wollte!", fuhr Jakob ungeduldig dazwischen. Er kannte seinen Freund, der gern viel redete, aber wenig dabei sagte. Feuerbach hob die Augenbrauen und rief nur ungläubig: „So!"

„Ja, mit Verlaub gesagt!", ergriff Franz wieder das Wort. „Wir kennen den Kaspar nämlich schon ewig!"

Doch Jakob bremste ihn mit einem Stoß in die Rippen: „Sei doch ruhig! Das spielt doch überhaupt keine Rolle nicht!"

Sie hatten nämlich vereinbart, dem Amtsgerichtspräsidenten nichts von ihrer ersten Begegnung mit Kaspar zu verraten. Irgendwie hatten sie ein schlechtes Gewissen, weil sie davon nie etwas der Polizei erzählt hatten. Feuerbach registrierte ihr Benehmen höchst interessiert.

„Also", begann Jakob aufs Neue, „wir haben halt den Schlawiner gesehen, von dem der Kaspar eine aufs Dach gekriegt hat!"

„So!", machte Feuerbach noch einmal und rieb sich das Kinn.

„Ja, so so!", fuhr Franz fort. „Wir waren nämlich zufällig dabei, wie der Bruder sich in den Hausflur verdrückt hat!"

„Der Bruder?"

„Na, der Schlawiner, der Mörder! Aber wir haben niemandem etwas davon erzählt!", räumte Jakob ein und erläuterte: „Weil der Meister sagt, so was gibt nur Ärger!"

Feuerbach lehnte sich zurück. „Na, ihr braucht keine Angst zu haben. Jetzt erzählt nur erst einmal alles, was ihr wisst!"

Die beiden Wagnerbuben sahen sich verstohlen an - alles wollten sie nämlich nicht erzählen. Franz putzte sich verlegen die Fingernägel, weil er nicht noch einmal einen Rippenstoß bekommen wollte. Aber der Präsident machte so ein freundliches Gesicht, dass eigentlich nicht viel passieren konnte. „Weil", sagte er endlich, „der Meister hat uns dort hingeschickt! Wir haben nämlich mit einem Kunden ein Geschäft gehabt!"

„Sei lieber ruhig, du redest immer so einen Schmarrn daher", unterbrach ihn Jakob erneut und schlug seinem Freund mit der Faust aufs

Knie. „Wir haben natürlich schon gewusst, dass der Kaspar da wohnt!"

„So? Woher denn?", fragte Feuerbach und rieb sich wieder das Kinn.

Jakob war es nun, der doch alles von Anfang an erzählte: Wie sie den Kaspar am Neutor aufgelesen und an der Tür des Rittmeisters Wessenig abgeliefert hatten. Während seines Berichts wurde Franz vor lauter Untätigkeit ganz unruhig, stand auf und ahmte Kaspars unbeholfenen Gang nach. Dann imitierte er die Kindersprache des Findlings, bis ihn sein Freund verbesserte, und Feuerbach musste auf seine Aufforderung bestätigen, dass Jakob Kaspars Sprache in der Tat besser nachahmen konnte als Franz. Jetzt aber berichteten beide gleichzeitig, sich gegenseitig stoßend und unterbrechend, von dem Brief und noch einmal von den seltsamen Antworten Kaspars, und endlich rezitierten sie im Chor die erste Strophe von ‚Freude schöner Götterfunken' und die anderen Gedichte, die sie Kaspar im Turmzimmer beim Wärter Hiltel beigebracht hatten. Feuerbach betrachtete staunend und amüsiert das Schauspiel, das sich ihm bot, und hatte dabei alle Mühe, den beiden zu folgen. Er erinnerte sich plötzlich daran, dass Daumer seinen Schützling anfangs gegen eine Horde von Straßenbengeln verteidigt hatte, die den Buben angeblich mit einer brennenden Kerze gequält hatten. Sollten die beiden etwa daran beteiligt gewesen sein?

„Sagt mal, habt ihr einmal mit dem Gymnasial-professor Daumer Bekanntschaft gemacht?", fragte Feuerbach unschuldig.

Verstohlen blickten sich die beiden von neuem an, der eine rot, der andere blass werdend. „Auf keinen Fall!", sagte Franz. „Höchstens flüchtig!", ergänzte Jakob.

Wieder musste Feuerbach lächeln. „Na ja, das spielt ja keine große Rolle. Jedenfalls wusstet ihr, wo Daumers Haus lag, und ihr habt den Attentäter gesehen, sagt ihr!"

„Also", sagte Jakob, „geseh'n haben wir, wie der ins Haus rein ist. Da haben wir gedacht, wenn er reingeht, muss er auch wieder rauskommen, aber der ist nicht wieder rausgekommen. Da haben wir gedacht, warten wir noch ein wenig, aber dann hat es uns zu lange gedauert! Na, haben wir gedacht, was das wohl bedeutet!"

„Wie sah der Mann denn aus?"

„So einen schwarzen Umhang hat er halt ange-habt, schwarze Stiefel, und einen schwarzen Hut hat er aufgehabt, so tief ins Gesicht reingezogen, dass man es gar nicht recht hat erkennen können."

„Ich wollt' ja ihm schon ins Haus hinterher!", prahlte Franz. „Aber der Jaggl hat gemeint, wir müssten zum Meister zurück!"

„Das ist doch gar nicht wahr!", verteidigte sich Jakob. „Wir wussten ja gar nicht, was der vor-hat! Wir konnten ja da gar nicht einfach in den fremden Hauseingang hinein!"

„Und gekannt habt ihr ihn auch nicht!", fragte Feuerbach, damit es voranging.

„Damals noch nicht!", sagte Jakob. „Aber jetzt!"

„Interessant! Und woher?"

„Weil wir ihn nämlich vor zwei Tagen gesehen haben, wie er sein Holz verkauft hat!"

„Ach!"

„Ja! Und dann haben wir ihn gefragt, wie er heißt."

„Ihr habt ihn einfach gefragt?"

„Ja! Wir haben ihn halt gefragt, weil der Meister uns gesagt hat, dass wir ihn fragen sollen, wegen dem Holz halt!"

„Aber ihr habt doch gesagt, man hätte sein Gesicht nicht richtig erkennen können!"

„Nicht richtig, aber trotzdem war er's, ganz bestimmt! Der Franz sagt das auch!"

„So! Ihr habt ihn gefragt, wie er heißt! Und?"

„Er hat es uns gesagt."

„Und wie heißt er?"

Jakob sah zu Franz hinüber: „Sag's, Franz!"

Franz sagte: „Franz Richter von Neustadt!"

Feuerbach blies staunend die Backen auf.

Kaspars Kerker

Franz Richter stieg von seinem Pferd und brachte es in den Stall, dicht gefolgt von seinem schweißnassen Vorstehhund, der ebenso müde aussah wie sein Herrchen. Sie waren auf der Jagd gewesen, und Richter hatte mit dem Schrotgewehr, das er in der rechten Hand hielt, zwei Hasen geschossen, die ihm von der linken baumelten. Als er die Tür zum Jägerhaus erreichte, begann der Hund zu knurren.

„Was ist, Eugen?", fragte er und lauschte, aber außer dem sanften Rauschen der Bäume war kein Geräusch zu hören. Da tauchte vom hinteren Teil des Grundstücks ein städtisch gekleideter Herr auf. „Ich wollte Sie nicht erschrecken!", rief er ihm freundlich zu. Der Hund begrüßte den Fremden schwanzwedelnd und wurde zum Dank getätschelt.

„Ich habe auf Sie gewartet!", sagte der Mann. „Ich bitte um Verzeihung, wenn ich Ihren Grund ohne Erlaubnis betreten habe - das Tor war nicht verschlossen!"

„Was wollen Sie?", brummte der Verwalter nervös, während Eugen dem Fremden die Hand leckte. Richter erinnerte sich dunkel, dass er diesen Mann schon einmal irgendwo gesehen hatte.

„Herr Richter?", fragte der Mann.

„Ganz recht!"

„Ich komme wegen Kaspar Hauser, dem Buben, der vor etwa vier Jahren in Nürnberg aufgetaucht ist. Sie haben sicherlich davon gehört! Mein Name ist..."

„Und wenn Sie Napoleon persönlich wären: Ich habe mit dem Hauser nichts mehr zu schaffen!" Richter hatte die beiden Hasen auf den Boden fallen lassen und hielt nun drohend das Gewehr im Anschlag. „Und nun verschwinden Sie!"

Volltreffer, dachte Feuerbach, ging in die Hocke und kraulte dem Hund die Brust. Das auf ihn gerichtete Gewehr schien ihn gar nicht zu stören. Da hatte er einen Einfall.

„Beruhigen Sie sich, Mann!", begann er. „Kein Grund zur Aufregung! Ich komme vom Freiherrn von Grießenbeck!"

Den Namen des Gutsbesitzers hatte der Gerichtspräsident unten im Dorf erfahren, als er nach Franz Richter gefragt hatte. Dort hatte es auch geheißen, der Verwalter würde sich für die Herrschaft „zwicken lassen". Das bedeutete wohl, er würde alles für ihn tun. Als der Jagdhüter den Namen hörte, entspannte er sich und ließ das Gewehr ein wenig sinken. „Sagen Sie dem Herrn von Grießenbeck, ich habe mich an die Abmachung gehalten!"

„Wir wissen selbst, dass Sie Wort gehalten haben!", antwortete Feuerbach abwartend.

„Hören Sie! Das geht einfach nicht so weiter! Meine Geduld ist allmählich zu Ende! Erst die

Bayerischen, dann der Engländer, jetzt Sie, und nächste Woche vielleicht wieder der Engländer, was? Wenn Sie Probleme miteinander haben, dann lösen Sie die ohne mich!"

Lord Stanhope! Feuerbach fuhr ein Stich mitten ins Herz: Sein Misstrauen war also berechtigt gewesen: Stanhope spielte ein abgekartetes Spiel!

„Der Engländer auch?", fragte er mit gespieltem Erstaunen.

Der Jagdhüter wurde verlegen. „Denken Sie nicht, dass ich euch angelogen habe! Ich habe damals wirklich noch nichts von dem Engländer gewusst!"

„Dann ist er also gekommen? Wann war denn das?"

„Ihre Freunde waren kaum zur Türe raus damals! Noch im selben Winter!"

„Ist er allein gekommen?"

„Nein! Er hatte noch zwei andere Männer dabei, in fremden Uniformen!"

Der Amtsgerichtspräsident beschrieb die badischen Uniformen.

„Genau so haben sie ausgesehen!", sagte Richter. Das Gespräch verlief besser, als Feuerbach gehofft hatte. Nach so vielen Erfolgen wurde er mutiger.

„Herr Richter! Wir tragen Ihnen nicht mehr nach, dass der Anschlag nicht gelungen ist!" Er beobachtete den Jagdhüter genau, der eine schuldbewusste Miene machte. Wie jetzt weiter, dachte

Feuerbach. Ich muss unbedingt vermeiden, dass ich mich verrate! Das ist gar nicht so einfach, wenn man dazu eigentlich Dinge wissen müsste, die man erst herausbekommen will!

Gott sei Dank begann der Wildhüter wieder zu reden: „Ich weiß auch nicht, was ich mir dabei gedacht habe! Ich bin nervös geworden, weil ich keine Ahnung hatte, wieviel der Hauser ausplaudert!"

„Sie meinen, über das Versteck?"

„Na ja, ich hatte halt ein schlechtes Gewissen, weil ich ihn einfach freigelassen hab. Wer konnte denn ahnen, dass sich halb Europa für den Buben interessiert! Und dann ausgerechnet der Amtsgerichtspräsident in Ansbach!"

„Das war Pech, das stimmt!", sagte der Amtsgerichtspräsident mit Unschuldsmiene.

„Und vor allem wollte ich nicht, dass der Herr von Grießenbeck da mit hineingezogen wird, wo es doch so eine geheime Sache war. Ich bin zwar nur ein einfacher Mann, aber man macht sich ja so seine Gedanken über die Herkunft des Buben."

„Was glauben Sie denn?"

„Hören Sie auf, das wissen Sie besser als ich, wessen Balg das nun wieder ist!"

Feuerbach biss sich auf die Zunge. Du musst vorsichtig bleiben, sagte er sich noch einmal, auch wenn der Gewehrlauf längst nicht mehr auf ihn gerichtet war.

„Herr Richter", setzte Feuerbach mit vertraulicher Stimme von neuem an. „Der Herr von Grießenbeck hat mich nicht geschickt, um Ihnen Vorwürfe zu machen! Er macht sich Sorgen um Sie - für den Fall, dass dieser Feuerbach das Schloss durchsuchen lässt. Er will sich vergewissern, dass wirklich alle Spuren der Gefangenschaft beseitigt sind."

„Kein Grund zur Beunruhigung", unterbrach ihn der Jagdhüter mit einer wegwerfenden Handbewegung. „Ganz auf den Kopf gefallen ist der alte Richter nicht!" Mit nachdenklicher Miene fügte er hinzu: „Auch wenn nicht mehr viel mit mir los ist, seit dieser ganzen Sache und seit dem Tod meiner Frau!"

„Das tut mir leid!"

„Ist nicht zu ändern!"

Er fasste sich und sagte gelassen. „Ist sowieso die Frage, ob er den Kerker überhaupt entdecken würde!"

„Er will ganz sicher gehen!", antwortete Feuerbach. „Es sind schon zu viele Pannen passiert! Sehen Sie, wenn man mit den Verhältnissen so vertraut ist wie Sie, übersieht man vielleicht ein paar Kleinigkeiten, weil sie einem ganz normal vorkommen."

„Sie meinen, es könnte noch etwas herumliegen, was auf die Gefangenschaft hinweist?"

„Genau! Einem Fremden sticht so etwas sofort ins Auge!"

„Und Sie möchten das überprüfen?"

„Deswegen bin ich gekommen."

Der Jagdhüter musterte Feuerbach von oben bis unten. Er hatte längst Vertrauen gefasst, aber einen winzigen Augenblick lang flackerte eine Erinnerung in ihm auf, wo er den Mann schon einmal gesehen hatte. Er kramte in seinem Gedächtnis, aber das Bild war schon wieder erloschen.

„Warten Sie hier einen Augenblick!", knurrte er und begab sich ins Jägerhaus. Kurz darauf kam er mit einem schweren Schlüsselbund wieder heraus, sein Gewehr hatte er abgelegt. Er forderte Feuerbach auf, ihm zu folgen. „Vielleicht haben Sie ja recht", murmelte er. "Der Jäger sieht mehr, als der Hase meint!"

Wortlos gehen die zwei Männer an der steinernen Brücke vorbei über einen gepflasterten Weg zum Schloss hinüber, während der verspielte Hund schwanzwedelnd und laut bellend um sie herumtollt. An der schweren Eingangstür aus Eichenholz sind schöne Rokokoschnitzereien angebracht. Mit einem großen Schlüssel dreht Richter das Schloss herum und stößt die Tür auf, die den Blick auf eine nicht sehr breite, aber hohe, mit Ornamenten und Figuren verzierte Treppe freigibt. Sie führt in den ersten Stock. Doch der Verwalter hält sich nicht in der Eingangshalle auf, sondern schwenkt, nachdem er den Hund fortgeschickt hat, mit großen Schritten nach rechts, dass Feuerbach Mühe hat, ihm zu folgen. Sie durchqueren eine geräumige Stube und sind schließlich in der Küche angelangt. Ihre niedrige Decke lässt sie kleiner erscheinen, als sie ist. Ein großer Ofen mit mehreren Kochstellen nimmt ihre Mitte ein. Von seinem gemauerten Rauchfang baumeln allerlei Töpfe und Pfannen. Die Wände sind dicht mit Schränken und Regalen verstellt. Neben dem Fenster befindet sich der Dienstboteneingang, eine andere Tür führt zur Speisekammer. Eine halb offen stehende Wandluke gibt den Blick frei zum Flaschenzug, der dazu dient, den Herrschaften das Essen in den ersten Stock zu schicken. Alles ist großzügig eingerichtet und erweckt den Eindruck, als wäre das Personal nur eben rasch verschwunden und würde die Arbeit jeden Moment wieder aufnehmen. Einzig die frostige Kühle zeugt von der Verlassenheit des Schlosses.

Auf einmal steht Feuerbach allein in der Küche, und erst jetzt wird er auf eine schmale, steil nach oben führende Treppe auf der linken Seite aufmerksam, die zu einem unscheinbaren, niedrigen Durchgang führt. Von dort steckt Richter seinen Kopf heraus und ruft: „Kommen Sie!"

Er erklimmt die Treppe und betritt einen dunklen Raum. Da erhält er plötzlich einen harten Schlag auf den Kopf, dass ihm die Funken vor den Augen stieben. Einen Augenblick lang geben seine Beine nach, dann geht es wieder.

„Aufgepasst!", mahnt der Verwalter, dessen Schatten neben ihm auftaucht. Er zündet eine Kerze an. „Es ist nur ein Zwischengeschoss! Die Decke ist zu niedrig, als dass man hier aufrecht stehen könnte. Haben Sie sich weh getan?"

„Kein Problem!", lügt Feuerbach und hält sich den Kopf. Sie befinden sich nun in einem fensterlosen, kerkerartigen Raum. Sollte das Kaspars Gefängnis sein, in dem er jahrelang hausen musste? denkt der Amtsgerichtspräsident. Doch schon geht Richter in die Knie, und im nächsten Moment ist erneutes Schlüsselklappern zu hören.

„Das ist nur der Vorraum", brummt der Verwalter. „Das Gefängnis ist hinter dieser Klappe!" In der Dunkelheit kann Feuerbach nur schemenhaft die Umrisse eines kniehohen Loches ausmachen. Es ist so winzig, dass er sich nicht vorstellen kann, wie die beiden kräftigen Männer dort hindurchpassen sollen. Doch es gelingt ihnen mit einiger Mühe.

„Hier ist es!", sagt der Verwalter, dessen Stimme von den Mauern gedämpft wird. Feuerbach sieht sich aufmerksam um: Der Raum ist etwa vier Meter lang und zweieinhalb Meter breit. Auch hier kann man nur ganz gebückt stehen, doch die Orientierung fällt etwas leichter, weil durch einen schmalen Schacht, der sich seinen Weg durch zwei Meter dicke Mauern bahnt, ein schwaches Licht fällt. Links neben dem engen Zugang befindet sich ein Ofen, der nur von außen beheizbar ist. Auf dem steinernen, mit einer dicken Staubschicht bedeckten Boden liegt ein Haufen alter Lumpen, daneben ein umgekippter Blecheimer und einige Scheite Holz.

In diesem Dreck hat er gelegen, denkt Feuerbach und setzt sich auf den Boden. Ein Kind, das ganze

Leben noch vor sich! Durch den Schacht hat er Sicht auf die Baumwipfel, in denen sich der Wind verfängt. Der Himmel wechselt seine Farbe zwischen Blau- und Grautönen, morgens und abends machen sich die Amseln bemerkbar. Aber statt unter der Sonne herumzutollen, kauert Kaspar in diesem schummrigen Verlies. Es ist zu eng hier, um sich frei zu bewegen, nicht einmal aufrecht stehen kann er! Anfangs weint und schreit der Bub, bis zur Erschöpfung. Doch niemand kommt, niemand hört ihn. Die dicken Mauern sind aus unnachgiebigem, hartem Stein. Auch durch die Türe dringt kein Laut.

Schon bald merkt Kaspar, dass der Mann, der ihn mit Wasser und Brot versorgt, keinen Kontakt mit ihm aufnehmen wird. Also setzt er sich auf den Boden, streckt die Beine aus und wartet. Die Stunden vergehen, ohne dass etwas passiert. Die einzigen Ereignisse sind die Monotonie der Sonnenbewegung und die Mahlzeiten. Kein Mensch spricht mit dem Buben, spielt mit ihm, nimmt ihn in den Arm. So geht es einen Tag, zwei, fünf Tage. Nichts passiert. Der Geist wird träge. Er dämmert dahin. Seine Aufmerksamkeit stumpft ab. Das ist kein Leben, denkt Feuerbach, nur ein Ausharren. Nicht einmal Todesangst hat der Bub. Aber er stirbt nicht.

Insgesamt sitzt er so vielleicht ein paar tausend Tage. In dieser Zeit wächst er heran. Schließlich kann er seine Beine nicht mehr bewegen. Er weiß nicht, wer er ist. Er hat vergessen, wie es aussieht da draußen. Er hat verlernt zu sprechen.

Die Stimme des Verwalters reißt Feuerbach aus seinen Gedanken: „Na, können Sie etwas entdecken?"

Er mustert Franz Richters Gesicht: Dieser Mann hat Kaspar versorgt, denkt er. Er hat das Kind täglich gesehen, seinen allmählichen Verfall beobachtet und nichts unternommen! Wie hat er das ausgehalten? Hat er kein Herz im Leib? Ist er denn kein Mensch?

Feuerbach steht auf, geht ein wenig herum, lässt sich mit der Kerze einige dunkle Ecken ausleuchten und zeigt dann auf einen hölzernen Löffel: „Glauben Sie nicht, man müsste diese Gegenstände beseitigen?"

Richter schüttelt den Kopf. „Dass hier Leute eingesperrt werden, ist allgemein bekannt!"

„Kinder auch?", fragt er, indem er ein kleines hölzernes Spielzeugpferd aufhebt.

„Da haben Sie allerdings recht! Kinder werden hier natürlich normalerweise nicht gefangengehalten!", ruft Richter bestürzt und will Feuerbach die Figur aus der Hand nehmen, doch der hält sie fest. „Es ist gut", sagt der Verwalter, „dass Sie gekommen sind! Manchmal übersieht man eben wichtige Dinge!"

Feuerbach war froh, als sie nach einigen Minuten wieder unter freiem Himmel standen. Er hatte kurz überlegt, ob er Richter auf der Stelle festnehmen sollte, aber erstens wäre er dazu ohne

Hilfe kaum in der Lage gewesen, zweitens war sein Besuch auf Schloss Pilsach eigenmächtig und von offizieller Stelle verboten, und drittens schließlich war der Verwalter nur der Handlanger eines Verbrechens, dessen Drahtzieher wahrscheinlich zum Hochadel gehörten. Eine Festnahme Richters hätte sie unnötig gewarnt. Nun, da er ihnen so dicht auf der Spur war, wollte er kein Risiko eingehen. „Das Spielzeug nehme ich besser mit!", rief er dem Jagdhüter beim Abschied zu, nachdem sie noch einen Schnaps miteinander getrunken hatten.

Der sah, seinen Hund am Hals kraulend, dem davontrabenden Fremden lächelnd nach. Er fühlte sich wie von einer schweren Last befreit. Seit Monaten plagten ihn zwei Gedanken. Zum einen hatte er Angst: Angst um sein Leben. Die Heimsuchungen im vorigen Winter hatte er nicht vergessen, und die Hintergründe waren so undurchsichtig und jenseits seiner Macht, dass er sich wie ein Spielball des Schicksals vorkam. Dieser Mann, vom Baron entsandt, hatte ihn beruhigen können. Offenbar war er ein wenig aus der Schusslinie geraten.

Zum anderen meldete sich nachts immer häufiger sein Gewissen, nagte an seinen Nerven, ließ ihn nicht zur Ruhe kommen. Er sah den taumelnden Buben in dem dunklen Gang des Daumerschen Hauses und dann wieder, wie Kaspar in seinem Verlies kauerte, ein körperliches und geistiges Wrack. Zu diesen beiden Bildern gesellte sich das des lebenslustigen Knaben, der ihm einst anvertraut worden war. Das Schlimmste aber war, dass niemand da war, mit dem er darüber reden konnte.

Der Besuch dieses fremden Herrn erleichterte sein Gewissen ein wenig, denn er teilte mit ihm das Wissen um Kaspars Schicksal hier auf Schloss Pilsach. Der Mann begutachtete den Kerker ganz sachlich und gab dem Verwalter das Gefühl, am Ende doch das Richtige getan zu haben. Und trotz der ernsten Angelegenheit blieb er stets freundlich. Ein wirklich herzlicher Mann!

Wie hatte er gleich wieder geheißen? Richter kramte in seinem Gedächtnis, als er ins Haus zurückkehrte. Hatte er seinen Namen überhaupt genannt? Auf einmal kam ihm ein unangenehmer Gedanke. Woher weißt du eigentlich, Franz Richter, dass der Mann vom Grießenbeck geschickt worden ist? Wie war denn das? Hast du irgend etwas ausgeplaudert? Sein Blick fiel grübelnd auf die Schrotflinte. Auf einmal durchschoss ihn die Erleuchtung, dass seine Knie ganz wackelig wurden: Diesen Mann hatte er schon einmal gesehen, und zwar im Nürnberger Stadtpark, kurz vor dem Attentat, in Begleitung Kaspars!

Er sah seinem Hund in die Augen: „Dein Herrchen ist verloren, mein Treuer!", sprach er. „Dieser Mann war der Amtsgerichtspräsident!"

Des Rätsels Lösung liegt in Karlsruhe

Kaspar spürte sofort, dass der Präsident, der soeben in sein Zimmer stürzte, wichtige Neuigkeiten mitbrachte. Feuerbach vergewisserte sich, dass sich kein Lauscher auf dem Flur befand, und verriegelte die Tür. Dann zog er das Holzpferd unter dem Überzieher hervor und stellte es auf den Tisch.

Beim Anblick des Spielzeugs, das sich stumm vor ihm aufbaute, wurde Kaspar von Gefühlen heiß durchflutet. Das Pferdchen war ihm vertraut wie seine eigene Hand, und doch konnte er sich nicht erinnern, woher. Er verspürte einen starken Drang, es an sich zu drücken wie einen vertrauten Freund. „Das ist es, das ist es, das ist es!", murmelte er nur und suchte verzweifelt in seinem Gedächtnis nach Erinnerungen.

„Erkennst du es wieder?"

„Ich weiß nicht!"

„Nimm es in die Hand!", befahl Feuerbach.

Zögernd nahm Kaspar das Pferd mit der Linken an den Hinterbeinen und strich ihm dann mit dem rechten Zeigefinger zärtlich über Schnauze, Hals, Brust und Rücken. Allmählich kam die Erinnerung wieder. Langsam sagte er: „Ich habe es immer gefüttert und gestriegelt! Aber es waren zwei! Sie waren mit mir im Kerker! - Wo haben Sie es her?"

Feuerbach legte seinen Finger auf die Lippen und sagte: „Leise! Hier haben die Wände Ohren! Besser, wir gehen in mein Amtszimmer! Und vergiss das Pferdchen nicht!"

Kaspar warf rasch seine Jacke über und verbarg seinen Schatz in einer Innentasche. Dann verließen sie das Haus und liefen über die Straße zum Gerichtsgebäude.

Direkt nach ihnen verließ noch eine andere Person das Haus des Lehrers Meyer. Es war Leberecht. Er sah sich verstohlen um, ob Feuerbach und der Bub außer Sichtweite waren und schlug dann den Weg zur Poststation ein, um Stanhope eine Botschaft zu telegrafieren.

Feuerbach ahnte davon nichts. In seinem Zimmer angekommen, musste er den Besuchersessel heranschieben, denn Kaspar, der sich hier so unbefangen bewegte wie der Hausherr, hatte rasch hinter dem Schreibtisch Platz genommen. Aber Feuerbach setzte sich gar nicht: Nervös lief er im Zimmer auf und ab und begann mit seinem Bericht.

„Der Mann, der dich so lange gefangen gehalten hat, heißt Franz Richter. Er ist der Verwalter von Schloss Pilsach im Besitz eines gewissen Freiherrn von Grießenbeck. Dieser Grießenbeck dient in der bayerischen Armee. Ich habe den Kerker gesehen!"

Nun gab er eine Beschreibung von dem Gefängnis, gelegentlich unterbrochen durch Ausrufe von Kaspar, der zwischen Begeisterung und Entsetzen hin und her gerissen wurde. Alle Einzelheiten des Raumes kamen ihm seltsam bekannt vor. Schreckliche Erinnerungen dämmerten in ihm herauf, verbunden mit der Hoffnung, dass das Rätsel seiner Herkunft nun endlich gelöst werden konnte.

„Das Schloss liegt abgeschieden von allen Verkehrsstraßen und ist der ideale Ort, einen Knaben verschwinden zu lassen, ohne ihn zu töten", erklärte Feuerbach. „Warum dies alles geschah, weiß ich nicht genau, wahrscheinlich aus politischen Gründen. Ich nehme an, man hat Grießenbeck um einen Gefallen gebeten. Möglicherweise steckt die bayerische Regierung dahinter, die das Land Baden erpressen wollte. Unser König stammt ja aus der Kurpfalz und erhebt Anspruch auf dieses Gebiet, das Napoleon den Badenern vermacht hat."

Kaspar rutschte ungeduldig in seinem Sessel hin und her. Das Politische interessierte ihn nicht so sehr, er wartete angespannt auf Neuigkeiten, die sein eigenes Schicksal betrafen. Doch der Amtsgerichtspräsident fuhr unbeirrt fort:

„Inzwischen haben sich die beiden Fürstenhäuser wohl ausgesöhnt - anders ist kaum zu erklären, dass ich die Ermittlungen in dem Augenblick einstellen soll, da ich kurz vor der Aufklärung aller Rätsel stehe! Dieser Richter ist übrigens auch der Unbekannte, der dich im Hause Daumers überfallen hat!"

„Aber warum nehmen Sie ihn dann nicht fest?"

„Weil er nur ein kleiner Fisch ist - das Werkzeug eines Mittelsmannes sozusagen! Solange ich nicht alle Hintergründe kenne, möchte ich damit nicht an die Öffentlichkeit gehen, denn wir haben mächtige Gegner, die alles versuchen werden, um die Angelegenheit neuerlich zu vertuschen! Ich bin nun ganz sicher, Kaspar, dass du ein badischer Prinz bist, mit Anspruch auf den Thron! Um dies nachzuweisen, müssen wir noch die Umstände in Baden aufklären!"

„Und wie wollen Sie das tun?"

„Ich werde hinfahren und an Ort und Stelle ermitteln! Natürlich ist das Ganze nicht ungefährlich: Wahrscheinlich wissen unsere Feinde, dass ich ihnen auf der Spur bin! Deshalb - kein Wort von unserem Gespräch an irgendjemanden, Kaspar! Und nimm dich in Acht vor diesem Leberecht: Ich traue ihm überhaupt nicht!"

Kaspar war etwas enttäuscht. Er hatte gehofft, nun würde sich alles ohne große Komplikationen entwirren lassen. Dass Feuerbach ihn in dieser Situation allein zurücklassen wollte, behagte ihm gar nicht.

„Ich kann wohl nicht mitkommen, hm?", fragte er.

„Das wäre die sicherste Art, Aufsehen zu erregen! Außerdem wäre der Lehrer Meyer wohl nicht einverstanden. Wir müssen gerade jetzt vernünftig bleiben!"

„Wie lange werden Sie wegbleiben, Herr Präsident?"

„Schwer zu sagen: Einige Wochen werden es wohl sein! Übrigens" - hier sah er Kaspar streng an, der ahnungsvoll die Augen senkte und nervös die dort immer noch liegenden Papierbuchstaben hin- und herschob - „sollte wider Erwarten Stanhope hier auftauchen, sei vorsichtig: Vergiss nicht, dass er gegen dich arbeitet! Es besteht kein Zweifel mehr: Er war bei Richter und hat ihn eingeschüchtert!"

„Ich habe schon verstanden!", sagte Kaspar traurig.

In diesem Augenblick fiel der Blick des Präsidenten auf die Buchstaben, die der Bub gedankenverloren aneinandergereiht hatte. Dort stand:

„ S E I N   S O H N   C A S P A R "

„Das ist es!", entfuhr es Feuerbach. „Das ist die Lösung!"

Post aus Laufenburg

Das Mädchen zog aus der Rocktasche einen weiß leuchtenden Umschlag hervor und rief: „Hier ist er! Ist es der, auf den Sie warten?"

Leberecht warf einen kurzen Blick darauf: Der Brief kam aus Laufenburg, war an den Baron von Tucher adressiert und wies das Siegel Feuerbachs auf. Er lachte zufrieden und beglückwünschte sich selbst zu seinem Scharfsinn: Schließlich hatte er gewusst, dass Feuerbach versuchen würde, mit Kaspar Kontakt zu halten. Aber die Briefe konnte er ja nicht direkt ins Haus des Lehrers Meyer nach Ansbach schicken, weil dieser routinemäßig alle Post öffnete.

Die Magd hatte eine Faust in die Seite gestemmt, einen Fuß auf die unterste Treppenstufe des Tucherschen Hauses gestellt und hielt sich mit der anderen Hand am Geländer fest. Sie war nicht besonders hübsch, aber jung und hatte eine rundliche Figur, die Leberecht Appetit machte. Er strich ihr mit dem Handrücken über die Wange und sagte: „Das war brav von dir!"

Doch das Mädchen schob seinen Arm beiseite und sagte bestimmt: „Und jetzt will ich die versprochene Belohnung!"

Leberecht wiegte den Kopf hin und her, als gäbe es wichtige Umstände zu berücksichtigen, und antwortete: „Komm morgen nach Ansbach zum

Lehrer Meyer in meine Stube, dann kriegst du das Geld!"

„Aber das ist gegen die Abmachung!", erwiderte die Magd entrüstet. „Sie haben es mir sofort versprochen!"

„Pst, ruhig!"

Er warf einen bedeutsamen Blick die Treppe hinauf, wo sich im ersten Stock das Ehepaar Tucher aufhielt. „Morgen, sag' ich!"

Doch damit war das Mädchen nicht einverstanden. Trotz ihrer Unerfahrenheit spürte sie, dass man diesem Mann nicht nachgeben durfte. Also legte sie trotzig den Kopf in den Nacken und drohte mit extra lauter Stimme: „Na gut, dann gehe ich jetzt zum Herrn von Tucher!"

Da zuckte der alte Wachtmeister zusammen: „Das tust du natürlich nicht, du blöde Gans! Dann kannst du dir gleich eine neue Stellung suchen!"

Aber die Magd war nicht einzuschüchtern: „Ich will, was mir zusteht, und zwar jetzt! Sonst erzähle ich dem Herrn Baron, was Sie für einer sind!"

„Hm! Du jedenfalls bist ein Biest, das steht fest!", zischte Leberecht ein bisschen anerkennend, denn die Wehrhaftigkeit des Mädchens imponierte ihm. Er griff in seine Jackentasche und holte einen Beutel mit Münzen heraus. „Schön! Hier ist die Summe! Zähl nach, wenn du mir nicht traust!"

Tatsächlich ließ sie die Münzen einzeln durch die Finger gleiten. Leberecht hatte aber keine Ruhe mehr: Ohne Abschiedsgruß drehte er um und verließ das Tuchersche Haus. So eilig hatte er es, dass er die nächstbeste Schenke aufsuchte, um den Brief endlich lesen zu können. Er brach das Siegel auf und faltete mit zittrigen Händen die Seiten auseinander:

Mein lieber Baron von Tucher,

vieles ist passiert seit unserer letzten Begegnung. Ich bin dem Geheimnis von Kaspars Herkunft auf der Spur! Lassen Sie sich von Kaspar auf dem Laufenden halten! Er schwebt in höchster Gefahr, und ich bitte Sie auf ihn aufzupassen, bis ich wiederkomme!

Ich bin auf dem Weg nach Karlsruhe, wo ich hoffe den Fall abschließen zu können. Hier in aller Kürze die neueste Neuigkeit: Ich bin hier in Laufenburg bei Durchsicht der örtlichen Wappen auf eine weitere Spur gestoßen. Sie erinnern sich an die Zeichnung, die Kaspar nach einem Traumgebilde angefertigt hat? Hier ist sie noch einmal:

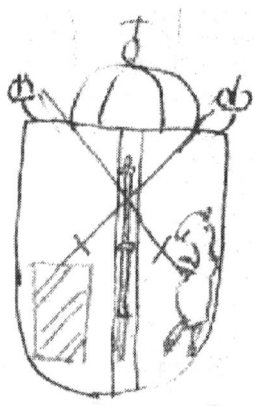

Und hier ist das Wappen von der Familie von Reinach:

(Entschuldigen Sie meine dilettantischen Kopien – die Tierfiguren im unteren Wappen sollen übrigens Löwen vorstellen!) Trotz aller Unvollkommenheiten lässt sich eindeutig eine Ähnlichkeit erkennen, nicht wahr?

Die Reinacher besitzen ein abgelegenes Schloss, etwa 15 Kilometer von hier entfernt. Ich bin überzeugt, einen Aufenthaltsort Kaspars aus seinen ersten Lebensjahren gefunden zu haben, und werde noch heute dorthin abreisen.

Ich eile, um möglichst bald wieder zurück zu sein. Seien Sie bis dahin äußerst vorsichtig, und nehmen Sie sich um Gottes willen in Acht vor diesem Leberecht: Er ist ein äußerst gefährlicher Gegner!

Ihr werter Freund

Anselm von Feuerbach"

Leberecht verschlang hastig Zeile für Zeile, aber besonders aufmerksam las er die ihn betreffenden Worte, die seiner Eigenliebe schmeichelten: Der große Feuerbach sah in ihm einen ernstzunehmenden Feind! Und wie recht er hatte: Wäre der

250

Brief nicht von ihm abgefangen worden, wäre das Spiel wohl verloren gewesen: Der Baron hätte den Hauser aufgesucht, und die Zahl der Mitwisser hätte sich erneut vergrößert. So aber kannten vorläufig nur Feuerbach und der Bub das Geheimnis. Es bestand noch eine kleine Chance...

Schloss Beuggen

Obwohl Beuggen nur ein winziges Dorf war, fuhr doch die Postkutsche dorthin, weil das Örtchen auf dem Weg von Laufenburg nach Basel lag. So musste sich Feuerbach nicht eigens ein Pferd ausleihen und hatte zudem eine bequeme Reise. Nach etwa zwei Stunden Fahrt auf der Landstraße, durch eine malerische, hügelige Landschaft den Rhein entlang, kam er endlich an seinem Ziel an und mietete sich sogleich, da seine Knochen von der Reise arg durchgeschüttelt waren, bei der Poststation ein.

Für einen kurzen Augenblick überlegte er, ob er der Wirtin seinen richtigen Namen nennen sollte: Immerhin befand er sich bereits auf Badener Gebiet, wenngleich an seinem äußersten südwestlichen Zipfel. Aber dann machte der Ort auf ihn einen so verschlafenen Eindruck, dass er alle Vorsicht aufgab.

Er war der einzige Gast. Die Wirtin, eine etwa fünfzigjährige Frau, brachte ihm eine Brotzeit und sah ihm beim Kauen zu. Es geschah wohl nicht oft, dass jemand zu dieser frühen Stunde - es war gegen zwei Uhr - hier hängenblieb.

„Sind Sie auf Gesundheitsreise?", fragte sie ohne Umschweife.

„Ganz recht!", antwortete Feuerbach. „Ich habe immer viel in der Stadt zu tun. Die Ruhe tut meinem Gemüt gut!"

Die Wirtin lächelte skeptisch. Ihr Gesicht verriet, dass sie es närrisch fand, freiwillig und aus reinem Vergnügen durch diese entlegende Gegend zu reisen.

„Schmeckt's Ihnen?", fragte sie. Sie schien froh, ein wenig plaudern zu können.

„Ausgezeichnet! Sagen Sie, das Schloss, das sich hier südlich befindet - wem gehört denn das?"

„Oh, das gehört der Basler Missionsgesellschaft."

„Aha, es ist also nicht in markgräflichem Besitz!"

„Ja, früher einmal! Da gehörte es der Gräfin Geyer von Geyersberg, der Mutter des heutigen Markgrafen! Aber die ist ja seit zehn Jahren tot und hat sich hier auch nie blicken lassen!"

„Dann stand es also leer?"

„Für eine gewisse Zeit schon! Während der napoleonischen Kriege hat es den österreichischen Truppen einmal als Seuchenlazarett gedient! Es hat viele Typhustote gegeben damals, die sind alle hinter dem Schlossgarten in Massengräbern verscharrt worden! Deshalb haben die Leute auch noch Jahre später das Schloss gemieden! Und in dieser Zeit stand es ein paar Jahre leer, oder fast leer!"

Feuerbach blickte sie fragend an.

„Na ja, außer dem Verwalter und dem Schlosspfarrer - auf der Anlage steht nämlich auch eine kleine Kirche!"

„Meine Frau hat zwei wunderbare Eigenschaften, derentwegen ich sie geheiratet habe", meldete sich eine Stimme im Rücken des Präsidenten. Es war der Wirt, der unbemerkt hinzugetreten war. „Sie ist neugierig und sie ist geschwätzig! Ich hoffe, sie hat Sie nicht auf nüchternen Magen Löcher in den Bauch gefragt!"

Der Wirt war ein korpulenter, aber durchaus nicht plump wirkender Mann. Sein Wesen war zurückhaltender als das seiner Frau. Beide bemühten sich um herzliche Gastfreundschaft, doch während seine Frau fand, man müsste sich mit seinen Gästen unterhalten, war er der Meinung, sie würden sich wohler fühlen, wenn man sich zurückzog.

Feuerbach musterte den Wirt und antwortete dann: „Oh nein, überhaupt nicht! Ich finde es interessant, etwas über diese Gegend hier zu erfahren!"

„Wenn Sie möchten, gehe ich nachher einmal mit Ihnen hinüber, dann können Sie sich alles ansehen!", schlug der Wirt vor.

Feuerbach nahm dankend an, denn genau darum war er gekommen.

„Wenn Sie erlauben", fuhr der Wirt fort, „lassen wir Sie ein wenig allein, dann können Sie in Ruhe Ihr Mittagbrot beenden! Ich bin nebenan, für den Fall, dass Sie etwas brauchen!"

„Stets zu Diensten!", sagte seine Frau und folgte ihrem Mann zur Tür hinaus.

Feuerbach beeilte sich mit seiner Mahlzeit, und schon bald machte er sich mit dem Wirt auf den Weg. Die Nachmittagssonne lud zum Spaziergang ein und die wenigen hundert Meter waren rasch zurückgelegt. Vor ihnen ragte nun die Fassade einer recht heruntergekommen wirkenden barocken Burg auf und, dazu rechtwinklig, zu ihrer Linken, ein modernisierter stattlicher Seitenflügel, „der heute bewohnte Teil", wie sein Begleiter erklärte. Rechts vom Haupthaus lag ein Park mit einigen einzeln stehenden, schön gewachsenen Laubbäumen. Das Tor zum Grundstück war unverschlossen.

„Der Schlosspark ist frei zugänglich!", sagte der Wirt und führte Feuerbach in den Eingangshof der Anlage. Als sie diesen fast ganz abgeschritten hatten, lugte hinter dem Seitenflügel die Schlosskirche hervor. „Den alten Pfarrer hat Achtzehnvierzehn der Typhus erwischt!", erläuterte er, indem er mit dem Kopf zur Kirche wies. „Dann kam einer, der wurde bald nach Karlsruhe beordert. Hat eine große Karriere gemacht - heute ist er Ministerialrat, wie ich gehört habe."

Feuerbach rechnete kurz im Geiste nach: Die geheimnisvolle Flaschenpost war 1816 in lateinischer Sprache geschrieben worden. Kaspar selbst kam als Verfasser nicht in Frage, weil er ja zu diesem Zeitpunkt erst vier Jahre alt war. Könnte dieser Pfarrer die Nachricht als Hilferuf ausgesendet haben? Später hat man ihn vielleicht als Mitwisser mit einem einträglichen Posten zum Schweigen gebracht!

Feuerbachs Begleiter glaubte nun seinem Gast alles Sehenswerte gezeigt zu haben und wollte wieder umkehren, doch der Präsident schlug vor: „Können wir nicht noch ein wenig im Schlosspark spazieren gehen?" Ihm brannten noch einige Fragen auf den Lippen.

„Wie Sie möchten!", sagte der Wirt. Sie liefen rechts am alten Hauptgebäude vorbei auf den Rhein zu. Hinter den Bäumen versteckt waren noch einige kleinere Wirtschaftsgebäude zu sehen. Der Kies knirschte unter ihren Schritten. Feuerbach räusperte sich: „Und dieser Pfarrer, der Karriere gemacht hat..."

„Der Pfarrer Eschbach!"

„Ganz recht! Der hat hier ganz allein auf der Anlage gewohnt?"

„Ja, bis auf den Schlossverwalter!"

Der Wirt sah nun angestrengt auf den Boden, als dächte er darüber nach, wie er einen Gedanken, der ihm durch den Kopf geschossen war, formulieren sollte.

Auf einmal tauchte direkt vor ihnen zwischen den Bäumen ein kleines Gartenhäuschen auf. Die den beiden Männern zugewandte Frontseite war mit wildem Efeu bewachsen und besaß keine Fenster, lediglich eine doppelflügelige Rundbogentür. Ungewöhnlich an diesem einfachen, an einen Geräteschuppen erinnernden Gebäude war, dass sich oberhalb der Tür ein eingemauertes Wappen befand. Es war von einem Kreuz durchzogen, das das Schild in vier Rechtecke unterteilte. Links oben und rechts unten waren Löwen abgebildet, die Flächen rechts oben und links unten durch Schrägbalken gefüllt. In der Mitte lag diagonal ein Schwert und über allem prangte eine Krone. Es war das Reinacher Wappen!

„Im Dorf erzählt man sich übrigens eine seltsame Geschichte, von der ich nicht weiß, ob man ihr Glauben schenken soll!", sagte der Wirt. „Es heißt, man hätte hier eine Zeitlang einen hochgestellten Knaben mit seiner Kindfrau versteckt!" Verwundert sah er, dass sein Begleiter wie gebannt auf das Wappen starrte. „Das ist übrigens das Haus, in dem sie gewohnt haben sollen!"

Es dauerte einen Augenblick, bis sich Feuerbach gefangen hatte. „Hier?", erwiderte er und bemühte sich um einen gleichgültigen Ton. Er rüttelte an der Tür, die aber verschlossen war. Dann schritt er weiter, als wäre nichts geschehen, und bemerkte ruhig: „Ach, das Gerede der Leute! Glauben Sie die Geschichte?"

„Ich weiß nicht, sagte der Wirt. „Eigentlich schon!"

In die Höhle des Löwen

Dem Amtsgerichtspräsidenten fiel es schwer, in Gegenwart des Wirts die Rolle des müßigen Gesundheitsreisenden beizubehalten, denn innerlich war er zum Zerreißen angespannt. Tausend Fragen gingen ihm im Kopf herum: Sollte er sich darum bemühen in den Schuppen zu gelangen? Könnte er nicht weitere Beweise für einen Aufenthalt Kaspars dort finden? Nein, es hatte keinen Sinn, sich in Beuggen länger aufzuhalten: Er hätte sich wegen des Schlüssels an den Schlossverwalter wenden müssen, aber welche Begründung für seine Bitte hätte er vorbringen können, ohne Verdacht zu erregen? Das Risiko, dass seine Gegner in Karlsuhe davon erfahren könnten, war groß und die Aussicht auf neue Erkenntnisse gering. Schließlich stand für ihn längst fest, dass er eine Zwischenstation Kaspars auf dem Weg nach Nürnberg entdeckt hatte: An der Übereinstimmung des Wappens mit dem Bild im Traum gab es für ihn keinerlei Zweifel, und die Anbringung des Motivs über der Tür erklärte, warum Kaspar seine Struktur noch so gegenwärtig war: Da er das Wappen täglich gesehen hatte, musste es ihm im Gedächtnis haften bleiben!

Zweifellos war Kaspar in Beuggen glücklicher als später in seinem Kerker: Offensichtlich durfte er sich auf dem Gelände frei bewegen. Auch hatte er Kontakt zu anderen Menschen, wenigstens zu seiner Kindfrau und dem Schlosspfarrer Eschbach. Diese Umstände bestätigten Dr. Preus Vermutung, dass die an Kaspar feststellbaren seelischen und körperlichen Schädigungen nicht aus seiner frühen Kindheit stammten.

Über den Zeitpunkt seines Aufenthalts in Beuggen gab die Flaschenpost Auskunft: Um das Jahr 1816 herum musste es gewesen sein, seit wann und wie lange noch, war ungewiss. Wahrscheinlich war jedoch, dass man auch der Geyersberg die Zeitungsmeldung aus dem *Moniteur universel* überbracht hatte, der schließlich Napoleons Sprachrohr gewesen war. Vielleicht wollte der Verfasser dies sogar, vielleicht war die Botschaft als Warnung oder gar als Erpressungsversuch zu lesen! Wie reagierte die alte Herzogin wohl? Die Meldung musste sie bestürzen, die mühsam eingefädelte Kindsvertauschung drohte nach vier Jahren aufzufliegen. Großherzog Karl, Kaspars Vater, der seit 1811 auf dem badischen Thron saß, war wahrscheinlich völlig ahnungslos. ‚Er weiß nichts von meinem Aufenthaltsort', hieß es in der Flaschenpost. Wenn sich Karl auch keinen Reim auf die Botschaft machen konnte, ließ sie ihn doch aufhorchen, und zweifellos wusste der Absender mehr, als in dem Brief stand. Also mussten die Spuren erneut verwischt werden. Natürlich konnte der Bub nicht in Beuggen bleiben. Fieberhaft wurde ein neuer Aufenthaltsort gesucht, am besten, man sperrte ihn ein für allemal weg, damit sich derartige Pannen nicht wiederholen konnten. Die Herzogin ließ ihre Beziehungen spielen und wurde schließlich fündig. Irgendwann, nicht lange nach dem Auftauchen der Flaschenpost, endete Kaspars Freiheit: Er wurde mit der Kutsche von der vertrauten Umgebung weg ins mittelfränkische Pilsach befördert und für mehr als zehn Jahre dem Sonnenlicht entzogen.

Diese Gedanken schossen Feuerbach auf dem Weg zurück ins Gasthaus innerhalb weniger Augenblicke durch den Kopf. So ungefähr, dachte er, könnte es gewesen sein. Misstrauisch beobachtete er den Wirt, ob dieser ahnte, was in ihm vorging, aber sein Begleiter trottete nur schweigend neben ihm her. Er schien selbst in Gedanken versunken, und Feuerbach war ihm dafür sehr dankbar.

Im Gasthaus angekommen, zog sich Feuerbach sofort auf sein Zimmer zurück und schrieb einen zweiten Brief an Tucher, in dem er in hastig hingeworfenen Zeilen seine Entdeckungen und Vermutungen in Worte fasste. „Der Knoten ist fast entwirrt", schloss er, „einige Einzelheiten, seine frühe Kindheit betreffend, sind noch zu klären, dann gehe ich an die Öffentlichkeit. Seien Sie um Gottes Willen vorsichtig, verhalten Sie sich still und passen Sie auf Kaspar auf!"

Die Nacht wollte kein Ende nehmen. Früh am nächsten Morgen gab er an der Poststation seinen Brief auf und bestieg die erste Kutsche nach Karlsruhe. Die Strecke führte den Rhein entlang über Basel und Straßburg. Die Verbindung war günstig und bequem und der Weg schlängelte sich durch weite, malerische Täler, doch Feuerbach blickte nur missmutig aus dem Fenster. Selbst die Sonne, die die Weinberge in warmes, gelbes Licht tauchte, schien ihm trügerisch. Da man sich im Dreiländereck zwischen der Schweiz, Frankreich und Baden befand, wurden die Fahrgäste an den Haltestellen vom Zoll immer wieder scharf kontrolliert. Abends, wenn Feuerbach an der Poststation Quartier bezog, musste er seine Papiere vorzeigen, die genau notiert wurden. Zunehmend beschlich ihn das Gefühl, das man ihn in Karlsruhe erwartete.

Je näher er seinem Reiseziel kam, desto unruhiger wurde er. Hinter den Fahrgästen, die ihn seit längerem begleiteten, einem Geistlichen und einer Handwerkersfrau mit ihren zwei halbwüchsigen Töchtern, vermutete er Badener Spione, die man auf ihn angesetzt hatte. Jedem der zusteigenden Fahrgäste sah er tief in die Augen und überlegte, welches Geheimnis sich hinter seiner Stirn verbergen könnte. Besonders verdächtig waren ihm die harmlos Aussehenden.

Am Nachmittag des fünften Tages erreichte man endlich die Mauern der badischen Hauptstadt. Wieder wurde die Kutsche von einem Stadtsoldaten kontrolliert, ehe man durch das Tor passieren konnte. Der Wachtposten nahm seine Aufgabe genau, sammelte alle Papiere der Reisenden ein, überprüfte gewissenhaft und stellte auch Rückfragen nach Herkunft und Zweck des Aufenthalts in Karlsruhe. Nur auf die Papiere des Amtsgerichtspräsidenten warf er lediglich einen kurzen Blick. Dann reichte er sie rasch zurück in die Kutsche und rief ein freundliches „In Ordnung!" Feuerbach schien es sogar, als lächle er hintergründig. War der Name Feuerbach ihm bekannt? Wusste man bereits von seiner Ankunft? Seit wann stand er unter Beobachtung?

Diese Stadt war ihm nicht geheuer.

Soldat Blochmann

Feuerbach wurde zur Poststation kutschiert und betrachtete mit Widerwillen die planmäßig angelegten breiten Straßenzüge der badischen Residenzstadt. Alles war neu und durchschaubar, der Einfluss des Hofes überall zu spüren. Die Straßen machten einen saubereren Eindruck als in Nürnberg oder selbst Ansbach, kaum eine Gasse war so eng oder verwinkelt, dass man sie nicht einsehen konnte. Die Menschen sahen reinlicher gekleidet aus, aber auch stolz und unnahbar. Er mochte die Stadt nicht.

Um nicht weit laufen zu müssen, stieg er wie gewohnt im Gasthof zur Post ab. Natürlich verlangte man seine Papiere, aber das machte ihm nichts mehr aus - wenn der Name Feuerbach hier jemanden aufschreckte, dann war dies längst geschehen. Schon beim Einschreiben beschloss er, seinen Aufenthalt so kurz wie möglich zu gestalten.

Feuerbach pflegte Kontakte zu den meisten bedeutenden Städten Europas. Hatte er selbst im Ort keinen Verwandten oder Freund, so trug er meist ein Ansbacher oder Nürnberger Empfehlungsschreiben für einen ansässigen Bürger bei sich, der sich dann um den Besucher kümmerte. In Karlsuhe kannte er aber niemanden. Der Wirt war unfreundlicher, als es seinem Stand ziemte, und so dauerte es eine Weile, bis er am nächsten Morgen nach dem Frühstück den Weg zum örtlichen Standesregister gefunden hatte. Einige Menschen waren unterwegs. Man lief aneinander vorbei, ohne Notiz zu nehmen. Kaum ein Gespräch war zu hören. Auch den Fremden aus Ansbach nahm man ziemlich gleichgültig wahr. Dass ihn jemand intensiv beobachtete, konnte er nicht erkennen.

Der Kirchenangestellte, den Feuerbach um Einsichtnahme in das Geburtsregister bat, war ein junger Mann Anfang zwanzig mit freundlichen, neugierigen Augen. Auf die Frage, wozu er die Bücher benötigte, antwortete der Amtsgerichtspräsident wahrheitsgemäß: „Es handelt sich um einen Kriminalfall, den ich untersuche. Ich finde hier möglicherweise bedeutende Hinweise zum Familienstand gewisser Personen."

Der junge Mann musterte ihn ungläubig, aber mit heimlichem Einverständnis, besorgte die Aufzeichnungen und führte ihn dann in eine kleine Kammer, wo der Besucher ungestört war.

Feuerbach schlug den 29. September 1812 auf, den Tag, an dem der Thronfolger Badens geboren war. Erwartungsgemäß fand sich kein Eintrag über den Prinzen, denn die großherzögliche Familie hatte ihre eigene Familienchronik. Er suchte etwas anderes: Wenn der adelige Spross damals gegen ein Kind aus dem Volk vertauscht worden war, das etwa das gleiche Alter hatte, musste sein Name hier zu finden sein. Natürlich fand sich eine ganze Reihe von

Kindern, die von Mitte September bis Mitte Oktober 1812 geboren und kirchlich getauft worden waren. Mädchen kamen von vorn herein nicht in Frage. Die Angaben zu den Jungen notierte Feuerbach sorgfältig auf einem Bogen Papier. Eine Eintragung stach ihm besonders ins Auge: Johann Ernst Jakob Blochmann, geboren am 26.9.1812. Dieser Bub war der einzige, dessen Vater ein Hofbediensteter war, nämlich Arbeiter im reichsgräflichen Gewerbehaus. Da war der Kontakt schnell geknüpft.

Als Feuerbach aus seiner Kammer trat, wartete der Kirchenangestellte schon auf ihn. „Na?", fragte er hintergründig lächelnd. „Haben Sie gefunden, was Sie suchen?"

„Das weiß ich noch nicht", antwortete Feuerbach.

Der junge Mann hob keck die Stirn: „Sie sind doch der Feuerbach aus Nürnberg, der den Kaspar Hauser gefunden hat!"

„Das ist so nicht richtig", sagte Feuerbach und bemühte sich, seine Überraschung zu verbergen. „Aber ich habe als Richter in Ansbach in der Tat mit dem Fall Hauser zu tun."

Der Jüngling triumphierte. „Dann suchen Sie nach den Standeseintragungen der großherzöglichen Familie, stimmt's? Die werden Sie hier nicht finden! Die liegen nämlich" - er wies mit dem Daumen über seine Schulter und stieß dabei einen kurzen Pfiff aus - „drüben im Schloss."

Feuerbach räusperte sich. „Glauben Sie denn, dass dort etwas nicht mit rechten Dingen zugegangen ist?"

„Sie meinen, Kindsvertauschung und andere Kleinigkeiten? Die Spatzen pfeifen's von Karlsruhes Dächern!" Er zwitscherte eine rasche Tonfolge. „Wird Zeit, dass jemand kommt, der Licht in die Sache bringt. Aber ich will nichts gesagt haben."

Feuerbach war immer noch misstrauisch. Er musste in seinem Gegenüber einen Spion fürchten, der ihn mit seiner scheinbar leutseligen Art aushorchte. Aber in seiner Lage hatte er im Grunde nichts zu verlieren: Er brauchte rasche Ergebnisse, um sich auf dem schnellsten Weg in die Heimat zurückzubegeben. Also beschloss er etwas zu riskieren und sagte: „Sie sind ja ein pfiffiges Kerlchen! Kennen Sie vielleicht eine Familie namens Blochmann?"

„Nö!", sagte der Jüngling ungerührt. „Nie gehört. Aber ich kenne die Amme des anno 12 angeblich verstorbenen Prinzen. Die kann Ihnen was erzählen! Sie heißt Schindler. Gehen Sie nur hin!"

Der Kirchenangestellte nannte ihm die Adresse.

Keine halbe Stunde später traf Feuerbach die Amme tatsächlich am angegebenen Ort an: eine saubere, Vertrauen erweckende Bürgersfrau um die vierzig. Die Ereignisse von damals lasteten noch immer auf ihr. Sie schien froh, darüber sprechen zu können, und erzählte ausführlich zunächst von den Feierlichkeiten anlässlich der Geburt des Thronfolgers und der ihr zugetragenen Ehre, das Kind säugen zu dürfen. Dann kam sie auf die plötzliche Wende im Gesundheitszustand des Knaben zu sprechen.

„Verstehen Sie das? Achtzehn Tage lang geht es ihm prächtig, er wächst und gedeiht. Dann plötzlich, am 16. Oktober, ich erinnere mich, als wäre es heute: Ich gehe kurz weg, ein plötzlicher Anfall, aus! Ich habe das Kind nie mehr gesehen."

„Was war denn der Grund Ihrer Abwesenheit?"

„Alles wie sonst: Jeden Tag ging ich etwa um die gleiche Zeit nach Haus, um dort nach dem Rechten zu sehen. So auch am entscheidenden Tag: Ich habe den Prinzen noch gestillt und ging dann gegen Mittag los. Eine innere Unruhe trieb mich früher als gewöhnlich auf das Schloss zurück, aber als ich dort ankam, ließ man mich nicht zu dem Kind. Es sei ernsthaft erkrankt. Verstehen Sie? Eben noch putzmunter, plötzlich - na ja. Erstickungsanfälle und Gehirnblutung - sowas kündigt sich doch langsam an, das kommt doch nicht aus heiterem Himmel! Dabei wäre doch gerade ich diejenige gewesen, die das Kind hätte beruhigen können!"

„Was haben Sie daraufhin getan?"

„Ich lief zur Mutter, der Großherzogin. Sie lag ja noch im Wochenbett. Auch da wollte man mich nicht vorlassen, aber ich wusste mir zu helfen:

Ich kannte eine Bedienstete, die mich durch eine Hintertür zu Stephanie führte. Sie war bestürzt, als sie meine Geschichte hörte, und verlangte, völlig aufgelöst, ihr Kind zu sehen. Umsonst: Man erlaubte es ihr nicht, mit Hinweis auf ihren angegriffenen Zustand."

„Dann können also weder Sie noch die Großherzogin bezeugen, was im Zimmer des kranken Prinzen wirklich geschah! Könnte eine Kindsvertauschung stattgefunden haben?"

Die Amme schwieg trotzig. Dann sagte sie: „Keine von uns beiden hat den Prinzen krank gesehen. Auch nicht tot!"

„Sie meinen, Sie haben auch die Leiche nicht betrachten können?"

„Man hat auch dies nicht zugelassen."

„Wer hat sich denn im Zimmer des kranken Prinzen aufgehalten?"

„Also, der Oberkammerherr, der Hofmarschall, mehrere Ärzte und eine Hebamme aus Mannheim, aber das neue Personal hat den Prinzen nie vorher gesehen. Später kam natürlich noch der Großherzog, aber der hatte damals schon körperlich und geistig so abgebaut, dass er leicht zu täuschen gewesen wäre. Ja, und Luise Geyer von Geyersberg."

Es entstand eine bedeutungsvolle Pause.

So musste es gewesen sein, dachte Feuerbach. Die Geyersberg hat den geeigneten Augenblick abgewartet und dann ein totkrankes Kind ins

Zimmer geschmuggelt, das sie dann statt des gesunden Prinzen, Kaspar, in die Wiege legte. Die Amme und Stephanie hätten den Betrug natürlich bemerkt, also mussten sie von dem Knaben ferngehalten werden.

„Frau Schindler, kennen Sie eine Familie Blochmann?", fragte Feuerbach.

Die Amme zeigte sich überrascht. „Ob ich die kenne? Ja, natürlich kenne ich die! Das heißt, nicht sehr gut eigentlich, aber der Herr Blochmann arbeitete doch für die Freiin Geyersbach im Gewerbehaus."

Sie dachte kurz nach. „Wenn Sie da einen Verdacht haben, Herr Feuerbach, das könnte hinkommen, aber das wäre ja unglaublich! Die Elisabeth, also Frau Blochmann, hat ja damals auch einen Knaben geboren, aber was aus dem geworden ist, weiß ich nicht. Die Blochmanns hatten wenig Glück mit ihren Kindern - die meisten sind schon während oder kurz nach der Geburt gestorben. Die Elisabeth lebt ja auch schon lange nicht mehr. Und der Christoph, also ihr Mann, hat wieder geheiratet. Er war dann bis zum Tod der Geyersberg ihr Hausdiener."

Feurbach bedankte sich bei Frau Schindler für die hilfreichen Auskünfte. Leider konnte sie ihm die Adresse der Blochmanns nicht sagen, aber Passanten gaben ihm Auskunft. Am Spätnachmittag machte er sich auf den Weg und traf vor dem betreffenden Haus einen Mann, der sich als der gesuchte Christoph Blochmann zu erkennen gab. Auf die direkte Frage nach seinem Sohn Johann Ernst gab er Feuerbach eine überraschende Antwort:

„Sie brauchen mir nichts zu erzählen, ich weiß schon alles!"

„Ich verstehe nicht..."

„Gestern kam ein Soldat und hat mir seinen Tod überbracht!"

„Ihr Sohn ist tot?"

„Ja! Der Ernst starb doch letzte Woche in München. Wussten Sie das denn nicht? Ich dachte, Sie wollten mir seinen Tod..."

„Woran ist er denn gestorben?"

In diesem Augenblick nahm Feuerbach eine Frau hinter dem Vorhang des Parterrefensters wahr, die Blochmann zu sich hereinwinkte.

„Hören Sie, ich möchte nicht darüber reden! Wer sind Sie überhaupt?"

„Ich bin vom Amtsgericht in Ansbach und leite eine Untersuchung. War Ihr Sohn krank?"

„Lassen Sie mich mit dieser Angelegenheit bitte in Ruhe!", sagte Blochmann plötzlich abweisend und wandte sich ins Haus. Dann drehte er sich doch noch einmal um. „Er war mit der bayerischen Armee im griechischen Freiheitskrieg, da hat er sich wohl was eingefangen. Ich hab' ihn früh weggeben müssen, im Jahre fünfzehn, als meine erste Frau gestorben ist."

„Sind Sie ganz sicher, dass keine Verwechslung vorliegt?"

Der Mann seufzte ungeduldig. „Ich hab' es drinnen schriftlich, das genügt doch wohl! Kaspar Ernst Blochmann, gestorben am 27.11.33 an Unterleibsbrand!"

Feuerbach stand wie vom Donner gerührt. „Ihr Sohn hieß Kaspar?"

Ein kurzes Zucken durchlief Blochmanns Körper. Dann rief er wütend: „Kaspar? Wer sagt Kaspar! *Ernst* hieß er! Johann Ernst Blochmann, wenn Sie es genau wissen wollen, nach seinen beiden Großvätern! Und jetzt entschuldigen Sie mich! Nicht mal in Ruhe trauern kann man!"

Er ließ Feuerbach stehen, stürmte ins Haus und warf die Türe hinter sich zu. Durch das Fenster hörte man ihn weiter schimpfen.

Zwei Nächte blieb Feuerbach in Karlsruhe. Kurz vor seiner Abreise schrieb er einen ausführlichen Brief an Tucher, die letzten Zeilen lauteten:

„Sie können sich vorstellen, lieber Tucher, wie mir zumute war, als ich aus seinem Munde Kaspars Namen vernahm! Hier haben wir den Beweis für einen Zusammenhang zwischen den beiden Kindern – Das Rätsel ist gelöst!

Aber eine andere Sache beunruhigt mich über die Maßen: Der zweifellos erfundene Tod Ernst Blochmanns weist auf die Absicht unserer Gegner hin, seine Biographie nun zu einem Ende zu bringen. Dies könnte bedeuten, dass Kaspar in höchster Gefahr schwebt! Passen Sie bitte gut auf ihn auf! Ich reise gleich morgen ab und bin froh, wenn ich diesen Ort hinter mir lassen kann.

Grüße,

Feuerbach

Weder dieser Brief noch der aus Beuggen erreichten Tucher in Nürnberg.

Schlussbericht

Auf schnellstem Wege verließ Feuerbach die Stadt Karlsruhe in Richtung Ansbach. Unterwegs, unmittelbar nach einer Brotzeit mit Wurst und Wein, plagten ihn Magenbeschwerden, die sich rasch so sehr verschlimmerten, dass er seine Reise unterbrechen musste. Wenig später war er nicht mehr in der Lage, die linke Seite zu bewegen, auch konnte er nur noch unverständliche Laute lallen. Mit der rechten Hand schrieb er auf ein Papier: „Man hat mir etwas gegeben." Eine schwere Sorge ließ ihn nicht zur Ruhe kommen, aber der herbeigeholte Arzt wie auch die anderen Umstehenden waren ratlos. Nur mit Mühe konnten sie die Zettel entziffern, die der todkranke Patient pausenlos unter großen Schmerzen vollkritzelte. Offenbar fürchtete er um das Leben seines Schützlings Kaspar. Auf einer Serie anderer Zettel forderte er dringend, dass seine Leiche geöffnet werde. Zwei Tage später starb er. Die Obduktion ergab keine nennenswerten Befunde.

Die Nachricht vom Tode des Amtsgerichtspräsidenten erreichte Ansbach wenig später mit der Tagespost und traf Kaspar wie ein Keulenschlag. Der liebste Mensch, den er besessen hatte, war gestorben, und mit ihm starb zugleich alle Hoffnung auf Aufklärung seiner Herkunft: So viel hatte er sich von der Rückkehr Feuerbachs versprochen, hatte gespürt, dass sein

Freund mit sensationellen Neuigkeiten aufwarten würde. Nun gab es niemanden mehr im Ort, dem er sich anvertrauen konnte. Daumer und Tucher reisten zwar gemeinsam aus Nürnberg an, um ihm Trost zu spenden, aber seine unter Schluchzen hervorgebrachten Beteuerungen, dass Feuerbach kurz davor stand, das Geheimnis um seine Kindheit zu lüften, nahmen sie für Hirngespinste, hervorgerufen unter dem Eindruck des Schmerzes und der Aufregung.

Nach ihrer Abreise verfiel Kaspar, wie schon nach dem Attentat im Oktober 1829, in tiefe Apathie. Die Mahlzeiten im Kreise Meyers nahm er pünktlich ein, indem er zu Beginn die Gebetsformel aufsagte, allen einen guten Appetit wünschte, schweigend das Essen in sich hineinlöffelte und sich am Ende für das vorzügliche Mahl bedankte. Dann verkroch er sich in seinem Zimmer und erschien erst wieder zur folgenden Mahlzeit oder um seine Arbeit in der Schreibstube aufzusuchen, die er zäh, mechanisch und unnahbar verrichtete.

Daumer und Tucher, die ihren Ansbacher Freund noch gelegentlich besuchten, begegnete er kühl. Von seinem Peiniger Franz Richter und dem Gefängnis auf Schloss Pilsach erzählte er nichts: Offenbar hatte er mit seinem Schicksal innerlich abgeschlossen.

Kurze Zeit später, am 14. Dezember 1933, wurde Kaspar von einem Unbekannten, der ihm Nachrichten von seiner Mutter zu übermitteln versprach, in den Hofgarten bestellt. Man traf sich. Der unbekannte, schwarzgekleidete Mann zeigte ihm einen lilafarbenen Beutel, in dem alles sei, was Hauser zu wissen wünsche, und ließ diesen in den Schnee fallen. Als Kaspar sich bückte, um ihn aufzuheben, wurde er von einem gut gezielten Dolchstoß in die Brust getroffen. In einer letzten großen Anstrengung konnte der Bub sich nach Hause schleppen, wo er drei Tage später starb. Am Ende stammelte er: „Ach, diese Wege sind sehr dunkel.... Der Mensch kann diesen Kampf nicht alleine bestehen."

Von seinen Mördern gab es keine entscheidenden Spuren. Die Polizei suchte die angegebene Stelle im Park auf und fand dort den lilafarbenen Beutel. Er enthielt einen mehrfach im Dreiecksformat gefalteten Zettel, auf dem in Spiegelschrift zu lesen war:

„Hauser wird es euch ganz genau erzählen können, wie ich aussehe und woher ich bin. Dem Hauser die Mühe zu ersparen, will ich es euch selber sagen, woher ich komme. Ich komme von der Baierischen Gränze am Flusse. Ich will euch auch sogar noch den Namen sagen:

M.L.Ö."

Einige Zeit später wurde bei Tauwetter in unmittelbarer Nähe des Tatorts die Mordwaffe gefunden - ein Dolch mit einer 30 Zentimeter langen, beidseitig scharf geschliffenen Klinge, auf der ein Totenkopf mit gekreuzten Knochen, ein

Stundenglas unter einem Kreuz und andere Symbole des Todes eingraviert waren.

Der Lehrer Meyer war von Beginn an fest davon überzeugt, dass Hauser sich die Wunde selbst zugefügt hatte. Dafür spreche sein Gemütszustand der letzten Tage nach Feuerbachs Tod. Der Vermutung Meyers schloss sich auch die Polizei an, die mehr Anstrengungen unternahm, den todkranken Kaspar zu überführen, als den Mörder zu finden.

Daumer und Tucher waren über die Haltung des Lehrers und der Beamten bestürzt und ergriffen vehement für ihren Freund Partei. Zwei Lager, die Hauser-Gegner und die Hauser-Verteidiger, begannen sich zu formieren und trugen fortan einen Streit aus, der bis heute anhält. Unter den Hauser-Gegnern gab es zweifellos solche, die alle Tatsachen gegeneinander abwogen und aus tiefster Überzeugung eine Verschwörungstheorie ablehnten. Zu ihnen gehörte auch der Lehrer Meyer, den das Schicksal Kaspar Hausers nicht mehr losließ: Zeit seines Lebens veröffentlichte er Schriften, die die Selbstmordtheorie untermauerten. Noch sein Sohn führte diese Familientradition fort. Ob der Vater in seiner Wahrheitsliebe es aber gebilligt hätte, dass der Sohn Schriften zweckdienlich fälschte, bleibt zweifelhaft.

Von anderen, wie dem Polizeiwachtmeister Leberecht, darf man keine Skrupel erwarten. Er ging sogar so weit, eigenhändig Zeugnisse zu erstellen, die Kaspars doppeltes Spiel nachweisen sollten.

Lord Stanhope hielt sich zum Zweitpunkt des zweiten Attentats in Wien auf. Am 20. Dezember 1833 berichteten die Zeitungen ausführlich vom Tod des „Kindes von Europa", am 25. Dezember gab Stanhope in München persönlich einen auf den 17. zurückdatierten, an Kaspar adressierten Brief auf, in dem er so tat, als ob er von dessen Tod nichts wüsste. Anstatt sofort nach Ansbach zu eilen, um an den Trauerfeierlichkeiten seines Adoptivsohnes teilzunehmen, startete er von München aus eine Kampagne gegen ihn. Mehrfach konnte er Schriftstücke angeblich unbekannter Verfasser vorlegen, die dem Buben einen zwielichtigen Charakter bescheinigten. Lord Stanhope wurde für seine Verbrechen nie zur Rechenschaft gezogen. Er starb im hohen Alter im Kreise seiner Familie.

Und die anderen Beteiligten? Franz Richter wurde bald nach dem Attentat wegen Untreue aus seinem Amt als Jagdhüter in Pilsach entlassen und starb in Armut. Klara Biberbach, bei der Kaspar für kurze Zeit in Nürnberg gewohnt hatte, stürzte sich kurz nach dessen Ermordung aus dem Fenster ihres Hauses.

Georg Friedrich Daumer, Kaspars erster und einflussreichster Erzieher, lebte nach dem Attentat noch mehr als vier Jahrzehnte, in denen er nicht müde wurde, für Kaspar Hauser einzutreten. Seine schwärmerische Denkart macht es den Lesern seiner Schriften allerdings nicht leicht, Wirklichkeit und Wunschgedanken voneinander zu unterscheiden.

Die Nachforschungen über die wahren Hintergründe der Affäre wurden dadurch erschwert, dass der Aktenband mit sämtlichen offiziellen Unterlagen zum Fall Kaspar Hauser gegen Mitte des 19. Jahrhunderts spurlos verschwand. Zudem wurden einige wichtige Briefe und Protokolle mutwillig zerstört. Auch das Haus Baden gab sich nicht kooperativ: Bis heute gewährt die Familie keinen Einblick in brisante Dokumente.

Nachwort:
Fiktion oder Geschichte?

Hat sich die Geschichte so zugetragen, wie sie hier nachzulesen ist? Ja und nein. Trotz einer schier unüberschaubaren Vielzahl von Zeugnissen und nachweisbaren Tatsachen kann bis heute niemand mit Sicherheit sagen, was Kaspar Hauser erlebt hat, bevor er in Nürnberg auftauchte. Nahezu unbestritten ist, dass sich das Verlies, in dem der Bub einige Jahre ohne Licht und Ansprache verbrachte, im Schloss Pilsach befand. Fest steht auch, dass er eine relativ normale frühe Kindheit hatte, und vieles weist darauf hin, dass er ein Erbprinz des Hauses Baden war, der nach seiner Geburt gegen ein todkrankes Kind aus dem Volk vertauscht wurde.

Diese sogenannte Prinzentheorie hat freilich ihre Gegner, die ebenfalls gewichtige Argumente auf ihrer Seite haben - eine kürzlich erschienene gentechnische Untersuchung kommt beispielsweise zu dem Ergebnis, dass Kaspar Hauser mit den heute noch lebenden Nachkommen der Badener Fürstenfamilie nicht verwandt sei. Die Prinzentheorie ist aber als Geschichte so überzeugend, so spektakulär und in sich schlüssig, dass man sie gerne glauben möchte. Diese Geschichte in all ihren Einzelheiten wollte ich erzählen.

Spannend ist sie nicht nur dadurch, dass sie von Unmenschlichkeiten erzählt und dass in die

Affäre mächtige Gesellschaftskreise verstrickt sind, spannend wird sie auch durch die vielen kleinen Indizien, die fünf Generationen von Kaspar-Hauser-Forschern in detektivischer Kleinarbeit zusammengetragen haben. Diese Indizien führen Stück für Stück zurück in Kaspars Kindheit und entdecken endlich die wahren Täter im Hintergrund.

Hierin eigentlich liegt meine einzig bedeutende Korrektur der geschichtlichen Wahrheit, für die mich auch gelegentlich ein ganz klein wenig, aber nicht sehr stark, das schlechte Gewissen plagt: Natürlich hat der wirkliche Anselm von Feuerbach vieles von dem, was er in meiner Erzählung herausfindet, zu seinen Lebzeiten nicht mehr erfahren! Erst in den zwanziger Jahren dieses Jahrhunderts etwa wurde bei Umbauarbeiten das Zwischengeschoss im Schloss Pilsach entdeckt, fast gleichzeitig gelang die Entzifferung der Unterschrift ‚S. Hanes Sprancio', und kurz darauf stieß man auf die mögliche Rolle der Familie Blochmann in der Geschichte. Ich wollte das Kaspar-Hauser-Rätsel aber unmittelbar, aus der Sicht der Zeitgenossen erzählen und trotzdem auf das Wissen der Nachwelt nicht verzichten. Der alte Amtspräsident mag es mir verzeihen, wenn ich ihm die Züge eines frühen Sherlock Holmes angedichtet habe.

Bert Schwarzer